J i g -

Eden Phillpotts

S a w

論創海外ミステリ
Ronso Kaigai MYSTERY
174

守銭奴の遺産

イーデン・フィルポッツ

木村浩美 訳

論創社

Jig-Saw

1926

by Eden Phillpotts

目次

主要登場人物

ジョン・リングローズ……………………引退した名刑事
ジョゼフ（ジョー）・アンブラー …………ロンドン警視庁の警部補
メイベル・リングローズ……………………ジョンの妹
ジャーヴィス・スワン………………………高利貸し
マーティン・スワン…………………………ジャーヴィスの弟。農園経営者
レジナルド・スワン…………………………ジャーヴィスの甥
ジェラルディン・スワン……………………ジャーヴィスの姪
ウィリアム（ビリー）・ボルゾーヴァー ……ジャーヴィスの秘書
レベッカ・カースレイク……………………マーティンの継娘
ジェイムズ・カースレイク…………………レベッカの夫
ブレント………………………………………共同住宅の管理人
ベラ・ブレント………………………………ブレントの娘
ラザラス・グラントフ………………………ジャーヴィスの顧問弁護士
トム・ラドフォード…………………………パブの経営者

守銭奴の遺産

第一章　守銭奴スワンの最期

イーリングの土は、このロンドン郊外の人気が高い町に住む園芸愛好家にとって、季節を問わぬ話題である。ジョン・リングローズが警察を引退し、ウィンザー・ロード十九番の家を買って住み着くと、やはり土に興味を持った。薔薇を育てる住民は重い粘土質の土を欲しがり、ハイブリッド種の四季咲きとティーローズが満開になれば、リウマチの激痛も苦にしない。しかし、果物を育てているリングローズは、庭の桃とネクタリン、リンゴ、梨がよく実り、苦労が報われたとわかったとたん、粘土と砂利の長所を比べなくなった。庭は家の裏手から真南に広がっている。奥行は約五十五メートルで、幅は約二十七メートルだ。東側と西側の境界で桃とネクタリンが育てられ、奥は小さなリンゴ園になっている。イングランドの優良な品種シーイーグルとウルフリヴァーのほかに、アメリカの有名な品種もある。リングローズを尊敬するシカゴの名探偵ピーター・ガンズから送られたものだ。

リングローズは仲のいい独身の妹と同居して腰を落ち着けていたが、果物作りだけでは精力を持て余していた。運動したり、よく歩いたり、冬場は狩猟を楽しんだりして健康を保ち、親友を通じて以前の職場とたえず連絡を取り続けてもいた。あいかわらず好奇心が旺盛で、柔軟な頭を持ち、どんな難題にも取り組んだ。回顧録の売れ行きは好調であり、出版社にせかされて、早くも二冊目の執筆を考えていた。毎日、リングローズは期待と興味を胸に朝を迎えた――健全な肉体に健全な精神が宿れば、必ずこうなるものだ。そのため、リングローズはさまざまな点で人生を満喫し、老いを寄せつけなかった。

「〝なにごとも教われ〟がわたしの信条だよ」とリングローズは親友のジョゼフ・アンブラーに言ったことがある。「人に教わり、慎重に考慮できるうちは望みがある。教わるには、聞く耳を持つことだ。いいかね。あらゆる人間の話に耳を傾けるんだ。思いもよらないときに、大ばか者が的を射た発言をするかもしれん」

アンブラー警部補は、ジョン・リングローズに言わせれば、ロンドン警視庁の若手刑事のだれより鋭敏で、前途有望だった。リングローズはいつものおおらかな態度で、わが弟子はとっくに師匠を超えた、昔の自分よりはるかに有能だ、と言った。だが、当のアンブラーはごまかされなかった。力量は折り紙付きであり、成功に欠かせない自信をつけるべく自分の力を熟知していた。それでいて、何度となくリングローズの下で働いた経験から、彼は自分より優秀な師匠《マスター》を称賛する名人《マスター》だった。

「ジョンには、われわれ凡人にない奥の手があるんだ」アンブラーはこう言ってはばからない。「いつも袖口にトランプの札が一枚よけいに入ってる。その一枚が切り札さ」

リングローズは引退後にたびたびアンブラーの捜査を手伝ってきた。相手が好きなので、喜んで協力している。ふたりは無二の親友であり、これから語られる複雑きわまる謎にぶつかったときも、おたがいを理解できなくなることも、仲間意識に影を落とすこともなかった。後年、リングローズが語ったように、スワン事件でなにより驚くべき点は、彼とアンブラーが一度も深刻な口論をしなかったことだ。口論の材料に事欠かなかったにもかかわらず。

ことの始まりは、重大な出来事の始まりがそうであるように、いたって単純だった。十月初旬のすがすがしい朝、朝食をとろうと階下に下りたリングローズはまず庭に出て、自分のためにリブストン・ピピン種のリンゴを一個もぎ、妹のためにジャゴネル種の梨を二個もいだ。メイベル・リングローズは兄の女性版だと言われる。結婚生活に魅力を感じたためしがなく、結婚しなくても満ち足りた人生を送っていた。

メイベルはほっそりしていて、快活で頭がよかった。ややせっかちで、兄に似て思いやりがあるが、兄のような度量を持ち合わせていない。兄より視野が狭く、公正な判断を下すのは苦手だった。メイベルはこの欠点を自覚していて、なるべく表に出さないようにしていた。

リングローズが朝食をとるかたわらで、新聞記事を読み聞かせるのがメイベルの習慣だった。兄の元の仕事に興味があり、社会性のない人間が起こした衝撃的な事件をトップニュースととらえ、刑事裁判の記事が出ていれば、それを読みたがった。

その朝、メイベルは早くも面白そうな記事を見つけていた。読みふけっていて、梨をもいでくれた兄に礼を言わなかった。

「メリルボーンの守銭奴の事件を知っているかしら、兄さん?」メイベルは紙面から目を上げずに訊いた。

「さあな、メイベル。その男がどうした?」

「死んだわ。〝メリルボーンの守銭奴殺し《マーダー・オブ・ザ・メリルボーン・マイザー》〟ですって」

「ほう、語呂がいいな。まあ、その男が正真正銘の守銭奴なら、死んだほうがよかったんだ」リングローズはゆで卵の殻を割った。「守銭奴は、自分にも他人にも毒になるんだよ、メイベル」

「兄さん、聞いて。途方もない事件みたいよ」

「じゃあ、読んでくれ。面白い事件だったらありがたい。メリルボーン地区はジョー・アンブラーの管轄だからな」

　メイベルは歯切れよく、芝居がかった調子で記事を読み始めた。

「メリルボーンのリンクレイター・ビルで、謎めいた事件が起こった。この煉瓦造りの大規模共同住宅では職人階級に小さな部屋を賃貸ししており、入居者は独身男性が多い。〝メリルボーンの守銭奴〟の名で知られる変人は、長年四階の一室に住んでいた。共有の廊下からその部屋に入ると、ドアをあけた正面に窓が一枚あるが、それは大きな外壁に面しているうえ、ビルのどの窓からもかなり離れているため、長いはしごでも使わないかぎり外部から侵入できない。死亡していたジャーヴィス・スワン氏はひとり暮らしであったが、秘書を一名雇っていた。このウィリアム・ボルゾーヴァーという青年は、スワン氏の下で事務を処理し、フォード車を運転して、商用で外出する雇い主の送迎もしていたという。いわば、老スワン氏の生活全般の世話をする立場であった。同氏はきわめて特異な状況下で殺害されていた。

　火曜日の午後九時三十分ごろ、スワン氏はボルゾーヴァー氏の運転する車で帰宅した。ビルの管理人のブレント軍曹が、スワン氏が階段をのぼって自室へ向かう姿を目撃している。同伴者はなかったので、部屋に戻ってふだんどおり戸締りしたのは明らかだ。翌朝、軍曹はドアの外にパンとミルクを置いたが、それが正午になっても取り込まれていないことをほかの入居者から聞いた。そこでスワン氏に声をかけたが、返事がなかったという。軍曹はほかの手を打たず、夕方にスワン氏の秘書が到着するまで待った。しかし、詳細を聞いたボルゾーヴァー氏は変事があったと感じた。前夜にスワン氏を商談の場から連れ帰ったので、雇い主が紙幣及び銀で五百ポンドあまりを所持していると知っていたのである。ボルゾーヴァー氏の勧めで、スワン氏の弟である、ライギットの農園経営者マーティン・スワン氏に電報が打たれたが、返事がなかった。そこでブレント軍曹が警察に通報し、ボルゾーヴァー氏は、雇い主の部屋のドアはあけられないと警官たちに告げた。同氏によれば、部屋は住居というより金庫に見えるという。かねてから、スワン氏は猛攻撃に備えるかのように部屋を要塞化してきた。壁と天井は厚さ一センチ以上の鋼板で補強され、ドアも同様に防護されていて、ボルゾーヴァー氏が帰宅する際は、スワン氏が必ず玄関ドアの上部と下部とに重いボルトを差し込み、外部からの侵入を阻んでいたと思われる。

しかしながら警察は、スワン氏が発作に襲われ、予防策を取る前に死亡したと考え、まずドアをこじあけようとした。ドアには取っ手がなく、小さな鍵穴しかない。錠前は簡単に壊れたが、ドアはびくともしなかった。そこで窓が注目され、避難ばしごが運ばれて、フォレスト巡査とファルコナー巡査が地上約十八メートルの高さにある鉄格子のはまった窓までのぼった。夜も更け、ブラインドは上がっていたため、懐中電灯で闇を照らすと、部屋の中央で男がうつぶせに倒れていた。接近できなかったが、窓を壊してから無言の人影の様子をうかがうと、意識不明であることは確認できた。三十分後に鍛冶屋が到着して、窓の鉄格子を二本切って外した。続いてメリルボーン署のマスターズ警部補が、警察医のマシューズ医師とともに入室した。ボルゾーヴァー氏から薄暗い電灯がひとつあると聞いていた警部補は、それを灯してから死体に触れた。

ジャーヴィス・スワン氏はまぎれもなく殺害されていた。うつぶせに倒れ、重い短剣が背中を貫通して心臓に達していた。短剣は死体に刺さったままであり、それを重視した医師は、柄に触れないよう注意した。

マスターズ警部補が室内を見渡したところ、ボルゾーヴァー氏の説明どおり、そこは共同住宅の一室というより鋼鉄製の金庫の内部であった。壁に金属板が張られ、ドアは六本のどっしりしたボルトで固定されて動かない。ボルトは上部に二本、床に差し込まれた二本、すでに警官の手で壊されていたシリンダー錠の左右に一本ずつである。この全部が留められていた。したがって、スワン氏は帰宅後にいつものとおり手早く戸締りしたあと、待ち構えていた何者かに背中を刺されたと思われる。しかし、殺人犯は現場にどうやって侵入したのか、犯行後にどうやって脱出したのか、現時点では不明である。現場検証の結果、出口は窓とドアしかないこと、窓の重い鉄格子は枠にねじで留められたものではなく、鋳造されていたことが判明した。猫より大きい動物は窓から出入りできなかったであろう。向かいは別の建物の窓のない壁であり、高さは約十八メートル、両隣の部屋の窓から三メートルは離れている。

もうひとつ興味深い発見が報じられている。三カ月ほど前、マンチェスター・スクエアのハートフォードハウスにある美術館、〈ウォレス・コレクション〉の収蔵品が大胆な盗難に遭ったのはいまだ記憶に新しいところである。この有名な美術館の武具館から珍しい短剣が二本盗まれた。この東洋の逸品は陳列棚に並べられていたが、棚の薄い底板を切るという単純な手口で盗み出されたのである。この手口から、犯人は腕の立つ者であり、適当な道具を使用すれば、犯行時間は二分程度であることが判明した。武具館は広いわりには入館者が少ないため、盗難の機会は十分にあったと思われる。管理人が常時片隅に座っていながら情報が得られないのは、事件が発生した日付が定かではないからだ。短剣がないと気づいたのは学芸員だったが、いつから盗まれていたかはわからなかった。

現場検証では手がかりが得られなかったが、短剣の写真が配布されると、マスターズ警部補がそれに見覚えがあり、ジャーヴィス・スワン殺害の凶器であると特定できた。〈ウォレス・コレクション〉の職員も警部補の証言を裏付けた。

〝メリルボーンの守銭奴〟ことスワン氏は美術館から盗まれた短剣で殺され、凶器は肋骨を貫通して心臓に達していた。

こうして警察は、多くの謎を提示する事件に直面している。最大の謎は、犯人はどうやって現場に入り、出ていったのか。ドアからも窓からも逃走は不可能と思われるが、ほかに出口はない。

検死審問は明日ひらかれる予定である。なお、この事件はロンドン警視庁のジョゼフ・アンブラー警部補が捜査を担当する――。

「ほらね！」とメイベルが言った。「これでどう、兄さん？」

「いいから食べなさい、メイベル」リングローズはリンゴの皮をむいている。「厄介な事件のようだが、記者はありもしない話をでっちあげるものだ。まあ、それが連中の商売だが。しかし、記事に出ているとおりかもしれんし、もしそうなら、二十四時間以内にジョーが訪ねてくるだろう。いやそれより、現場で指揮を執って、いつものように片づけてしまうか。〈ウォレス・コレクション〉の短剣は有力な手がかりになりそうだ。わたしの見たところ、短剣を欲しがった収集家がくすねたのさ。盗まれた美術品を持ち歩いて、ライバルに見せつける愛好家は大勢いる。ブリッドポートの殺人犯ことブルック卿から聞いた話では、象牙のコレクションはひとつならず盗品だったらしい」

「そうよ」メイベルがきっぱりと言った。「短剣を手がかりに犯人がつかまるわ。ジョーがパズルのピースを合わせるでしょう。ジョーにできなかったら、兄さんがしてあげて。あら、この梨おいしい――口のなかでとろけるわよ」

「それでこそ梨だ」とリングローズ。「けさはマルメロの実を摘んでくる。もう黄金色になったし、おまえがその気になれば、来週はうまいマルメロチーズを作れるぞ、メイベル。いつになく豊作だから、ひとつは日曜のアップルタルトに入れよう。マルメロ抜きのアップルタルトは考えられないからね」

「ぜひ作りましょう」とメイベルは言った。だが、妹はきちんと約束を守ったのに、結局、兄は家を留守にしてデザートを食べなかった。日曜日になると、かつて活躍した暗い世界に舞い戻っていて、マルメロは忘れ去られたのだ。

リングローズが夕刊をひらいて、パイプに火をつけたところへベルが鳴り、ぴんときたメイベルは訪問客の名を当てた。

「きっとジョーよ」とメイベルが言い、ほどなくアンブラーの到着を告げた。この将来を嘱望された警官は三十五歳になっていた。背が高く活動的な男で、並外れた持久力と体力、精神力の持ち主だった。進歩的な考えを抱き、しだいに心理学と精神分析学まで信用するようになった。実はジョン・リングローズ自身も、心理的な手法が系統化されて誇示される前から、それを無意識に実践していたので、ときおり友人を冷やかして、しょせんこの世に新しいものはないとほのめかした。

「われわれの時代は、そんな専門用語を使わなかった」以前リングローズはアンブラーに言った。「それでも中身はわかっていたよ」

来客は色白で、体つきは均整がとれ、富裕農民層《ヨーマン》の家系で育ちがよかった。まさに好ましい金髪のイングランド男性である。顔立ちにこれといった特徴はなく、端正な容貌は古風だった。ただ、引き締まった口もととゆるぎない視線、青い目らしからぬ知的な目に性格がうかがえ、勇気と根気強さが表れていた。アンブラーは円満な結婚生活を送っていて、ベイズウォーターに住んでいた。幼い子供がふたりいて、リングローズの名づけ子である娘はジョアナという名前だった。

リングローズはアンブラーの訪問に興味をそそられた。十中八九、メリルボーン事件の話にちがいない。だが、そんな気持ちはおくびにも出さず、長いボルネオ葉巻の箱を取り出し、マルメロの実の話を始めた。

しかし、アンブラーはじきにリングローズの手の内を見透かした。

「いいかげんにして、話を聞いてください、ジョン。この事件の続報は夕刊にも載っていますが、あれはごくわずかです。今回、生涯で最大の事件を担当しました。さすがのあなたも、これに匹敵する事件を手がけたかどうか」

「驚いたな、ジョー！　てっきり、犯人を捕まえました、さあ褒めてください、と言いに来たのかと思ったよ」

「捕まえたですって！　まだ探し始めてもいません。なにしろ、こんなすごい謎にお目にかかったことがない。ことの発端からして奇跡ですよ」

「おやおや――ジョー・アンブラーが奇跡を口にするとは。医者に診てもらって、休暇を取ったほうがいい」

「でも、奇跡としか言えないんです」

「ジョーに戦前のウィスキーを一杯注いできてくれ、メイベル。脈を取ってみよう」とリングローズは言ったが、アンブラーのほうが冗談に乗る気分ではないとはねつけた。

「いいですか」アンブラーが切り出した。「ふざけないでくださいよ。もう朝刊の記事は読みましたね。ジャーヴィス・スワン、〝メリルボーンの守銭奴〟の名で知られている男が殺されていました。

現場はスワンがリンクレイター・ビルに借りていた部屋です。そこは〝部屋〟とは名ばかりの、防弾式の塹壕で――壁に鋼板が張られ、鉄のドアは六本のボルトで固定され、窓に鉄格子がはまっています。昨夜スワンが帰宅すると何者かが待ち伏せしていて、〈ウォレス・コレクション〉から消えた短剣の一本を彼の心臓に突き刺しました。ドアは上下左右ともボルトが差されていて、ダイナマイトでもなければ破れなかったでしょう。そこで巡査は窓に回り、スワンが倒れているのを見て、鍛冶屋を連れてきて鉄格子を二本切らせました。ようやく巡査がなかに入り、マスターズ警部補が続きました。少し遅れてマシューズ医師がドアから入りました――新聞記事はそこをまちがっていますよ。六本のボルトが抜かれれば、ドアはひらきました。それだけのことです。スワンの死体は安置所に運ばれ、ぼくは現場で四時間も過ごしてきました。床にも壁にも厚さ一センチほどの鋼板が張られているのに、犯人は逃げたんです。これがいわゆる奇跡ですよ」

「それで、なにかわかったの、ジョー？」メイベルが尋ねた。

「まだなにもわかりません、メイベル。これっぽっちも。室内に荒らされた形跡がなく、なにもかも所定の場所に置かれていました。こじあけにくいチャブ錠付き金庫が三台ありましたが、秘書のウィリアム・ボルゾーヴァーの手を借りて、全部調べてみました。ボルゾーヴァーはスワンの内情に通じていて、鍵の隠し場所を知っていたんです。しかし、消えた物はなく、スワンが帰宅した際にポケットに入っていた金――一ポンド紙幣で五百枚――も死人の上着にあったそうです。また、被害者がドアをあけた鍵も見つかりました」

「ところで、ボルゾーヴァーはどうなの？」

「感じのいいやつです。実に頭の回転が速い。スワンのところで三年働いています。事務と運転と雑用を引き受けて。住まいは雇い主の車庫の階上です。住所はエッジウェア・ロードの外れのウォード・ストリート」

「当人に言い分はないのかしら?」

「大ありです。でもボルゾーヴァーには、なにも話さず、ひたすら質問に答えるよう釘を刺しました。検死審問では重要な証人になりますから。あともう一点、ジャーヴィス・スワンのたったひとりの弟、マーティン・スワン——ライギットの農園主ですが——この人物が行方不明です。見つかりません。マーティンは農園のそばで、ある夫婦ものと暮らしています。兄の死と弟の失踪は、おそらく関係があるでしょう。マーティンの捜索には取りかかっていて、人相風体が掲示されています。それから今日は、審問に誘うために来ました。やりがいのある仕事ですよ、ジョン。すばらしい経験ができるはずです」

リングローズはとくと考えた。

「この手の、一見面白そうな事件は、蓋をあけてみると退屈なんだ。さしあたり気になるのは脱出方法だな。現場に四時間もいて、出口がひとつも見つからなかったのか、ジョー?」

「痕跡もありません。窓とドアは問題外ですし、煙突は煉瓦でふさがれています。ボルゾーヴァーに事情を訊いたところ、スワンが何年も前にふさいだそうです。少々の石炭に六ペンス払うくらいなら死んだほうがまし、というわけでしょう。電灯が普及すると、ガスの噴き出し口を始末しましたが、やたらに節約して——ワット数の小さな電球を一個つけたスタンドだけ使っていました。空気のほうは、ヒキガエル並みに吸えれば十分だったとか」

「明日、その部屋を見せてもらうよ、ジョー。検死審問にも顔を出そう」

アンブラーが満足げな顔をした。

「後悔させませんよ、ジョン。さしものあなたも、今回は新たな衝撃を受けるはずです。それとも、ぼくの勘が外れるか」

「この事件に女は絡んでいるのか?」

「それはなんとも。だれが絡んでいて、だれが絡んでいないのかわかりません。いまのところ、女の影は見えませんが」

「被害者の弟以外の近親者――そっちはどうなってる?」

「甥と姪がひとりずついるだけです。ボルゾーヴァーの知るかぎりでは。もともとスワンは三人兄弟で、長男は何年も前に死亡し、息子と娘が残されました。長男の名前はブラッドモア、その子供たちはレジナルドとジェラルディン。レジナルドは〈アポロ火災保険〉の事務員で、ちなみに、ここイーリングに住んでいます。妹のジェラルディンも事務員で、エディンバラで働いています」

「すると、動機はあるわけだ? さだめし守銭奴は金持ちだろう?」

「ボルゾーヴァーの話では、大金持ちにちがいないとか。ただし、決めつけられません。スワンの財産はまだ調査されていないので。顧問弁護士はラザラス・グラントフという男です。ボルゾーヴァーに聞いたところ、スワンはこの弁護士を訪ねた夜に殺害されました――車で自宅に送り届けられた直後に」

「ボルゾーヴァーの運転で?」

「そうです。ボルゾーヴァーは指定されたとおり九時半にグラントフの事務所でスワンを拾い、自宅に送りました」

「しかし、部屋まで同行しなかった？」

「ええ」

「証明できるかね？」

「できます。共同住宅の管理人——老退役軍人——が、ジャーヴィス・スワンはひとりで階段をのぼっていったと断言しています。ボルゾーヴァーはまっすぐ車庫に戻りました。翌朝は仕事で外出して、きのうの午後、ロンドンの外で回収していた現金を持って帰るまで、なにも知らなかったんです」

「スワンは金貸しか？」

「絵に描いたような高利貸しですよ、ジョン。どうやら、故買屋も兼ねていたようです」

「敵が大勢いただろうな」

「そのとおり。スワンは因業《いんごう》じじいで、未亡人の家でもなんでも取り上げたのは有名です」

「マーティンのほうは？」

「まだなにも聞いていません。マーティンが兄のジャーヴィスを訪ねたことはありませんでした。ボルゾーヴァーが雇い主の口からマーティンの名前を聞いたのは、ののしるときだけだったそうです。ただ、兄弟には取引関係がありました」

「例の短剣はどうだ、指紋はなかったか？」

「影も形も。短剣は異教徒の——東洋の——品で、大きな鋼の刃に彫られたアラビア語に金がはめこまれています。刃は三角形で、カミソリ並みに鋭い。柄は古い象牙製で、金と宝石で飾られています。ルビーだそうです。しかし、指紋はひとつも付いていません」

「明日は十時に行くよ、ジョー」とリングローズは約束した。「きみにはこの事件を解決して称賛を浴びてもらいたい」

「とてもそんな」アンブラーが打ち明けた。「ここだけの話ですが、まだどうにも前向きになれないんです。スワンの弟が見つかり、甥も姿を見せるまで、つかみどころがなくて」

「ふだんなら、わたしは検死審問をあまり信用しない」リングローズが言った。「だが今回は、捜査の出発点にしなくてはならん」

友人たちは別れ、その一時間後、リングローズは年下の男のいつもとちがう態度を話題にした。

「ジョーがあれほど自信をなくすとは思わなかったな」

第二章　検死審問

リングローズは約束を守ったどころか、友人より少し早くリンクレイター・ビルに到着した。管理人室で待ちながら、ガラス張りの詰所にいる老人を観察する暇があった。

ブレント軍曹はボーア戦争を戦った白髪交じりの軍人だが、いまも背筋をぴんと伸ばし、かくしゃくとしていた。だがリングローズの目には、この老兵が今回の殺人事件を個人的な問題ととらえているように映った。ブレントは憔悴して、大きくて端正な顔に心労に押しつぶされた表情を浮かべていた。その事実にリングローズは興味を抱いた。人間のことなら万事に心を惹かれるのだ。このとき管理人は注目を浴びていたので、興奮し、重要人物になったと勘ちがいしてもおかしくなかったが、その顔は自己満足の色もわずかな充足感もたたえていなかった。見るも痛ましい男だった。どうやら老人は事件を残念に思っているようで、ひょっとしたら被害者を悼んでさえいるのかもしれなかった。

リングローズは気になり、いつもの如才ない態度で相手の反応を探った。

「面倒なことになったね、軍曹。すべて片づいたら、さぞやほっとするだろう。スワン氏は憎まれていたようだが、友人がひとりもいないとなると、相当な悪人だったにちがいない。むろん、きみは故人のいい面も知っていて、惜しい人を亡くしたと思っているだろうが」

ところが、相手は首を振るばかりだった。

「死人を悪く言いたかありませんよ、旦那」ブレットが答えた。「だけど、事実は事実。あの人をよく言う話は聞いたためしがないですね。思いやりのかけらもない老いぼれ悪魔で、正直でもないと言われてます」

「では、スワン氏が死んでも悲しくないんだね？」

ブレント軍曹が首を振った。

「はい。悲しいのは――」

ブレントが言いかけて話題を変えた。

「いや、興味がわく話じゃありません。旦那は立派な刑事さんだから、おれの顔を見て悩みがあるのがわかったんでしょう。そりゃ悩みはあって――山ほどありますがね、この事件とは関係ありません」

「じきに悩みが消えるといいね、軍曹」リングローズが言ったそのとき、ジョー・アンブラーが現れた。見たことのない男を連れている。体格のいい精悍な若者で、髭をきれいにあたった日焼けした顔に巻き毛、灰色の目をしていた。きりっとした顔立ちで、口もとに性格とユーモアのセンスの両方が表れている。リングローズ自身とよく似たタイプで、彼の中年の顔にも同じ性質がにじみ出ていた。初対面の男に好感を抱いたリングローズは、アンブラーがすでに男と親しくなっていることに気づいた。

「こちらはウィリアム・ボルゾーヴァー」アンブラーが紹介した。「スワン氏の右腕で、故人のことはだれよりも知ってます」

次にアンブラーは若者のほうを向いた。

「こちらがかの有名なジョン・リングローズさんだよ、ボルゾーヴァー。今日は部屋を見に来たんだ」

ウィリアムはリングローズが差し出した手を礼儀正しく握り、三人は一緒に階段をのぼった。部屋の入口で見張っている巡査が会釈して、一行を通した。

部屋はけっして広くない。殺風景なありさまがひと目で見てとれた。左手の壁に鋼鉄の金庫が三台、鉄のベッドの枠組み、その隣に洗面台。右手の壁には整理ダンスと背の高い木製の食器棚。正面の窓の下にロールトップデスクと、テーブルと台所用の木の椅子二脚。これが死んだ男が所持していた家具一式だった。

「くつろぐ場所ではない――なあ？」リングローズは室内を見回して、頭のなかで次々と写真を撮っていった。

ウィリアム・ボルゾーヴァーが笑った。

「あの人はくつろぐなんて言葉を知りませんでした。けだものみたいな生活をしてたんです。体が汚れたら、踊り場の向こうにある共同浴室で垢を落とすくらいで。下着はときどきぼくに持ち帰らせて、洗わせてました。崇めてたのは金だけでしたね」

「あまり愉快な勤め口じゃなさそうだな、きみんところは」アンブラーが言った。

「そうなんです。でも、ぼくが三年前に知り合いもないままこの国に来たとき、スワンさんは高給を払ってくれました。ぼくを気に入ったんです。父はあの人のたったひとりの友人でした――あとにも先にもひとりきりの。その父が死ぬと、あの人はぼくを呼び寄せて試用し、仕事に向いてると考えたわけです」

「きみも遺産をもらえるのかい?」とリングローズが尋ねると、ウィリアムはまた笑い出した。屈託のない笑いだった。ただし、彼は肩をすくめて答えたが。

「あの人が死んで、ぼくは大金をなくしました。でも、ひとりの損は他人の得、ってやつです」

「どういうことかね?」リングローズは訊いたが、そこでアンブラーにさえぎられた。

「妙だと思うでしょうが」アンブラーが言った。「検死審問になればわかりますよ、ジョン。この男は証人として供述することになってますから。またその話がすこぶる興味深い。でも、いまはこの場に注目して、教えてください。ジャーヴィス・スワンを殺した連中は、あの鉄のドアのボルトが六本差し込まれたままでどうやって脱出したか。それに、あの二本の鉄棒を切り取る前の窓を想像してください」

アンブラーがドアのボルトを六本差して、犯行時の状態を再現するかたわら、リングローズは室内を調べ、まず家具を一点ずつよく見てから、ほかの警官の手を借り、すべてを部屋の中央に寄せ集めた。コンクリートの床に古い絨毯が一、二枚敷かれている。ドアから伸びた一枚に血がにじんでいた。壁は灰色のペンキが塗られた金属板だ。なめらかな表面になんの痕跡も残っていない。窓格子を支える鋼鉄の枠は壁の硬い煉瓦にねじ留めされ、ペンキで塗りつぶされている。格子が取りつけられてから、ねじ一本外されていなかった。窓は警察の手で破られていた。ぼろぼろの麻のブラインドは、犯行当時は下ろされていなかった。

「下ろしたことがないんです」ウィリアムが説明した。「上げっ放しでも、外からのぞき見はできません。あの人、冬は街灯から漏れた光をもらえば、十分寝るしたくができると言ってました。夏は明かりなんか使いません。いつも十時か、もっと前に寝てしまいましたから」

ドアのボルトがすべて差されると、ドアからも窓からも出られないことをリングローズはすぐに理解した。警察が運び込んだ脚立が片隅に立てられ、彼は天井を調べた。天井は床と同様にコンクリートがむき出しだった。リンクレイター・ビルはアメリカ式に、鋼鉄の骨組みに煉瓦とコンクリートで造られていたからだ。壁にガス管の跡が走っているが、ウィリアムの説明では、スワンは電灯を一個だけ取りつけた際、除いてあったガス管を一メートル弱に切って一本三シリングで売ったという。

「本当は電気ストーブも買ってほしかったんです」ウィリアムが言った。「暑い土地の生まれなので、冬にこの鉄の檻みたいな部屋で働いてると、寒くてたまらないんですよ。軟弱者呼ばわりされましたけど」

リングローズは煉瓦でふさがれた暖炉も丹念に調べた。古い物で頑丈だった。開口部はかなり前に煉瓦とモルタルを詰められていた。

「なぜスワン氏は部屋をこんなふうにしたのかね、ボルゾーヴァーくん？」

「どんな相手が来ても安全な場所にしたかっただけですよ、リングローズさん。あの人は人間を怖がってました。見てのとおり、一切合財を持ち込んでます。がらくたばかりを。あとは有価証券と手持ちの現金、貴重品――宝石類ですね。なんでも手元に置いて、だれであろうと信用しませんでした。ぼくのことだって、どこまで信用していたのやら。どう考えても、秘密だらけの人でしたね」

「なぜそう思う？」アンブラーが訊いた。

「なぜって、殺されたじゃないですか」ウィリアムはあっさり答えた。「命を狙われてると聞いたことはありません。細々と暮らす人を次々破産させたので、大勢の顧客に憎まれましたが、資産を処分された人たちがこんな事件を起こせるわけないですし。きっと、ぼくが知らない秘密が絡んでるんでしょう」

「スワン氏はあの手の短剣に興味を示さなかったのかな？ 〈ウォレス〉で盗まれたと報じられている品だが」と、リングローズが尋ねた。

「さあ、噂を聞いてたかどうか」若者が答えた。「読んでたのは日曜の経済紙です。たまに一般紙を買ってきましたが、一般の物事には無関心でした」

「そういうきみは短剣のことを聞いてなかったのかい、ボルゾーヴァー？」アンブラーが訊いた。

「はい、アンブラーさん――聞いてません。でも、こんな事情があります。警察の捜査で、ここの金庫のどれかに盗品が入ってるとわかりました。短剣もそのひとつだったのかも」

「考えられないね」アンブラーが答えた。「あの短剣は大した値打ちがないのに、盗む危険はとてつもなく大きいんだ」

リングローズは室内の調査を終え、次にドアを内側と外側から調べた。ドアは枠にぴったりとはまり、板金で覆われた板の厚さは十センチだった。

「さて、どうです？」アンブラーがほほえんだ。「どんな離れ業を使えばそのボルトを外部から元に戻せるか、考えていたんですね。無理だとわかったでしょう、ジョン」

「そのとおりだ、ジョー」リングローズは認めた。「この部屋を出て、のちに発見された状態にしておくなど、生身の人間にできる芸当ではないな」

「だから奇跡だと言ったんです」アンブラーが断言した。

「奇跡と奇策とはまったくの別物だぞ、ジョー。まだなんの手がかりもつかめないな。きみはどう思う、ボルゾーヴァーくん？」

「ぼくもさんざん考えました」若者が答えた。「理屈で言えばできなかったはずが、事実ができたと示してます。犯人が見つかるまで、手口はわからないでしょうね。これは人殺しのしわざであり、手品師のしわざでもありますよ」

「弁護士はもう書類に目を通したかね？」

「グラントフさんはいま確認してるところです。警察が大量の書類を裁判所に運んだので、向こうにいるんですよ」

「弁護士も審問で供述するかもしれません」アンブラーが言った。「一時間後に始まります」

「では、その前に軽く食べておこう」リングローズが声をかけた。「時間があったら一緒にどうだね、ボルゾーヴァーくん。ところで、もうひとりの男、ジャーヴィス・スワンの弟について新しい情報はないんだな？」

「なにも」アンブラーが答えた。「同居している夫婦には連絡しましたが。言うまでもなく、あの検死官は要点を外しませんよ。マーティン・スワンの突然の失踪には立ち入らないでしょう。殺人事件との関連が証明できませんから。それでも関連はあるはずです」

一時間後、刑事たちは検死審問に出席し、ボルゾーヴァーは十人あまりいる証人に加わった。

ヒューズ検死官ほどあまねく尊敬を集めている者は多くない。干からびた法律の手先でありながら、その人間性と思いやり、幅広い経験とで知られていた。担当の事件をみずから処理しようと用心に怠りなく、一瞬たりとも審議が脱線することを許さなかった。

陪審が棺に入った故人をそそくさと見に行ってから、まず警官が証言した。フォレストとファルコナーの両巡査がジャーヴィス・スワンの部屋の窓にのぼった方法を説明して、鍛冶屋が鉄格子を二本切ったことを述べた。次にマスターズ警部補が着席して、故人が暮らしていた部屋の風変りな特徴を解説した。

その後に続いたマシューズ医師は、故人の死因を説明した。

「故人は老人であり、持病のリウマチのせいで手足がかなり不自由でした。それ以外は健康体でしたが、ひどくやせています。どの臓器も年齢のわりに十分に機能していました。背後から左の肩甲骨の下を重い短剣で突き刺されたにちがいありません。刃は肋骨を通過して心臓に達しています。即死でした」

「本人が刺したとは考えられませんね？」

「絶対に不可能です」

「死体を見て、死後何時間経過していると推定しましたか？」

「二十四時間であろうかと。実際は、それほど長時間ではなかったはずです。なぜなら、故人は前夜九時半すぎに生きている姿を目撃されていて、翌日の夜八時ごろにわたしが死体を検分したからです」

続いて〈ウォレス・コレクション〉の学芸員が凶器について証言した。

「それはトルコのもので——ひと組のうちの一本です。目を見張るほどすばらしい二本ですよ。ダマスカス鋼の刃は三角形で、柄の上部の、金でダマスク模様が施されたところにアラビア語の文章が刻まれています。柄は象牙製で、金の台にのせた小さなルビーが何個もちりばめられています。そのナイフ、つまり短剣は、著名な東洋学者の故サー・ゴードン・ハケットから当館に遺贈された品でした。故人は短剣をアレッポで購入しました。二本はあらゆる点でよく似ています。作られたのは一二〇〇年、あるいはもっと前かもしれません」

「アラビア語の文章を翻訳してもらえませんか」ヒューズ検死官は短剣に触れながら、その由来に耳を傾けていた。

「いいですとも。こうした中世の、東洋の品によく見られる文章です。昔はしばしば人の血が流されたしるしですね。ざっと訳せば、こうなるでしょうか。〝汝は汝の務めを果たせ。われはわが務めを果たす〟」

「この場合、契約は守られたようですね」とヒューズ検死官が言った。

次にブレント軍曹が証人席に着いた。

老軍人はあいかわらず沈んでいて、話をそらしたが、検死官は習慣に従って、事件に直接関係ない審問や証拠をすみやかに退けた。生きているジャーヴィス・スワンを最後に目撃したとされるブレントは、故人が午後九時半をまわったころに車で戻ってきた様子を話した。ウィリアム・ボルゾーヴァーも来て、管理人室の外でスワン氏としばらく立ち話をしていたこと。ボルゾーヴァーは雇い主の用事で、翌朝早く郊外に出向く予定だったが、午後五時までに戻る手はずだったこと。それからスワンはひとりで自室に上がり、ボルゾーヴァーは管理人に道路地図を借りて挨拶すると、車に戻ろうとしたこと。

「そのとき」ブレント軍曹が言った。「ウィリアムに訊いたんです。『ベラに会わなかったか?』って」

「ベラというのは?」

「うちの娘です。おれはやもめなんで、ひとり娘のベラが一緒に住んで、世話してくれてます」

「なぜボルゾーヴァーくんに、娘さんに会わなかったかと尋ねたのですか?」

「おれは会わなかったからです。午前中に家で姿を見たきりで。娘はしょっちゅう外をぶらぶらしますけど、ふだんはこっちにひと声かけてから出てくんです」

「娘さんがぶらぶらすると?」

「はあ、そうです。娘は——気ままに暮らしてます」

老人がうなだれ、検死官はその言葉をよく考えた。そして、思案の末に口をひらいた。

「とりあえず退席してけっこうです、軍曹。ただし、法廷を離れないこと」

ところが、証人がぐずぐずした。

「もうひとついいですか?」

「よろしい」

「こういうことです。その娘が行方知れずになってます。あの日から会ってません」

「ぶらぶらしていて?」

「はい、そうです。けど、たまに留守にするときも、おれが心配しないように、必ず声をかけて出かけてました。娘は心を入れ替えたもんで。だから、今回はいざこざに巻き込まれちゃいないかと、気が気でないんです」

「本人から連絡は、あるいは娘さんに関する情報はまったくなかったのですか?」

「ありません。女友だちの何人かに訊いてみました。でも、だれも娘の姿を見てなかったし、なにもわからなかったです」

検死官はいたわるような目でブレント軍曹を見た。誠実でまともな親ほど悲しみにくれるものだと痛感していた。

「子の罪は親に報いる（本来は〝親の罪は子に報いる〟という祈禱書の言葉）」と検死官は言った。「捜索の手配をしておきましょう。もっと早く届け出ればよかったですね。娘さんには、ジャーヴィス・スワン氏との接点があるのですか？」

「いいえ全然。スワンさんは女嫌いでした。とりわけベラを嫌ってました。女を部屋に入れたことはありません。なんでもかんでも自分でやって、あとはウィリアム・ボルゾーヴァーに手伝わせてました」

「娘さんのために望みを失わないように。見つかったら教えてください」検死官が言った。「できることがあれば、やってみます。立ちなさい、軍曹」

次にレジナルド・スワン、殺された男の甥が証言した。ほっそりした、ややひ弱そうな、猫背気味の若者だった。思慮深い表情が浮かんだ青白い顔に、自然と品位が備わっている。額は広くはないが高い。伸ばした金髪、引き締まった顎、薄い口髭で隠した小さな唇。不安げなところはみじんもなく、ロンドンなまりのある、はっきりとした声で話す。青い目は明るく、眼鏡の奥でゆるぎない。賢明で感じのいい人間だという印象をもたらした。

「あなたの一族について詳しく教えてください」ヒューズ検死官が切り出すと、レジナルド・スワンは鼻眼鏡を外し、落ち着いて答えた。

「スワン家には三兄弟がいました。上からブラッドモア、ジャーヴィス、マーティンです。死んだジャーヴィス叔父は、博物館や個人のコレクターのために珍しい動物を輸入して、生計を立てるようになりました。叔父には大の親友がいて、おそらく生涯ひとりきりの友人だったでしょう、名前をニコラス・ボルゾーヴァーといいました。このふたりが一種の契約を交わしました――三十年ほど前でしょうか。ボルゾーヴァー氏はハンター兼わな猟師であり、アフリカに出かけて珍しい生き物を集めました。鳥獣、蝶などのたぐいです。氏がこうしたものをこちらに住む叔父に送り、叔父がそれを売っていました。この事業は何年も継続しましたが、その間にも叔父はもっと利益を生む事業を発展させていて、金貸しになりました。数年前にニコラス・ボルゾーヴァー氏が亡くなり、まもなく叔父は動物を扱う事業からすっぱりと手を引きました。

三兄弟の長男ブラッドモアは、ぼくの父です。父は結婚してふたりの子供、ぼくと妹のジェラルディンをもうけました。両親はともに七年前のテムズ川の事故で溺死しました。父は一介の訪問販売員でしたから、ぼくと妹は金の苦労をしました。教育だけは立派に授けてもらえたので、ジェラルディンは父の友人がいるエディンバラで簿記係というよい勤め口を得て、ぼくにはジャーヴィス叔父から助手にならないかと申し出がありました——リンクレイター・ビルで経理と事務などを担当するのです。薄給でしたが、相続人になるのだから金にこだわるなと言われました。

叔父は兄弟とつきあいがなく、ぼくは叔父をほとんど知らなかったので、言われたとおりにして、奇妙でみじめな条件で六カ月働き続けました。そこでもう限界だと思い知り、叔父のもとを離れました。叔父はひどく腹を立てましたが、しかたなかったんです」

「なぜ、しかたなかったのですか?」

「不正な仕事を命じられたからです、検死官殿。あるいは、実際に不正でないとしても、まっとうではない仕事でした。叔父は高利貸しで——心のない人間で——胸糞悪い人でなしの——守銭奴ですから。後生大事にしていたのは金だけです。現金がすべてで、それが良識ある使い方をされたらどうなるかは気にかけませんでした。しかも、金を得ようとして、けだものと化してしまいました——残忍で、不潔で、ぼくに言わせると、ありとあらゆるマナーに無頓着になったんです。今回は盗品の受取人だったことまで証明されたとか」

「故人と決定的な不和を起こした原因はなんですか?」

「叔父が金を貸して押さえつけていた気の毒な人たちに、むごい仕打ちをしたせいです。ある未亡人は経営していたちっぽけな店を抵当流れにされ、子供たちのために手を打とうとして自殺しました。もう見ていられませんでしたよ」

「故人とは円満に別れましたか?」

「いいえ——けんか別れです。あんたはとんでもない悪党だと言ってやると、縁を切られました」

「その後はどんな仕事に?」

「スコットランドにいる父の友人たちのおかげで、運よく〈アポロ火災保険〉の事務員になれました。その友人たちがある紳士——重役のひとりです——を知っていて、その人に事務職を決める権限があり、ほかに希望者がいなかったので雇ってもらえました」

「いまでもその会社に?」

「そうです」

「叔父さんが死んだ夜はどこにいましたか?」

「自宅です。イーリングで下宿しています。ちょうどその晩は、ジョージ・メイソンという友人を夕食に招いていました。地元の建設業者の息子です。七時に来て、十一時半過ぎまでいました」

「亡くなった叔父さんと過ごした経験をもとに、叔父さんが襲われた事件に仮説を立てられませんか?」

「無理です。叔父にはたしかに敵が大勢いましたが、個人的にはだれひとり知りませんから」

「では、スワン三兄弟の末弟ですが——マーティン・スワン氏は失踪中と報告されているとか？」

「マーティン叔父はライギット——ライギット・ヒースの外れ——に農園を持っています、検死官殿。もう何年も会っていません。父が死んだとき、マーティン叔父はぼくと妹のためになにもしてくれませんでした。ぼくたちがお高くとまっていると思っていたんです。叔父は土を耕すことに誇りを持っていて、世間で言う快適さや身だしなみに無頓着な点は、ジャーヴィス叔父といい勝負でした。マーティン叔父は、娘がひとりいる未亡人と結婚しました。それが十年前のことで、妻が死ぬと、継娘は叔父のもとに残りました。カースレイクという男と結婚し、夫婦で叔父と同居するようになったんです。夫婦は叔父の家の手入れをし、たしか夫のほうは農園で働いているはずです。叔父は六十八歳でしょう」

「叔父さんとカースレイク夫婦とは折り合いがよかったのですか？」

「同居して八年にはなるはずですから、馬が合うのだと思います」

「夫婦のことは知っていますか？」

「父が死んでから一度会いました。マーティン叔父を訪ねたときです。でも、それきりでした」

「叔父さん同士は仲がよかったですか？」

「よかったとは言えません。ぼくの知るかぎり、ふたりは一度も会いませんでした。ぼくがジャーヴィス叔父の下で働いていたころですが」

「ジャーヴィス・スワン氏のもとを離れたとき、自分の将来と叔父さんの財産とを結びつけて考えましたか？」

「考えませんでした」

「仕事をやめたとき、叔父さんは遺産の話をまったくしませんでしたか？」

「はい。叔父の貯めた金は少しでもあてにするなと、厳しく言い渡されました。ずっとあとでウィリアム・ボルゾーヴァーが、叔父はまだぼくを嫌っていると教えてくれました」

「あなたはウィリアム・ボルゾーヴァーくんを知っていましたか？」

「はい。ウィリアムが叔父のところで働き出して一年ほどで知り合いました。彼が叔父からぼくのことを聞いて訪ねてきて、親友になったんです」

「事件に関与していると思いませんか？」

「ウィリアム・ボルゾーヴァーがですか！　いいえ、検死官殿。彼は今回の一件で大損をしただけですよ」

「ありがとう。いまのところはこれでけっこう。実に明快な供述でした。退席してよろしい、スワンくん」


ここでヒューズ検死官は陪審に向かって話した。

「陪審のみなさん、ご存じのとおり、この事件は複雑な様相を呈し、ジャーヴィス・スワン氏の弟の失踪はスワン氏の死亡と関連があると思われます。しかし、そちらの審問はわれわれの現在の目的を外れています。わたしはつねづね、必要のない場合は審問の延期に反対しています。今回は必要がなさそうです。あとでカースレイク夫婦も審問します。ただし、今日われわれが解明に努めるのは、ジャーヴィス・スワンの死亡とマーティン・スワンの失踪との関係ではありません。ここに集まったのは、ジャーヴィスの死因のみを解明するためです。われわれがこの人物が殺された事件を審理して、あなたがたの評決が示されることはよくおわかりですね」

　検死官は書記のほうを向いた。

「次はラザラス・グラントフ氏に話を聞く。ジャーヴィス・スワンの顧問弁護士だ」

　年配のユダヤ人が証人席に着いた。しゃれた身なりの小柄な男で、頭は禿げ上がり、愛想のいい丸顔をしている。金縁の鼻眼鏡をかけていて、かすかな外国語なまりで話す。だが、とりたててユダヤ人気質は見受けられなかった。残った髪は赤茶けた白髪まじりで、刈り込んだ口髭も赤茶色を帯びていた。

　ヒューズ検死官はいつもの前置きをすませてから、グラントフに言った。

「まず、あなたはジャーヴィス・スワンとどんなかかわりを持っていたのかを話し、次に、最後に会った際の出来事を細大漏らさず教えてください」

　グラントフが会釈した。

「承知いたしました、検死官殿。わたくしと亡きスワン氏との関係は、事務弁護士と依頼人とのそれでございました。故人のために長年に渡り、弁護士の職務の範囲内であると言える、あらゆる仕事をしてまいりました」

「私生活でのつきあいはありませんでしたか?」

「まったくございません」小柄なロシア系ユダヤ人が禿げかかった頭を振った。「わたくしはスワン氏に反感を抱いておりました。さりながら、個人的感情より仕事優先でございまして、氏に専門外の仕事を要求されないかぎり、反論いたしませんでした」

「すると、そのような仕事を要求された経験があるのですね」

「一度だけ。あるとき、当事務所の金庫室にさる貴重品類を預かるよう求められ、具体的な品目を尋ねました。氏はそれを明かさず、こんな話をいたしました。かつて、盗品を受け取ったと警察にあらぬ疑いをかけられた経緯があるため、問題の貴重品は正当に入手した品だが、当分は自宅に置かないほうがいいのだ、と」

「その説明を信じなかったわけですね?」

「おっしゃるとおりです。委託物は絶対に引き受けないとスワン氏に申しました」

「ジャーヴィス・スワン氏が盗品の受け取り手であると知りながら、あるいは強く疑いながら、氏のために仕事を続けたと?」

「なにより仕事優先でございますし、スワン氏は有益な依頼人でございました。わたくしは氏のために合法的な仕事を続けました」

「どういった仕事を?」

「主に貸し付けと集金で——大口も小口もございました。氏は貸金業者でしたから。わたくしがたびたび不愉快な仕事を請け負ったことは否定いたしませんが、職務の部類に入らない行為はしておりません」

「ふむ、実体は察しがつく。ところでグラントフさん、依頼人が死んだ晩の故人とのやりとりを詳しく聞かせてください。いつもスワン氏があなたを訪ねてきたのか、たいていあなたのほうから出向いたのか」

「スワン氏がこちらへ来るか、従業員のウィリアム・ボルゾーヴァーをよこしました。わたくしはリンクレイター・ビルの部屋に入ったことはございません」

「続けて」

「問題の晩、スワン氏は約束して当方の事務所にやってきました。四半期の会計に目を通し、双方の計算を突き合わせ、貸していた金を持ち帰るためです。氏は小切手を使わず、銀行預金口座も持っていませんでした。現金が入ると、すぐさま投資しただけです。どの株式仲買人に頼んでいたかは存じません。その晩は五百ポンド以上の大金を用意して、スワン氏を待っておりました。また、わずかな財産を差押え、氏の持ち家のひとつから借家人を追い出すかどうか、という問題もございました。氏はケニントン・ロードの外れのパントン・レーンに六軒の家を所有していて、借家人たちを追い出そうとやっきになっていたのです。この問題の検討が終わり、住宅の広告を出す取り決めをしても、まだ懸案事項がひとつ残っておりました。スワン氏は遺言状を書き換えたいとお考えでした。お預かりした一通目では、氏の財産は兄と弟に均等に分けてあります。それは二十年前に作成したものです。しかし、兄上はとうに亡くなり、その相続分がふたりのお子さんに相続されることを氏は望みませんでした。弟のマーティン・スワン氏のほうは、折りに触れて援助してきたので、死んでまで得をさせるつもりはない、ということでした」

「あなたが一通目を作成したのですか?」

「ちがいます。十年前にジャーヴィス・スワン氏の弁護士になった際、ほかの書類とともに受け取りました」

「その遺言状はまだありますか?」

「いいえ。しばらく前に、スワン氏がわたくしの目の前で破棄しました。それから新しい、きわめて簡単な遺言状の下書きを読みました。氏の指示に従い、わたくしが書いたものです。氏はそれを承認し、次に来るとき署名するので、仕上げておくようにと命じました」

「では、新しい遺言状の条項は？」

「新しい遺言では、スワン氏が死亡した時点での全財産がウィリアム・ボルゾーヴァーに遺されることになっていました」

「無条件で？」

「なんの条件もなく。ボルゾーヴァーはスワン氏に献身的に仕えてきたと、氏からそう聞きました。あの若者はたしか、やはり以前にスワン氏に仕えた男の息子です。氏はだれかに財産を残すしかありませんが、親族を嫌っていたので、この若者を唯一の遺産受取人に選んだのです」

「とはいえ、その遺言状は仕上がらなかったのでは？」

「ええ。スワン氏は遺言状を残さずに死亡しました」

「では、遺産はマーティン・スワン氏と、故ブラッドモア・スワン氏のふたりの子供たちに均等に分けられるのですね？」

「さようです」

「財産の価値がわかりますか？」

「三万ポンドをゆうに超えると推察できる程度には。約五千ポンドは貸し出し中でして、ほかにも回収しにくい借金が一定額ございます」

「その財産には、リンクレイター・ビルの金庫のひとつで回収された――と言うより、現時点では〝発見された〟と言ったほうが法にかなっていそうだ――フォーティスキューの宝石とみごとな皿も含まれていますか？」

「いいえ、検死官殿。わたくしは存じていることしか申せません」

審問が始まって以来初めてもれた笑いが鎮まり、ラザラス・グラントフ氏の審問はこの最後の質問で終了した。

「ジャーヴィス・スワン氏は、死亡した夜の何時にあなたと別れましたか?」

「迎えの車が九時に到着しましたが、スワン氏は十五分以上待たせていました。九時二十分ごろには退去したはずです」

その後、もっとも興味を引く証人になりそうな人物が着席した。

ウィリアム・ボルゾーヴァーはにわかに時の人となり、緊張気味に見えたが、外見は感じがよく、疑惑が生じてもいなかった。検死官から気さくに声をかけられ、ウィリアムはたちまち落ち着きを取り戻し、供述を終えたころには、続く質問にすらすらと答えることができた。

年齢は三十歳、故人におおむね信頼された立場で三年半仕えたという。

「次は父上のことを教えてください。それから、きみの前の仕事について詳しく話してください、ボルゾーヴァーくん」ヒューズ検死官が命じた。すると、そういう質問をされるかもしれないとジョー・アンブラーに教えられていた証人が答えた。

「父とスワンさんは若いころ一緒に仕事をしていました——ひとりはロンドンで、ひとりはアフリカで。父が住んでいたのはキリマンジャロ山の台地です。一時帰国した際に結婚して、妻をアフリカに連れて帰りました。現地の部族長たちとも知り合いで、誠実な人柄でしたから、信頼され、助けられました。父も彼らを助けました。母は現地の生活に溶け込み、ぼくは向こうで生まれ育ちました。父の主な仲間はチャガ族の人たちでした。

キリマンジャロ山には峰がふたつあるんです。キボのほうが高くて、標高は六千メートルに少し欠けます。頂上は万年雪と氷に覆われています。もうひとつの峰がマウェンジで――こちらは断崖ばかりで、雪はありません。積もらないんです。八キロほど続いている窪みがふたつの峰を隔てています」

「実に興味深い話だ、ボルゾーヴァーくん。しかし、聞かせてほしいのは父上のことと、父上がジャーヴィス・スワンのためにしていた仕事のことです」

「父は鳥や猿、リス、豹などの皮を集めてました。また昆虫と蝶、象牙とサイやエランド、牡鹿、羚《れい》羊《よう》などの角も。キリマンジャロに竹は生えてませんから、ゴリラはいません。子供のゴリラの主食はタケノコなんです。でも、以前、父と一緒にキブ湖まで大遠征をしました。もう二十歳でしたから、仕事のこつは心得てました。探してたのは希少種の巨大ゴリラとライオン、新種の鳥と蝶でした。イツリの森林にはオカピがいて――」

「遠征の話はもうけっこうだ、ボルゾーヴァーくん。要するに、きみは父上を手伝って収集物をスワン氏に送っていた。父上は亡くなられたね?」

「ぼくが二十五歳のとき、父はサイと接触して死にました。ぼくは母とふたりの生活を必死に支えましたが、長続きしませんでした。父の死後間もなく、スワンさんが動物関係の仕事をやめてしまったからです。すでに事業を他人に譲り渡し、すっかり手を引きたいという話でした。やがて、スワンさんから会いに来ないかという手紙が届きました。でも、母はどうしても帰国しませんでした。現地の宣教師たちと親しかったし、年を取ってきて、あの美しい国を離れる気になれなかったんです。そこでぼくは、父の旧友にしてもらえそうなことを――あるとすれば――確かめに来ました。聞いたところ、スワンさんは甥の、それまで使っていたレジナルド・スワンと仲たがいして、しばらく人手を借りずにやってたそうです。でも、雑用や外回りをさせる人間が欲しかったようで。スワンさんは頭こそ冴えてましたが、リウマチのせいで手足がずいぶんと不自由で、車に乗らないと外出できませんでした。父に免じて仕事を与えると言ってもらえ、ありがたく受けたんです。当初はロンドンの街にめまいがしましたが、どこのジャングルも似通っていて、半年で勝手がわかりました。ぼくは宣教師にきちんと教育されたので、数字に強く、まずまずの仕事ができるとスワンさんにもわかったようです。あの人が車を使うようになると、ぼくは運転を習い、近所に住んで、いつでも指図に従いました」

「スワン氏の部屋でも仕事をしたのかね?」

「はい、経理はすべてそこで。あとはぼくがスワンさんを拾って、顧客などのところに連れて行きました」

「氏の秘密を知っているかね?」

「知りません。言われたことだけをして、なにも訊きませんでした」

「氏が盗品の受け取り手であったという点について、なにか知っているかね?」

「怪しいと思う品はありました。でも、よけいな口出しをしなかったので、闇商売をほのめかされもしませんでした」

「きみは氏によく思われていた?」

「はい。実は、すごくよくしてもらいました」

「では、きみのほうはどう思っていたのかな?」

「大嫌いでした。あの老人は冷酷で、自分の汚らわしい金を困ってる人のポケットからむしり取るために生きてただけです」

「それでも働き続けた?」

「機械になりました。レジナルド・スワンと知り合うまで友人がいませんでしたし、ぼくなりの計画があったんです。守銭奴にしがみついて金を貯めたら、キリマンジャロかキブ湖まで戻り、父から教わった仕事を続けるつもりでした。コンゴ盆地にはまだまだ未開の地がありますから。すばらしい冒険といい稼ぎが待ってるんです」

「冒険が第一かな?」

「冒険の資金を貯めようとしてたんです。あまり貯まってませんが——全額を鋼鉄の金庫に入れてます。チャガ族は『キャプフォ・ニコ・サンドゥ・キェ・チクリャ』と言い、スワンさんがそれは真実だと身をもって教えてくれました」

「チャガ語はわからないのだよ、ボルゾーヴァーくん」

「つまり、『金は身を滅ぼす。持たないほうが身のためだ』という意味です」

ヒューズ検死官がほほえんだ。

「負うた子——と未開人——に教えられることもあるな。では次にボルゾーヴァーくん、事件当夜のきみの行動を詳しく話してくれたまえ」

「当日の午後は休みで、ほとんどの時間、車の点検をしてました。次の日に長時間運転する予定があったんです。あの晩は九時にスワンさんを弁護士事務所に迎えに行って、連れ帰ることになってて、約束の時間ぴったりに着きました。九時十五分過ぎにスワンさんが出てくると、まっすぐ自宅へ送りました」

「きみも建物に入った？」

「はい。でも、管理人室までです。スワンさんが部屋に上がって少しして、ブレント軍曹に声をかけました。スワンさんから最後に言われたのは、明日の午後は五時に来なさいということでした」

「管理人とはどんな話を？」

「道路地図を借りました。次の日にハイウィカムという土地に行く予定があって。そこでスワンさんの雑事を肩代わりしてる人に会って、現金を回収するためです。その人はフィリップ・アンドルーズという――肉屋です」

「軍曹は地図を貸したかね？」

「地図を貸してくれて、娘さんを見かけたかと尋ねました。『今日はベラに会ったかい、ビリー？』と訊かれ、会ってないと答えました」

「その女性を知っているのかね？」

「はい、知ってます」

「友人かな？」

ウィリアムが首を振り、少しいやな顔をした。

「いいえ、ちがいます。ベラは身持ちの悪い女で、いろいろ悪いことをしてきました。ブレントが気の毒です」

「きみはハイウィカムへ行ったのかい？」

「はい。明け方に出て、仕事を終え、午後五時十五分前には現金を持って戻りました」

「それから？」

「それからスワンさんが朝のパンとミルクを取り込まなかったと聞いて、発作でも起こしたんじゃないかって思いました」

「部屋に入ろうとした？」

「いいえ。絶対に無理ですから。スワンさんは外出するたびにドアをがっちり施錠してました。錠前師でもなければあけられません。なかにいるときはボルトまで下ろすので、スワンさんがいるなら、ドアにボルトが下りてるとわかってました。あの人は盗難に遭う心配ばかりしてたんです」

「きみはどうしたのかね？」

「最初、スワンさんは留守かもしれないと思いました。ぼくが出かけてから外出して、ロンドンのどこかで事故に遭ったか、正気をなくして保護されたのかと。でも、前夜はまっすぐ自室へ上がったし、なかにいるんじゃないかと思いました。とにかく、まず見つけなくては話になりませんから、警官を呼びに行きました。警官たちはドアの錠を爆破しましたが、ドアにはボルトが六本ついていて、外すには何時間もかかりそうでした。そこで警官たちは窓に回り、スワンさんに近づきました。ぼくらはマーティンさんに電報を打ったりもしました」

「ドアか窓から出る以外に、部屋を出る手段はあるかね？」

「ありません。あの部屋はどこもかしこも鋼です――床も、壁も、天井も。スワンさんの自慢の種でしたよ」

「午後九時半過ぎから翌日の午後五時までの、きみ自身の行動を説明できるかな？」

「はい、もちろんです」

ウィリアムはじっくり考えて先を続けた。

「眠っていた時間を除いて、なにもかもお話しできます、検死官殿。ぼくはハイウィカムから五十三ポンド持ち帰りました」

「あと二点、ボルゾーヴァーくん。ジャーヴィス・スワン氏がラザラス・グラントフ氏の事務所に出向いた用件を知っていたかね？」

「はい。現金を受け取ることと、新しい遺言状の草稿に目を通すことでした」

「きみはその遺言の内容を知っていた？」

「知ってました。スワンさんがぼくに全財産を遺すと教えてくれました」

「では、今回の件はショックだったね？」

「はい——なにもかも失いましたから」

「さて次に、弟を訪ねるスワン氏を車でライギット・ヒースまで送ったことがあったら教えてほしい」

「一度もありません」

「スワン氏の弟を知っていたかね？」

「ぼくは弟さんと面識がありませんが、スワンさんはときどき会っていたと思います」

「なぜわかったのかな？」

「ときどき列車でライギットへ出かけていたからです。シティにあるキャノン・ストリート駅まで、ぼくが車で送りました。そして、翌日また迎えに行ったんです」

「そういうとき、氏はライギットに行くとわかったのだね？」

「スワンさんから聞きました」

「氏が弟の話をしたことは？」

「さんざんけなしてましたが、たまには役に立つとも言ってました」

「最近、そのような訪問があったのは？」

ウィリアムはよく考えてから答えた。

「ずいぶん前です。八月の最終月曜の祝日より前でした。あのときスワンさんは二日出かけました」

「氏が弟から連絡を受けたことは？」

「あります。書留小包を受け取ってました」

「その中身は？」

「見たことがありません。スワンさんが金庫に保管してました」

「なぜ差出人がマーティン・スワン氏だとわかったのかね？」

「仕事で手紙をたくさん書きましたが、小包が届くたび、マーティンさんにハガキを送ったからです。文面はなくて――署名だけでした」

「どんな署名が？」

「赤インクで書かれた丸いO《オー》の字の真ん中に、黒い点がありました」

「スワン氏の弟がときどき兄のために盗品を隠していて、盗難事件のほとぼりが冷めるのを待ったということだろうか？」

「そうみたいですね」

検死官は思案してから証人を下がらせた。

「ご苦労でした。けっこうな証言だったね、ボルゾーヴァーくん」

褒められたウィリアムはにっこりして退席し、続いてみすぼらしい身なりの、青白い顔の男が現れた。茶色の細い顎髭を生やし、額が狭く、目がきょときょとしている。やせて背が高く、滑稽なほど首が長い。ホンブルク帽をいじり、しきりに唇をなめている。気をしっかり持とうとして、それがかなわないことが傍目にもすぐわかる。

しかし、ヒューズ検死官はたちまち男の緊張を解いた。彼は手元の記録を見て、やがて話し出した。

「ジャーヴィス・スワン氏が死んだ夜、あなたは自宅にいなかったようですね、カースレイクさん？」

ジェイムズ・カースレイクが首を振った。

「おれと女房はブライトンの親戚んとこで、あの夜——二日過ごしたんです」

「なるほど。ところがあなたは、奥さんと外出した二日後にマーティン・スワン氏が行方不明だと知ることになった。マーティン・スワン氏の失踪は、このたびの氏の兄の検死審問にかかわりがあるかもしれないし、ないかもしれない。あなたがたはマーティン・スワン氏と同居して、もう何年も経つのですね？」

「そうです——十年になりますか。こんないきさつがありました、検死官殿。マーティンさんは娘がひとりいる未亡人と一緒になって、その女房が死んだころ、娘のレベッカとおれはつきあってました。けど、マーティンさんにはあいつを手放す気がなくって、つきあうなと言われました。するとレベッカは、継父よりおれを大事にしてたもんで、結婚を許してくれるんなら同居を続けてもいいと言いました。おれも同居して、農園で働くからと——おれは腕のいい農夫なんで。で、そういうわけです」

「なるほど。いつもなごやかに、万事順調に運びましたか？」

「そうはいきませんや。でも、たまにけんかしただけですよ。おれにだって男気があります。自分がぞんざいに、犬並みに扱われたって平気ですけど、女房がいびられたら、かっとなるときもあるんです」

「無理もない。しかし、ふたりとも家を出なかった？」

「はい——出ませんでした。仕事はそうそう見つからないし、マーティンさんはきちんと給料を払ってくれたもんで。あの人には農園のあがり以外に稼ぎがありました」

「不労所得が？」

「とんでもねえ不労ですよ——聞き苦しい言葉をすいません。マーティンさんはよくわからない人でした。詮索したわけじゃないですけど。そんなことしたら、首を切られてましたよ」

「隠れた事情があると思ったのですね？」

「そりゃそうです。女房だって、ここじゃ同じことを言いますよ。つまり、マーティンさんはときどきレベッカに、『最近やけに不機嫌だな、海辺の空気を吸ってきたらどうだ』と言ったんです。すると、おれたちにゃぴんとくるんです。つまり、一晩か二晩は邪魔するなってことだ。おれがいつでも出かける気でいたのは神さまがご存じです。ブライトンには弟がいますし。おれより羽振りがいいけど、かわいい弟です。で、海辺の空気を吸って来いと言われるたび、女房は従ってきました。毎度毎度おれがつきあって、弟んとこに行くんです。ブライトンのテッド・カースレイクっていいます」

「では、最近カースレイク夫人が海辺に送られたのは？」

「マーティンさんが消える前の朝です。ラドフォードさんは、ライギット・ヒースの〈子羊と旗〉亭の主人ですけど、うちのことならなんでも知ってます。おれたちが出かけた二日目、ラドフォードさんは殺しの話を聞いて、マーティンさんに知らせに来ました。で、マーティンさんが見つからなかったもんで、またあの人はいい友だちなんで、ブライトンに電報を打って、親父さんが行方不明だと教えてくれたんです」

「その前は、いつ出かけるよう指示されましたか?」

「八月の最終月曜の祝日でした。ちょっと羽を伸ばして三泊したらどうだと言われて、そうしました」

「さて、マーティン・スワンさんについてどう考えますか?」

ジェイムズ・カースレイクはためらい、裁判所の天井を見て、それからヒューズ検死官を見た。

「そうですね」カースレイクが答えた。「ええと、戻ってくるんじゃないかと」

「そんなところでしょう。しかし、こう尋ねるには理由があります。あなたは宣誓している、わかっていますね」

厳しい言葉がカースレイクを安心させたようだった。

「私人なら口をつぐんでていいかもしれないが、宣誓した人間は公人であって、法の名において口をひらかなけりゃならない」

「いかにも」

「じゃあ、検死官殿と、言ってみりゃあ、神さまの前で答えます。おれは、マーティン・スワンほど人でなしの嘘つきで、口汚く、情がなく、業突く張りの年寄りを見たことがありません。あの人が戻ってきたら、法律でおれを守ってくださいよ」

「あなたたちが海辺の空気を吸っていたあいだにマーティン氏がなにをしていたか、見当もつきませんか？」

「だめです、検死官殿！　てんでわかりません」

「ジャーヴィス・スワン氏がライギット・ヒースを訪ねてきたことがありますか？」

「女房はたまに、おれたちの留守中に来てたんじゃないかと疑ってました。でも、そんな証拠はなかったです」

「マーティン氏に来客は多かったですか？」

「ときどき青果商が来ます。ほかにはだれも」

「甥の、レジナルド・スワン氏も？」

「おれが覚えてるかぎりでは」

「ウィリアム・ボルゾーヴァー氏も？」

「おれも女房も、ボルゾーヴァーさんが〈子羊と旗〉亭より先に行くのを見た覚えがありません」

ジェイムズ・カースレイクは妻に席を譲った。げっそりやつれた、早くも白髪が目立ってきた小柄な女だった。甲高い声でしゃべり、頭の切れとブラックユーモアめいたものを示した。みじんも不安を感じさせず、うきうきとしている。消えた継父を堂々と中傷し、検死官の質問に対して、夫と同じ話を夫より言葉を費やし、夫ほど用心せずに繰り返した。

「あの老いぼれはこの世から消えちまえばいいんです」ある質問に答えたあとでレベッカが言った。「男にも、女にも、子供にも、てんでいい行いをしなかった。ことあるごとに守銭奴の兄貴をぼろくそにけなしても、裏ではつるんでて、盗んだ物を分けあってたにきまってます」

「ウィリアム・ボルゾーヴァー氏に会ったことがありますか？　故ジャーヴィス・スワン氏の雇い人

ですが」

「ありません。でも、レジナルドさんがやめてから使用人を雇ったとは聞きました」

「ではレジナルドくんに会ったことは？　彼は叔父に会いに来ましたか？」

「まさか。わざわざあんな場所で足を汚しません。いっぺん来て、そのいっぺんきりです。あの人は紳士ですよ」

「マーティン氏は母上にどう接していましたか、カースレイク夫人？」

「ほかのもろもろと同じですよ。靴みたいに――用のあるときだけこき使って、あとは忘れてました」

「怪しいと思ったのは、マーティン氏がときどきあなたがたを追い出して従事していた仕事ですか？」

「ずる賢く証拠を隠してたから、はっきり言えませんでした。でも、あいつは守銭奴の兄貴の手先になってて、なんらかの形で手を貸してた――新聞に書いてあることが本当なら、盗品を隠してたんです」

「継父の行方は見当もつかないのですね？」

「ぜんぜん――悪魔が仲間を迎えに来たんなら別ですけど」

　この言葉で証人の審問は終了した。特定の個人に関心は示されず、警察が目下のところ拘留したい人物はいないと表明したので、大いに満足したヒューズ検死官は審理を終了させることができた。しかし、その前にウィリアム・ボルゾーヴァーを呼び戻して、ひとつ質問した。

「きみはレジナルド・スワン氏と知り合いだね、ボルゾーヴァーくん？」

「はい、そうです。一年くらい前から親友になりました。彼にはこれまですごく親切にしてもらって、ぼくはちょくちょくイーリングまで会いに行くんです」

その後、陪審にすみやかに説示が与えられた。検死官は故人が発見された状況を説明した。現場は鋼で作られた堅固な部屋で、盗まれた短剣が死体の心臓に刺さっていた。何者かが出入りを試みた痕跡がなく、脱出した方法は判明していない。自殺は不可能であり、殺人にまちがいない。ジャーヴィス・スワンの身元を明かした人物のだれひとりとして、これまでのところ一点の疑いもなく、たまますべての証人が、彼の死で利益を得る者も含めて、事件当夜はリンクレイター・ビルにいなかったことを証明できた。

「ただし、ひとりを除いて」と検死官が説明した。「ジャーヴィス・スワン氏が遺言を残さず死亡したのは事実であり、そういう事情なので、弟のマーティン・スワン氏が甥のレジナルドくんと姪のジェラルディン嬢と共同で遺産を相続します。しかし、マーティン・スワン氏が失踪している以上、再び姿を現すまでは、彼が兄の死に多少なりとも関与しているとは言えません。となると、みなさんの評決に疑問の余地はないと思われ、本法廷にて現在の知識で審理するかぎり、この事件には従来の進め方が適合します」

検死陪審団も同意見であり、陪審員席を離れず、故人はひとりまたはふたり以上の未知の人物に殺害されたという評決を下した。

第三章　麗しのジェラルディン

イーリング・コモンにあるレジナルド・スワンのアパートメントの小さな居間で、兄と妹が熱心に話し合っていた。こうしてふたりの人生が一変し、すぐ再会することになろうとは、なんと不思議なめぐりあわせだろう。ジェラルディン・スワンは亜麻色の髪の美人で、身長は兄のレジナルドと同じくらいだが、兄よりはるかに生命力にあふれ、潑剌《はつらつ》としている。レジナルドには学者気質が見てとれ、そのすぐれた性質から知性と好奇心を備えているのがわかる。いっぽうジェラルディンは、古代ギリシャの理想に近い天衣無縫な性格である。とはいえ、軽やかな機知に富み、感受性が鋭かったが、思索にふけり、物事を比較し熟考して美貌を曇らせるたちではなかった。はちきれんばかりに健康な娘であり、生活に追われることもなく、人生の楽しみに心からの関心を抱いていた。

ジェラルディンはレジナルドが大好きで、ほかには心を惹かれた男性がいなかった。裕福なスコットランド人のひとりかふたりが、美貌と度胸と気立てがよい性格に惚れ込んで求婚したが、ジェラルディンは現状を変える気になれなかった。遊び歩くように仕事を楽しみ、人生を信用し、二十二歳の明るい自信で将来を見つめていたのだ。

ジェラルディンの瞳は青と灰色の中間の色合いで、額は広くて平ら、唇は大きめだがふっくらしていて、形が整っている。すっと通った鼻筋はギリシャの大理石像の理想をたたえている。おまけに顎が丸みを帯びて美しい。「顎はわたしのチャームポイントよ。気に入ってるの」ジェラルディンは率直にそう言ったものだった。

こうした顔が、そのままみごとな首に持ち上げられ、有り余るほど豊かな淡い色の髪とのバランスを取っていて、細部に至るまで完璧であるため、かえってどこか物足りないのかもしれなかった。しかし、この娘の目は大胆な気性できらめいていた。そこにはうぬぼれも自意識もなかった。善意の表れで温かい光が浮かび、プライドが引っ込んで完璧には見えなかった。彼女はひとつの特性をかいま見せる。頭を使うより体を動かす勇気と度胸である。それは活動範囲の広がった新生活のおかげで、新世代の女性たちにみるみる広がる傾向であった。

ジェラルディンは兄の話に耳を澄ましているようだ。レジナルドが勤めから戻って、ふたりは一緒にお茶を飲んだばかりだった。ジェラルディンは兄と週末を過ごそうと、その朝エディンバラからやってきた。

「状況はある程度しかわかっていない」レジナルドが説明した。「マーティン叔父さんの身になにがあったにせよ、おまえとぼくとでジャーヴィス叔父さんの遺産の半分を相続する。そこは疑問の余地がない。だから、ジャーヴィス叔父さんの不幸な死で、ぼくたちはひと財産に恵まれそうだ——一万五千ポンドを上回りそうだと、グラントフさんから聞いたよ」

「まあレジー、信じられる?」

「正直言って信じられない——まだね。リングローズさんは、ゆうべ訪ねて来たんだが、マーティン叔父も殺されたと確信しているそうだ。恐ろしい話だが、あの人はそう信じている。言うまでもなく、警察がこの事件の真相を突き止めるとも信じている。いままでのところ、謎めいているけど。でもリングローズさんは、まだこちらに伏せられている理由から、同一人物がどちらの叔父も殺したとにらんでいる。アンブラー警部補に力を貸すことになっていて、明日は本格的な捜査を開始するそうだ。それまでになにも発見されず、報告されなかったらね」

「警察になにができるというの？　どこから手をつけるのかしら？」

「ライギットだ。リングローズさんはそこに手がかりがあると考えている。でも、それはどうでもいい。今夜はウィリアム・ボルゾーヴァーが来るから、ぼくらと彼の関係について、きちんと話しておかなきゃならない」

ジェラルディンは了解した。小さなソファに腰を下ろすと、目を輝かせて、レジナルドがパイプを吸いながら部屋を行ったり来たりする姿を追いかけた。

「レジーがいいと思うことならなんでも賛成するわ」

「なにがいいことかよくわからなくて、ビリーに任せてしまいたいな。大好きなんだよ。率直で隠し立てしないところがあるからね。知り合って一時間後には〝ビリー〟という愛称で呼ばれる男だ。生い立ちのせいで、根っからのもらい上手。どこか感情を表に出さず、そのくせなにも感じていないわけではない」

「三万ポンド失って痛くもかゆくもないなら、変わった人でしょうね」

「ああ――特に、その金があれば母親のもとに帰り、理想の生活に戻れたからね。ぼくみたいな外国知らずのロンドン子でも、ビリーが故郷の神聖な山を語る様子には熱意を感じずにいられない。彼にとってキリマンジャロは神のようなものだ。さらに言えば、その山はチャガ族の神であるらしい」

「要するにこういうことでしょ、レジナルド。ジャーヴィス叔父さんはその人にお金を遺すつもりだった。思いがけずご老人が死んで、機会が奪われてしまっただけよ」

「たしかに。相手が相手なら、良心的で公平な弁護士に相談して、この件におけるぼくの義務を尋ねたくなる。でも、ビリーはちがう。初対面で惹かれるところがあった。ぼくたちは得手不得手が正反対だが、共通点でもかなりちがう。どちらも頭が切れるけどね。ゆうべ遅く思いついたんだが、ここは正々堂々と――ビリーに意見を訊いてはどうかな、ジェラルディン？」

「最近、一緒にお昼をとったときとか、あちらからお話が出た？」

「一度も出ない。ビリーはばかじゃないよ。そりゃあ、腹のなかまでは見抜けない。ずっと感じていたんだが、彼はぼくをひそかに品定めしていて、おそらく、なぜこっちから切り出さないのか不思議に思っていたんだろう。気のせいかもしれないが、そう思う。でも、人に好意を抱いてもらえたら、そのときはわかるものだ。ビリーの立場で考えると、先行きに満足してはいないだろう。ただ、ぼくが公平な男で、欲に駆られて正しいことに目をつぶりそうもないのはわかってくれている」

「わたしだってそう思うわ、レジー！　そもそもレジーを知っている人なら、そこをわかっているはずよ」

「さしあたり、ビリーは仕事を欲しがっている。貯金に励んでいて、しきりにアフリカに戻りたがっているんだ。しかし、先立つものがなければ戻れないし、どのみちこの問題が片づくまで動きが取れない。みんな、ここで足止めを食らっている。ビリーとはある点で意見が一致しているんだ。ジャーヴィス叔父さんの人柄が大嫌いなことでね。ぼくが将来を棒に振ってまで叔父と縁を切ったのが、ビリーには意外だったようだ。それでも、仕事を辞めたことを褒めてくれた。彼の心に通じる窓がひらいたような気がした。人間はひとえに自尊心を守るために大金を失えるものだ。それがご老体の下で働く土台だったとは、ビリーは思ってもみなかったようだ」

「粗野な人なのね」

「ビリーはマーティン叔父さんが死んだと思っていない。殺人に関与したとにらんでいる。なぜならマーティン叔父さんは、たぶんグラントフさんを通して、ジャーヴィス叔父さんが作成中の新しい遺言状では、自分が相続人から外されることを聞いたからだ。グラントフは悪党だ、金のためにはなんでもする、とマーティン叔父さんも言っている」

「でも、グラントフさんはなにももらえないわ」

「なぜわかる？　もしビリーの言うとおりなら、それはグラントフさんとマーティン叔父さんしだいじゃないか。ビリーは、遺言状がなかったらマーティン叔父さんがなにもかも相続したと考えた。ぼくらが半分受け取ると聞いて大喜びしていたよ」

ジェラルディンはじっくり考えた。

「レジーがこれほどウィリアム・ボルゾーヴァーを好きなんだもの、わたしも信用する」と彼女は言った。「わたしたちの立場をちゃんと説明して。お金が道義上は彼のものだとよくよくわかっていると伝え、それをどう思うか訊いてちょうだい」

「そりゃあビリーだって正直に、すべて手に入るはずだったと言うかもしれない」

「レジーが彼の人柄を見極めていたらそんなことしない。レジーが彼を思いやるくらい彼もレジーを思いやっていたら、そんなことしないわ」

「ビリーをそんなふうに持ち上げるのは日曜学校のお話みたいだな。おまえにはすまないことをしたかもしれないね、ジェラルディン」

「じゃあ、この話はもうやめましょう。続きはあとにしない？」

「なにしろビリーに会うたび、こちらからなにか言うのが礼儀だという気持ちになる。強いられるわけじゃないが、どうしようもないんだ」

ジェラルディンは笑顔で頷いた。

「お父さまにそっくりね。なんて奇妙なことかしら、レジー。お父さまにあんな不愉快な弟がふたりもいたなんて！」

「ぼくもよくそう思った――おっ、ビリーが来たぞ。夕食を誘おうか？　それなら、おまえもぼくと同じくらい彼と仲よくなれるかどうか確かめられる」

「ええ、お引き止めしてね。ぜひとも」

少しして、ウィリアム・ボルゾーヴァーが部屋に入ってきた。にこやかに歩いてきたが、ジェラルディンの姿を見て表情が失せた。彼女がほほえみながら近づくと、心を奪われたように見返した。すっかり無口になり、浅黒い顔から笑みが消えた。声まで変わってしまった。ビリーは下宿の居間に入ったつもりが、いつのまにか宮殿にいた、と思う向きもあるだろう。人によってはその場の雰囲気を作れるものであり、ジェラルディンはまさにそういう女性だった。

ようやく、来客はふたたび口がきけるようになった。

「はじめまして」自分の耳にひどくたどたどしく聞こえる挨拶だった。

ジェラルディンのほうは、ウィリアムの端正な顔立ちと堂々たる体軀に圧倒されていた。彼が並外れてすばらしい容姿に恵まれていることをレジナルドは手紙に書かず、話しもしなかった。ジェラルディンは彼の知性にだけ興味があって、どんな体つきかを尋ねなかったのだ。レジナルドは手紙でたびたび友人に触れながら、その容姿を伝えなかった。そこで厄介なことになった。男であれ女であれ、頭のなかだけでかかわってきた相手と、初めて会うときはそうなるように。ある出会いでは、生きている人の存在感が問題にならず、ほかの出会いでは今後のすべてのやりとりに大きな影響を及ぼすこともある。この見ず知らずの男の美貌を目の当たりにして、ジェラルディンはふと心を惹かれた。妹が黙っていたので、レジナルドが話し続けた。

やがて三人でしゃべり出すと、ジェラルディンは内心驚いたことに、兄がビリーと初めて会ったとき感じたというときめきを覚えた。

ビリーは悲惨な事件を話題にしたが、長話はしなかった。

「ジョー・アンブラーに何度も会ったよ」彼が言った。「ぼくがハイウィカムに行った日の行動を一から十まで知りたがってた。なんでも訊き出してしまう人でね。でも、あの人はぼくが好きだし、ぼくもあの人が好きだ。最初は殺人犯だと思われていたにちがいない。でも、人間としておたがいが好きになった。彼は驚くほど頭がいいよ。そのうち夕食を一緒にとって、奥さんと子供たちにも会うんだ」

「子供はお好きですか、ボルゾーヴァーさん？」ジェラルディンが訊いた。

「チャガ族と過ごしていたころは好きでした」ウィリアムが答えた。「まったく愉快な人たちでしたよ。ぼくはチャガ族の子供に交じって育てられたようなものです」

「あちらにお戻りになりたいと、兄から聞いていますが？」

「戻るつもりです、ジェラルディンさん。向こうには男の暮らしがあります。さらに言えば、女性の暮らしも。ぜひうちの母に話を聞いてください。女性も気に入りますよ――冒険心のある向きは」

「奥さんを連れて帰るんだろう、ビリー？」とレジナルドが言った。

「それも計画のうちさ」相手は照れることなく言い切った。

ウィリアムはふと思い出し笑いをした。

「ジョー・アンブラーは抜け目のない人だ。蛇から秘密を探り出してしまう。いいかい――ちょっと愉快な話だよ。ぼくがハイウィカムへ出発したところを見た人間がいるかどうかを訊かれて、いないと答えた。ただ、早起き雀は別だとね。でも、アクスブリッジで朝食をとったことは話せた――〈七つ星〉というパブで。『店の人間が覚えてますよ』と言ったんだ。『店の女の子にキスして、それを父親に見られてしまって』」

「そんなやつとは知らなかったな、ビリー」レジナルドがつぶやいた。

「ちがうよ、レジー。誤解だよ、神さまがご存じだ！　でも、こういうわけさ――そこがアンブラーの抜け目なさなんだ。彼もぼくがそんなやつじゃないと承知の上だ。ぼくは女性に敬意を払う。アンブラーはわかってくれた。だから、どうしてそんなふうに我を忘れたのかと訊かれ、よからぬ考えを打ち明けた」

レジナルドがそわそわと妹に目をやった。

「黙れ、ビリー」

「いいや、聞いてもらう。あの朝、ぼくはかなり浮かれてた。ご老体が一両日中に新しい遺言状に署名するとわかったので、もうすぐ気ままな金持ちになってアフリカに戻り、好きな仕事ができると思ってたからね。ただ、ジャーヴィス・スワンが死ぬのを待ってたら、こっちがロンドンで朽ち果てそうだから、こう自分に言い聞かせた。『あっちが死ねば全部ぼくのものになるんだから、運命を待たず、すぐに一部をいただくとしよう。あの悪党から二、三千ぶんどって逃げてやる。いつか全部手に入るんだから、かまやしないさ。スワンがまだ年単位で生きるなら、失敬するまでだ』すごく愉快な思いつきだった。というのも、ほら、そろそろ妻を探すことになるけど、相手はアフリカに行く気概のある人だからね。そこできれいな女性を見ると、それまで考え抜いてきた計画が嬉しくて、キスしないわけにいかなかった！」

「反省しろよ、ビリー」

「アンブラーにもそう言われたっけ。こっちの話を大真面目に聞いてたよ。あれはぼくの汚点だったな。だって、よからぬ考えを抱けるなら、それを実行できることにもなるからね。でも、アンブラーは事情をわかってくれた。こっぴどく叱り飛ばされ、さんざん説教されたよ。おまけに彼の抜け目なさを示すところで、こう言われたんだ。もしぼくが殺人犯だったら、アンブラーにそんな話をしないように細心の注意を払っただろうと。だって、わざわざ不届き者のふりをするやつはいないからさ！」

「それで、パブの娘はどうしました？」ジェラルディンが尋ねるかたわらで、レジナルドが笑い出した。

「特に気にしなかったみたいです。ただ、父親が深刻に受け止めてしまって。ぼくは謝って、その朝はちょっと幸運に恵まれて浮かれていただけで、悪気はなかったと釈明しました。ふたりとも許してくれたと思います――とにかく、娘さんのほうは」

「だれがジャーヴィス叔父を殺したか、見当もつきませんか？」

「あなたたちと同じですよ、スワンさん。殺したいと思った人は大勢いたでしょう。アンブラーには、チャガ族の呪医を呼び寄せるべきだと勧めてます。彼らは白人の警官も、原住民の警官もわからない真相を突き止めるんです。嗅ぎ付けるのかな。恐ろしい人たちですよ、呪医は。いったいどこであの知恵を身に着けたのか。彼らは女性を嫌悪してます。『女と血兄弟の契りを結ぶな。目を刺されるぞ』と言うんです。でも、信心深いんですよ、チャガ族は。第一の崇拝物はキボで――これはキリマンジャロの最高峰です。現地では、〝キボのごとく耐えよ〟が幸運を祈る言葉です。呪医はこぞってキボを訪ねます。山々は命と健康を意味し、谷は死と病を意味します。チャガ族はバンツー語系諸族の山岳民族で、キボに沸き起こる大きな雨雲を見るのが好きです。豊作と豊水のしるしですから。輝くばかりに美しい土地。あれほどの自由は世界中のどこにもありません」

「美しいところでしょうね。ぜひ見てみたいです」ジェラルディンが言った。

「じゃあ、そうすればいいですよ。お金持ちになったんですから。お兄さんとキリマンジャロを見に行っては？」

「そこで肝心な話だが」レジナルドが切り出した。「真面目な話《ビジネス》をしたいんだ、ビリー。もっと早くしなかったのか意外だろうが、まず妹に相談しなくてはならなかった。妹はぼくと同意見だから、聞いてくれ」

「商売《ビジネス》？　きみとは商売なんかしてないよ。それとも、ぼくを雇って、キリマンジャロへ連れて行かせ、案内させる気かい」ウィリアムが笑った。

「兄の話を聞いてください、ボルゾーヴァーさん」ジェラルディンが強い口調で言うと、来客は彼女を見て口をつぐんだ。ジェラルディンのひと言で、早くもウィリアムはしおらしくなった。

レジナルドが事情を説明し、ジェラルディンは兄が当初の心づもりに従ってもかまわなかった。ビリーを信頼できる気がした。ビリーにも彼なりの考えがありそうだとぴんときたが、それがどんなものかはまだわからなかった。

「それで」とレジナルドが締めくくった。「次はきみの意見を聞かせてくれ、ビリー。聞いてからでないと決着がつけられないんだ。同意するとは言わないし、同意しないとも言わない。だが、とにかく聞かせてくれ」

ウィリアムは目を丸くして、兄から妹へ視線を移し、また妹から兄へ視線を戻した。一瞬疑うような顔をしたが、耳にしたことは誤解しようがなかった。

「ぼくに少し分けてくれるってこと？」

「わたしたちに分けてもらえるのか――そちらが問題です、ボルゾーヴァーさん」ジェラルディンが言った。

「やれやれ！　こいつは驚いた！」来客が口ごもった。「きみたちみたいなふたりがちゃんと考えていたとは、ちっとも知らなかった！　レジー、ぼくは最初から――最初からきみを好きになり、いざとなったら少しは――ぼくをアフリカに帰して昔の仕事を始めさせるくらいは援助してくれると信じていた。実を言えば、それはきみが友情からする行為だと、それ以上ではないと思った。ぼくは大金をもらっても持て余す。きみたちが相続したことを神に感謝している。もうひとりの叔父さんも死んでるといいね――それなら、遺産の大半がきみたちのものになる。とにかく、半分でもきみたちのものになるとわかって最高だよ。おまけに、きみとこの美しいお嬢さんみたいなふたりと友人になれて、実にすばらしいね」

ウィリアムの型破りな喜び方がレジナルドを笑わせ、ジェラルディンを赤面させた。それでも、どちらも彼のそばではきまりが悪いと感じなかった。三人で検討した結果、詳細はこれから詰めたほうがいいだろうとウィリアムが言った。彼は金については大雑把な考え方をしていて、欲張るといっても、もうすぐ百ギニーの狩猟用ライフルを買える身分になると想像するくらいだった。

ウィリアムの関心はレジナルドからジェラルディンへ移っていた。自分の話が彼女の興味を引いたと気づき、彼女の多くの念願のひとつが旅行だとわかると、兄妹の計画を褒めそやし、生まれ故郷の美観と神秘をできるかぎり鮮やかに描写した。

「絶景を見たかったら」ウィリアムは言った。「これまで夢に見た世界よりすばらしい世界に触れかったら、キリマンジャロへ行ってください。あれに比べれば、この地球上で見られるものはどれもこれも色あせます。チャガ族の土地に移住したら、あなたは百歳まで生きるでしょう。あなたのように立派な女性は。それに、向こうの気候で六カ月過ごせば、レジナルドは十キロくらい肉が付いて、背筋が伸び、堂々とした男になりますよ」

「旅行は大いに兄のためになりそうですね」ジェラルディンが言った。「本人は絵画や彫像が大好きですけど、それは帰国してからヨーロッパを回ればいいんですから」

「中央アフリカを見てきたら、ヨーロッパに行こうと思わなくなりますよ」ウィリアムが言った。

夕食が済んで来客が辞去する前、ふたりの人物が思いがけなくスワン家を訪ねてきた。ジョン・リングローズとレジナルドのあいだには友情らしきものが芽生えていて、引退した刑事は若者に親近感を抱いていたので、親交を深めてもう少し人となりを知ることにしたのだった。リングローズは人当りがよく、想像力を駆使して共感できるため、相手に心を許してほしいところで必ず信頼してもらうことができた。そうした能力がたびたび役に立ち、成功してきたのだった。それに従って行動するのは、リングローズが真の人間性を備えているからだ。彼はレジナルドに偏見を持たず、心をひらいてやってきた。検死審問で行った証言から、青年は正直でごまかしのない人物に思えた。このジャーヴィス・スワンの相続人をよく知るにつれ、彼はあらゆる意味で叔父の死に無関係であろうと考えるようになった。しかし、レジナルドから聞き出すべき情報はまだまだある。行動を取る前にアンブラーと一緒に捜査の段取りを考えてもう一両日待たされたあいだ、リングローズはレジナルドと知り合って信頼を得たのだった。いっぽうアンブラーは、審問でレジナルドを観察する機会を得て、被害者の使用人が主張するとおりの正直者であるかについて確信を得た。その結果は予想外だった。アンブラーは衝動的な人間とは言えず、友人があまりいないためだ。けれども、途方に暮れたウィリアムの個性——人生観、計画的に及んだ不届きな行為を率直に打ち明けたこと、自然で快活な魅力と結びついた知性——が、アンブラーの胸に若者への好意を目覚めさせた。年齢は三十歳だが、ウィリアムはいまだに若者だった。頻繁に会うなかで、アンブラーはウィリアムの打ち明け話を厳しくたしなめ、明らかに盗みを計画したと思しき男がそれを上回る悪事を見逃しかねないのかどうかを自問して、みずからの経験に従った。生まれついての犯罪者が胸の内をさらけ出すことはめったにないと知っていたのだ。アンブラーはウィリアムに、犯行時間における行動を訊きただしてあった。ウィリアムがハイウィカムへ行ったことを証明して、すべての足取り——リンクレイター・ビルを出てから戻るまで——を実際に裏付けられるので、ジョー・アンブラーはいまのところ彼をジャーヴィス・スワンの死の謎から解放したくなった。ただし、事件解決には協力してもらう。

刑事たちは歓迎され、彼らの差し迫った要件が話題になった。リングローズはその晩ウィリアムがスワン家を訪ねることをレジナルドから聞いていて、ある点を調べようとこの機会を利用したのだ。

「ジョーの話では、きみはわたしたちとは意見がちがうそうだね、ビリー」リングローズが言った。「目下、ジョーとわたしは、マーティン・スワンが兄と同様に死んでいるのはまずまちがいないと考えている。しかし、きみはそれを認めず、マーティンが生きていると踏んでいる。なぜだね、ビリー?」

「なぜって、マーティンはこの事件の張本人ですから」ウィリアムが言い放った。「アンブラーさんは、どんな場合も動機が第一のポイントだと教えてくれました。そういうわけです」

「説明してくれ、ビリー」

「こういうことです。ジャーヴィス・スワンは新しい遺言状を作って弟を相続人から排除しようとしていた。ぼくはそれを知っていて、もうひとりの人間も知っていた。弁護士ですよ。グラントフがマーティン・スワンの仲間だったら?　これからどうなるかをマーティンに教えたとしたら?　ふたりで手を組んで、ジャーヴィスが新しい遺言状に署名しないうちに死ぬ計画を立てたら?」

「だが現実はどうだね、ビリー。マーティンが遺言状の件を知っていたとしよう。では、ジャーヴィスがとっくに死んだいま、マーティンの立場はどうなる?　なぜ姿を消している?　あとはアリバイを作るだけだったのに。きみはマーティンが兄を殺害したと思っていないだろうね?」

「思ってます」ウィリアムが言った。「思ってますとも、リングローズさん。関係者で足取りがつかめなかったのは、いまのところ彼だけです。何者かがジャーヴィスを殺した。その犯人と手口を突き止めるのはあなたたちの仕事ですけど、マーティンはみごとにやってのけた以上、逃げたにきまってます。きっと、何年もたったら戻ってくるつもりでしょう。彼がカースレイク夫婦を追い払っていたのに——策をめぐらせるたびにそうしたんです——夫婦がライギット・ヒースを出てからの動きは、わかりっこありません」

レジナルド・スワンが口をひらいた。

「その晩、マーティン叔父がロンドンにいてもおかしくありませんよ」

「きみの考えはこうかな。叔父さんが――どうにかして――犯行に及んでから姿を消して、一時英国を離れ――土産話を携えて帰国し、一部始終を聞いて驚くと」アンブラーが訊いた。

「そんな感じで。グラントフも手を貸したんですよ」ウィリアムが言った。

「それもひとつの仮説だね、ビリー」ジョン・リングローズが認めた。「それでも、やはりきみはまちがっている。わたしはマーティンが死んでいると断言するよ」

「なぜです？」とレジナルドが訊いた。

「まだわからん。ひとつ言っておくと、カースレイク夫婦が気に入らなかった。愚か者の夫婦とも言えるだろうし、そのとおりかもしれんが、もっと人物がわかるまで判断は差し控えよう。明日、ジョーとわたしはそこから捜査を開始する。その前にマーティン・スワンの消息が判明したら話は別だが」

「マーティン叔父は弁護士を雇っていましたか？」レジナルドが訊いた。「叔父の身辺がなにかわかりましたか？」

「雇っていなかった」アンブラーが答えた。「一度農園に行ってみたが――挨拶をした程度で――捜査はしなかった。カースレイク夫婦はもう帰宅していて、仕事を続けている。マーティンが現れなければいいと願っていたよ。ジェイムズ・カースレイクは新しい雇い主の下でも働けるだろうと甘い考えを抱いていた。夫婦の話では、マーティンは弁護士を雇っていなかったようだ。兄に似て、稼いだ金は貯めるいっぽうで、ほとんど使わなかったらしい。ぼくは農園の金庫だけを捜査する礼状を取った。中身は現金およそ二千ポンドで、手をつけた気配がなかった。遺言状も持ち主の謎を解く手がかりもなかった。レベッカ・カースレイクの話では、マーティンは金庫の鍵に糸を通して首にかけ、服の下に隠していたそうだ」

「どうです、リングローズさん？」ウィリアムが尋ねた。「見たところ、この事件はカースレイク夫婦にはなんの得にもならなかったみたいですけど」

「〝見たところ〟――そうだね、ビリー。しかし、この商売で〝見たところ〟は役に立たない言葉だ。殺人事件の捜査では、物事が見かけどおりだったためしがない」

リングローズはアンブラーのほうを向いた。

「カースレイクに容疑はかかっていないと伝えたのか？」

「ええ、ジョン。本人も疑われる筋合いはないと言ってました。けっしてばかではないし、はったり屋でもありません。カースレイクと妻はただの凡人で、老人に対する憎しみを隠さなかった。ぼくが初めて訪問した――というより付近まで行ったとき、あの男は酔っていました。パブにいた全員から酒をおごられ、人気者の気分になり、仕事はなおざりでしたよ」

「とすれば、わたしはその夫婦を見損なっているらしい」リングローズが言った。「とにかく支障がなければ、ジョー、明日向こうで捜査を開始する」

事件の話題がそこでとだえると、レジナルドがウィスキーの瓶とたばこの缶を出した。

「どの刑事さんも葉巻を吸いながら話しますね」レジナルドが言った。「でも、ぼくには葉巻を買う余裕がありません」

「じきに買えるようになるさ、スワンくん」リングローズが愛想よく予言して、ジェラルディンのほうを向いた。

「こんな醜悪な出来事を聞かせてしまって面目ありません、お嬢さん。もっとも、あなたはなかなか肝が据わっていると見える」

「この恐ろしい出来事には感情を交えず向き合っています」ジェラルディンが言った「人が苦しんでいるのも、邪悪な行為をしているのも考えたくありません。でも、今度の事件も、わたしには新聞記事と同じです。叔父たちは名ばかりの存在ですし、ジャーヴィス叔父は世の中の役に立たず、害になっていたとレジーから聞きました。反面――自由とお金が手に入るのはすばらしいことですし、そうでないとは言いません、リングローズさん」

「いかにも」リングローズが答えた。「冴えていますね」

リングローズがしゃべって残りの者が聞き役にまわったが、再び事件の話題が出たのは彼とアンブラーが退去しようと立ち上がったときだった。

「狙いはマーティン・スワンとジェイムズ・カースレイクとラザラス・グラントフですか」レジナルドが言うと、ウィリアムは笑った。

「コラムブリア・マルクラ・ガウイ・オシワラ・マンヤ・リムイ――フォ」

「それはなんだね、野蛮人くん」リングローズが訊いた。

「〝二羽のヤマウズラを追う者は一羽も得ず〟という意味ですよ」ウィリアムが説明すると、アンブラーが拍手した。

「きみの仲間は野蛮人だったかもしれないが、物事がわかっているな」

「われわれのヤマウズラはライギット・ヒースのどこかに隠れている」リングローズが断言して、友人たちは連れ立って出ていった。

リングローズが郊外の連絡線の駅へアンブラーを案内すると、この既婚男性は事件の話をけろりと忘れ、ジェラルディンを褒めそやした。

「いやあ！　美人でしたねえ、ジョン！」

「たしかに利口な娘だな、ジョー」

「〝利口〟――でありながら、あの顔と体つき！　あれほどすばらしい女性にお目にかかったのは久しぶりだ」

「そうかね、ジョー？　それほどだったか？」

「女性を見る目がありませんねえ」

「だが、ビリー・ボルゾーヴァーにはある。あの男を見たか？　わたしが長話をしていたときさ。話はそっちのけで――目が彼女の顔に釘づけだった」

「まったくです。さぞや華やかなカップルになるでしょうね。あのふたりは」

「しかし、きみはビリーにむやみに好意を寄せていないか？」リングローズは釘を刺した。「実は、はるかに事件の核心に近い人物かもしれんぞ」

「あなたが――人間性をよく知っているあなたが――そんなことを？」

「だからこそ――ささやかな知識を身に着けたから――そう言うのさ、ジョー」

「でも、そう思ってはいませんよね？」

「思っていない。どちらの若者も好きだ。ふたりは見るからに仲がいい――親友だね。それに、ビリー坊ちゃんがあの娘を好きなことも一目瞭然だ。ついでにもうひとつ。あの娘も彼が好きだね」

「ふたりは今夜出会ったばかりですよ」

「本人たちはそう言うさ、ジョー、本人たちは」

アンブラーが一瞬黙り、それから口をひらいた。

「どうやら、気を引き締めて、ビリーを好きにならないようにしなけりゃいけませんね?」

「〝どうやら〟そうらしいぞ、ジョー。ボルゾーヴァーは遺産についてなにか言ったかね?」

「なにも言いませんでした——考えもしなかったんでしょう」

「あの遺産がこれからどうなるのか、ひそかに知りたくてたまらないね」リングローズが言った。

「金の行方がわかれば、少しは性格の謎が解けるし、ほかの点もはっきりするかもしれん」

幾多の凶悪事件の研究家はこう語った。しかし、リングローズがスワン家に到着する前に三人の若者のあいだで交わされたやりとりを知っていたら、だれよりも大喜びして、いかにも嬉しそうにその言葉を取り消したであろう。

第四章　樽

あくる朝、不吉な前兆がライギット・ヒースの晩秋の美を翳らせることはなく、リングローズは胸のうちで秋の静かな威厳を称えていた。ずたずたになった色とりどりの衣が路肩に散ったまま十月の日光を浴びている。青々としたモミとトウヒを背景に、シダレカンバが名残の黄金色をきらめかせ、ヒースじたいの皮には、背の低いハリエニシダの山吹色と、見納めとなるギョリュウモドキの花、枯れかけたシダの調和した朽葉色で華やかな模様がついていた。その荒れ地を一本道がまっすぐ走り、そこに訪問先の建物がぽつんと見える。〈子羊と旗〉亭はありとあらゆる旅人を誘い、トマス・ラドフォードはビールと蒸留酒、たばこなどを販売する許可を与えられていた。店名が示すとおり、パブは古い教会の敷地に立っている（子羊は「神の子羊＝キリスト」を指す）。

ラドフォード氏はアンブラーを覚えていて、ライギットから来た警察の車が自宅のポーチの前で止まると、どちらの訪問者も歓待し、新しい知らせはないかと真っ先に尋ねた。するとアンブラーが、隣人がずっと行方不明である件にはいかなる説明もつかないと答えた。刑事たちはトマス・ラドフォードに誘われてポートワインを一杯飲み、スティルトン・チーズをひと切れ食べた。リングローズは、ラドフォードを気さくだが詮索好きな店主だと思った。ラドフォードが事件の関係者について話すことは、これまで判明した事実と大差なかった。しかも、失踪した男は無知でずるくて、別にいなくてもかまわないと言う始末だった。農園が売りに出されれば、彼自身が名乗り出て、ジェイムズ・カースレイクの手を借りて運営を続けるという。マーティン・スワンの使用人について尋ねられると、ジェイムズは人柄こそいいが頭が足りず、取るに足りない人物だと言った。

「あいつに目を付けたって、旦那がた、時間の無駄ですよ」ラドフォードが請け合った。「ジミーは脳足りんみたいなもんです。まともですけど、紙一重の差ですし。えらく気のいいやつで、そりゃまあ、自分に満足してます。神さまの思し召しどおりで、なんの悪癖もありませんから。でも、あいつを仲間にする悪党はいやしませんし、本人にその気があっても、意気地がなくて——あえて危険な道に向かいません。一目置かれたこともなければ、迷惑をかけたこともなく——毒にも薬にもならないやつでして」

「しかし、えてしてそのタイプは、自分をもっと強い人間の手先《ツール》だと考えがちだ」アンブラーが主張したが、パブの主人は笑うばかりだった。

「悪党は切れ味のいい道具《ツール》を選ぶもんです」

ラドフォードはがっしりした体格の、きれいに髭をあたった鈍重な男で、だるそうに動くわりに年寄りではなかった。彼はある出来事について尋ねられ、まだ判明していなかった細部を提供した。

「娘夫婦が留守にするたび、マーティンは昼めしを食いに来たんです」ラドフォードがリングローズに教えた。「知ってのとおり、あいつはたまにふたりとも厄介払いして、部屋だけ欲しがったんですよ。そういう日、マーティンはポークチョップかステーキを食べに、ここに立ち寄ったんです。また夜に戻ってきて、コールドミートとピクルスなんかで軽食をとりました。大の肉好きで——よくいる、虎並みに肉ばかり食うのに、てんで太らない年寄りでしたね。カースレイク夫婦は問題の日にブライトンにいたもんで、マーティンは正午に来て、暗くなってから一時間バーにいました。だけど、翌朝はまったく姿を見てません」

「最後に現れた晩、マーティンは何時に帰宅したのかい？」リングローズが訊いた。

「十時ごろか、もうちょい遅かったかな」

「では、家までの距離は？」

「四百メートルくらいです。うちのすぐ隣ですよ――ヒースの東側の小さな窪みにあって、幹線道路から専用の小道が伸びてます。で、次の日に電報配達がリンクレイター・ビルからの伝言を届けるまで、マーティンのことは忘れてました。配達人はライギットから自転車をこいできたが、マーティンが見つからなくてうちに来たんです。おれは小僧を待たせて、農園へ様子を見に行きました。すると、マーティンの鋤が畑に刺さってました。ジャガイモを掘ってたとこです。道具小屋の戸があいてて、家のドアは閉まってましたが、鍵はかかってませんでした。飼い猫はこっちを覚えてて、飛び出してきました。猫と話ができたら、うんと助けてくれるだろうになあ、旦那がた。だけど、マーティン・スワンはなかにも外にもいなかった。おれは農園中を――一万二千平方メートルばかしの場所を――叫んでまわり、それから家に行き、また大声で呼びながら階段を上りました。が、そこにもいませんでした。いよいよ変だと思い、うちに戻ってライギット警察に電話したんです。警察を待つあいだ、ロンドンから届いたマーティン・スワン宛の電報を読んじまいました。なにかわかるかと思ってね。それと、ブライトンにいるジミー・カースレイクにも電報を打っときました」

ラドフォードはさらに、カースレイク夫婦が戻ってきた翌朝に巡査ふたりと警部補ひとりが家と農園を訪ねてきて、裏手で死体を探したことをこまごまと語った。日夜警戒が続いていたが、アンブラーが初めてやってきて、マーティンの金庫がライギット署に移されると、ようやく警戒が解かれた。

「ところで、カースレイク夫婦はいまどこに――家にいるのかね？」ジョン・リングローズが訊いた。

「住み続けてますよ。ジミーは女房と楽しくやってます。雇い主が消えてから、仕事らしい仕事はしてません。やつとレベッカはマーティンの金のことで頭がいっぱいで、少しはもらえるかと皮算用してるんです」

「ふたりは老人の身になにがあったと考えている？」アンブラーが問いかけた。

「死んだものと思ってます」パブの主人が答えた。「怪しげな商売をしてるうち、強い敵に逆らって報いを受けたんだと、ジミーは見当をつけてます。あの夜ジャーヴィスとマーティンは一緒に――どこか、どこか別の場所に――いて、一緒に消され、あとでジャーヴィスはロンドンに運ばれたとね」

「しかし、ジャーヴィスは九時半に生きている姿を見られているぞ、ラドフォード」アンブラーが指摘した。

「そうです。それに、おれはその夜の十時ごろにここで生きてるマーティンを見てる。だけど、兄弟は遅くなってから合流できますよね？」

「たしかに」アンブラーが言った。「だが、ジャーヴィスは翌日の午後まで発見されなかったんだぞ。それに、ジャーヴィス・スワンは倒れた場所で死んだ。自分の部屋で殺されていた――それは血痕がはっきり示している。死後にライギット・ヒースから運ばれたなら、血はほかの場所にあったはずだ。それだけじゃない。犯人が部屋に入れたとしても、そこを出て、ボルトを差した状態にできなかった。犯人が悪魔の一味ならできただろうが」

そこへリングローズが別の質問をした。

「ジャーヴィス・スワンが弟を訪ねてきたとか、兄弟が会ったとか、聞いたことがあるかね?」

「いっぺんもないです」パブの主人が断言した。「やつの兄貴がこっそり弟に会いに来たとしても、検死審問でそんな話が出たとジミーから聞きましたけど、マーティンは兄貴をここに軽食にも夕食にも連れてきませんよ」

刑事たちはラドフォードと別れ、五分後、マーティン・スワンの住まいの門を入った。門扉からでこぼこ道が続き、二十メートルほど奥まったところに背の低い大型コテージが立っていた。薄汚れた漆喰の外壁をさらし、古い茅葺屋根の下は二階建てになっていた。農園は家の裏手に広がり、リンゴ園やプラム園、二千平方メートルほどの小果樹類――グーズベリー、ラズベリー、カラント、ローガンベリー――の栽培地もあった。そのほかは、一、二本のサクランボの木を除いて、野菜が作られ、ジャガイモの葉がしおれて作物が掘られるのを待つ畑では――掘り返された畝の途中に――黒っぽいローム土から鋤が一本突き出していた。

刑事たちが到着したとき夕食をとっていたジェイムズ・カースレイクは、入り口の右手の窓から外を見て、ふたりに気づいて足早に出てきた。妻もあとに続いた。身なりにかまわない、せかせかした夫婦であった。

「どうぞ入って、なんかつまんでください」ジェイムズが声をかけた。長い首が揺れ動き、目が喜びをあらわにしている。だが、訪問者たちはラドフォードの店に戻って食事をすると決めていた。店主がそう約束したのは珍しいことだった。

「どうかおかまいなく、カースレイクさん」リングローズが言った。「しかし、お食事中にお相手しますよ。アンブラーさんとこのわたしで様子を見に来ましたが、よろしいですね」

「けっこうですよ」ジェイムズが答えた。

「継父の行方がわかりましたか、おふたりとも?」レベッカ・カースレイクが尋ねると、ふたりはマーティンの足取りは依然としてつかめないと告げた。

「これからもつかめないでしょう」レベッカが言った。「絶対に生きて見つかりませんよ。あいつは自分の居場所に帰ったんです。もう地獄のこっち側じゃ見つかりません」

刑事たちが小汚い台所で腰を下ろし、夫婦は平然とアイリッシュ・シチューを食べ続けた。アンブラーはたばこを吸ってもいいかと尋ね、かまわないと言われた。

「どこにも触ってません」レベッカがリングローズに説明した。「アンブラーさんに、なにもかもそのままにしておくよう言われましたから。継父の寝室にあるウィスキーの瓶まで。ちゃんとありますよ。二個のグラスも一緒に」

「見ましたとも」アンブラーが応じた。「その一個から指紋が検出されました——もう一個からは出ませんでした。その部屋は金庫が持ち出された場所——二階のマーティンさんの寝室です」

「どちらのグラスにも飲んだ形跡があったそうだね、ジョー?」

「ええ」

「継父にお客が来てたってことじゃないですか、アンブラーさん?」レベッカが訊いた。

「そのようです、奥さん。その夜マーティンさんに来客があったと考えていいでしょう」

三人がしゃべり、リングローズはあまり口をきかずに彼らを観察した。夫も妻も信用できなかった。訪問者がいたとほのめかすのは造作もなかったし、消えた男の指紋がついたグラスを見つけるのもしごく簡単だった。だが二番目のグラスには、検査でわかったとおりなんの痕跡もない。指紋はマーティンの、ジャガイモ畑に戻された鋤からも採取され、柄に残された指紋がグラスの指紋と一致した。まだ証明されていないが、その跡がマーティン・スワンによってつけられたことを疑う理由はなかった。カースレイク夫婦の指紋も取られていて、それらは陶器類と短剣の柄についていた指紋と一致した。汚い家は夫婦の指紋だらけだったが、ほかの指紋はひとつもなかった。

やがてアンブラーとリングローズは農園に入り、ジェイムズ・カースレイクが同行した。ふたりの対照的な捜査法に、素人は興味を抱いたようだった。アンブラーはいたるところに目をやり、穴のあくほど見つめる。リングローズは汚れが落ちにくいパイプを気にして、農園どころではないのか、鶏の羽を一枚拾って掃除した。一本きりの鋤――マーティン・スワンが最後にしたことを示す証拠――に引き寄せられて、三人はそこへ向かったように見えた。雨が降ったため畑はぬかるみ、そこに警官たちの足跡がついていた。しかし、なにひとつ動かされていなかった。大量のジャガイモが、マーティンが掘り起こしたところに積まれ、先刻の雨に洗われて白くなっていた。リングローズは鋤をちょっと持ち上げ、興味なさそうに見つめてから地面に戻した。

「取りかかろう」彼は言った。「わたしは生垣とキャベツ畑、向こうの納屋を受け持つ、ジョー、きみは果樹園を隅々まで探してくれ。そこに隙間がある――いちばん上の生垣にな。向こう側はどうなってますか、カースレイクさん？」

「野原です」とジェイムズが答えた。「ウィルキンソンさんの牧草地ですよ。あの穴が〈子羊と旗〉亭への近道なんで、埋めません。でも、小僧どもがあそこを通ってリンゴを盗みに来るとスワンさんに教えたら、なんとかしろって言われました。スワンさんはとらばさみを仕掛けるつもりでしたけど、小僧がつかまって足が折れたら、厄介なことになるだろうとおれは言ったんです。だから、わなはやめましたが、隠れてて、言い出しっぺをとっつかまえて、鞭で打ってやりました」

三人は別れた。リングローズはキャベツ畑で時間を無駄にせず、西側で農園を囲む土手へぶらぶらと歩いていった。敷地の境界に沿って盛り土がされていて、下を水路が流れている。その細い流れがひらけて、草のない土手の下で浅い池になった場所があり、そこにクレソンの苗が大量に植えられていた。しかし、リングローズは水路を調べようとせず、足を止めようともしなかった。流れをたどり、出口に目星をつけた。水路に一枚の厚板が渡され、かたわらにバケツが置かれている場所だ。それから農園に背を向けて、耕作地の上の、堆肥の山の脇にある道具小屋の方向へ歩き出した。小屋に入って、散らかった古いかごや古い道具などを見渡しただけで、たちまち興味が満たされたようだった。姿を隠していたのはわずか五分間だった。やがて出てくると、服の埃を払い、再び土手を下り、二列の棒を見つめた。そこには熟して種をつけているインゲン豆が揺れていた。次にペポカボチャが栽培された小山に立ってじっと見つめた。初霜で早くも作物が傷んでいた。蔓がしなびて葉が枯れている。特大カボチャのうち、白と濃い緑色の実は、腐敗してすっかり膨れていた。そのすぐ向こうで、朽ちかけたラベルがついた缶と、壊れた箱、ぼろぼろのかご、陶器の破片、さびた台所用品ががらくたの山になっていた。

「どうです、ジョン?」とアンブラーが尋ねた。十五分後に三人が落ち合ったときだ。

「なにか見つかりましたかい、旦那?」ジェイムズも訊いた。

「これほど薄汚い、手入れが悪い場所は初めて見ました」とリングローズは答えた。「ここでとれた芽キャベツは食べたくありませんな。いい恥さらしだ——夕食をとる気が失せましたよ、カースレイクさん」

ジェイムズが笑った。

「ちっとは肥やしをまかなきゃ、野菜や果物を作れませんや」

リングローズはジェイムズに取り合わず、連れのほうを向いた。

「ここはあまり気にならんな、ジョー」リングローズは言い切った。「だが、夕食後に一緒に見直すとしよう。〈子羊と旗〉亭で、ラドフォードから聞いた例のローストダックを試してみたいね」

アンブラーはリングローズがふたりで話したいのだと即座に気づき、その意を汲んで、ジェイムズには一時間後に戻ると念押しして、農園をあとにした。

話し声が聞こえない場所まで来ると、アンブラーが口をひらいた。

「こっちは空振りでしたが、そちらは収穫があったんですね、ジョン」

「ああ――興奮しているよ、ジョー。あの鋤――きみも、地元警察の面々も一様にあれを見逃したとはね！」

「鋤ですか？」

「あの黄土色の粘土の跡――柄についた小さなしみと刃についた五、六個の点だ。ここの土は牧師の帽子並みに黒いが、鋤には――マーティンが残していったのか、あるいはもっと前からか、粘土が付着していた。洗い落とされていたが、いいかね、落ち切っていなかったんだ。暗がりであわてて洗ったからだろう。それを見てから、もっと粘土を探したんだ」

アンブラーが頷いた。

「で、見つからなかった？」

「いや、見つかったとも。生垣沿いに水路があって、細い流れがブラックベリーとイラクサとメドウスイートなどの茂みを縫っている。そこに粘土があるのさ、ジョー――厚い地層が走っている。水中にも、遠くの土手にもあった」

「ほかになにか？」

「ありそうだ。しかし、カースレイクがそばにいたから立ち止まって見なかった。粘土に満足して、道具小屋に行った。そこはわけもなかった。たっぷり時間をかけて捜索されたようだが、ざっと見たところ、運が向いてきたよ。散らかり放題だが、黄土色の粘土がこちらを見つめていた――ほんの一片でも、それで十分だ」

「続けてください、ジョン」

「小屋の隅に古い漁網がたくさんあった――農園主たちがイチゴやスグリの鳥よけに大量に買うものだ。何者かがそこで手を洗い――網で手を拭いていた。だが、それだけではない。これはふたりの人間のしわざだと感じ、近くに鋤がもう一本あるかもしれないという気がしたんだ。また、網は目につかない場所に置かれていたため、手を突っ込んでみた。するとそこに――なるほど巧みに隠され、粘土がびっしりついた――鋤があった。つまり、それはあわてて隠され、いずれ洗おうとしていたことになる。また、マーティン・スワンと何者かで穴を掘っていたことにもなる。わたしの考えでは、マーティンが姿を消した夜にね」

「どんな仮説を立てましたか？」

「仮説など立てていない。だが、カースレイク夫婦は信用できん。農園の粘土層になにかが隠されているはずだ。見当がつくような気もするが、そう考えていることをジェイムズ・カースレイクにも、妻にも知られては困る。暗闇で隠されたものを昼間に見つけるのは難しくないだろう、ジョー？　わたしの見方が正しければ、入念に隠されているにちがいないが」

　アンブラーが頷いた。

「マーティンはそこにいると？」

「そうだな、ジョー」

「でも、グラスの指紋と鋤の柄についた指紋が一致したことは確実なんですよ。それがマーティンのものだと断言できませんが、状況がそう示しています」

「あれはマーティンの指紋だよ。もう一本の鋤は別の人物が使ったものだ。その鋤から読み取れる名前は、できれば――ジェイムズ・カースレイクであってほしいね、ジョー」

「でも、人は自分の墓穴を掘る手伝いをしませんよ、ジョン」

「人は往々にして、知らぬ間に自分の墓穴を掘る手伝いをするものだ。マーティンがカースレイクに川沿いに穴を掘らせた状況は容易に想像がつく」

「でも、カースレイクはあの場にいなかった」

「現場にいて、穴を掘る手伝いをしてから妻と一緒にブライトンへ行ったのかもしれん。彼女もやはり無視できない。あの辛辣な女は、マーティン・スワンを心底から憎んでいる」

　アンブラーが肩をすくめた。

「そうなると、仕事にかかる前にあの夫婦を追い払わなきゃいけないわけか」

「そのとおり。造作ないよ」

　アンブラーも納得した。

「郵便局に行ってきます」彼は言った。「警視庁に電報を打って、女房を連れてすぐに来いとカースレイクに伝えてもらうんです」

「うまくいくぞ、ジョー。ついでにライギット署の私服刑事に夫婦を尾行させたほうがいい。あのふたりはどうも臭い。本署には、ふたりを農園から追い払いたいこと、帰宅するまで動きを追いたいことだけを説明しろ。先方を警戒させる話は出すな。二、三質問されて終わりだ。そこは警視に任せればいい」

アンブラーはライギットの本署から乗ってきた車に乗り込んだ。三十分後に〈子羊と旗〉亭に戻り、刑事たちがローストダックを食べていると、赤い自転車に乗った電報配達の少年がヒースを猛スピードで走り抜けて農園へ向かった。それをきっかけに、ふたりとも農園に戻った。アンブラーは、カースレイク夫婦が出発する前にまた会って、電報の効果を確かめたかった。夫婦はすでに出かける準備を整えていた。

刑事たちが戻ってきたのを見て、ジェイムズが寝室の窓辺で大声をあげた。

「知らせがありますよ、旦那がた！　ロンドン警視庁から、おれと女房宛てに電報が来ました。どうも急いでるようで。あいつが見つかったんでしょう」

「それはよかった」アンブラーが言った。「では、警察の車で鉄道の駅まで送りましょう」

数分後、正装したジェイムズ・カースレイクが出てきた。うきうきして、見るからに大物気取りだが、警戒感は露ほども見せなかった。

「あいつに特徴がぴったり合う死体が見つかったんですよ。それで、レベッカとおれに確かめてほしいんだ。ロンドンで起こったのが、そういうことでありますように」

「もしそうなら、かなり手間が省ける」リングローズは同意した。視線は、もう夫のそばに来ていたレベッカに向けたままだった。彼女もはしゃいでいて、どう見ても不安は感じていない。

「大詰めに近づいたみたいですね」レベッカが言った。「刑事さんたちはここで降りますか。それとも、ロンドンへ戻るんですか？」

「書類を作る関係で、アンブラーくんは農場をもう一度見たいそうです」リングローズは説明した。「鍵の置き場所を教えてくれたら、戸締りして帰ります。あなたたちが戻る前に引き払いますよ、奥さん」

「交通費は警視庁で払ってもらえますかね？」ジェイムズが尋ねた。「手元に現金がほとんどないんです」

「よく言ってくれましたね」アンブラーがポケットに手を突っ込んで財布を取り出し、ジェイムズに一ポンド紙幣を三枚渡した。

五分後、カースレイク夫婦はライギットへ発ち、車が見えなくなると、アンブラーは友人に話しかけた。

「まいりましたね、ジョン。あの夫婦がこの事件に一枚嚙んでるなら、見かけより何倍も頭が切れるってことじゃないですか。ふたりは楽しくやっている――マーティン・スワンがまだ生きていて、時期を待っているという不安を除けば、なんの気苦労もない。ひと目でわかります」

「そうかもしれん」リングローズが認めた。「不自然な調子はなかった。しかし、あの夫婦がここになにがあるか知っていたら、われわれがそれを見逃したことも知っている。捜査は終わったも同然だと言っておいたから。さっきローストダックのお代りを食べながら考えたんだ。もしジェイムズ・カースレイクがあの鋤を使っていたなら、とっくの昔に洗っておいただろう。こいつは厄介な問題だよ、ジョー」

「尾行されていると気づかずに、高飛びをもくろんでいたのかもしれません」

「それはない。あの夫婦は黒でも白でも、自分たちは安全そのものだと思っている」

「かもしれません。ただなんとなく、ふたりが悪党だとは思えなくて。少々の粘土ならいくらでも説明がつきます。水路から通り道を掘っていたとか、取るに足りないことをしていただけでしょう」

「ちがうね、ジョー。一本の鋤――選ぶとすればカースレイクが使ったほう――が隠されていたのは、時機を見て洗うためだ」

「でも、彼には時間があったのに」

「時間がふんだんにある人間ほど列車を乗り過ごすものさ、ジョー。それでも、前に言ったとおり、小屋に隠されていた汚れた鋤は、カースレイクの無実を裏付ける強力な論拠になる」

「その鋤にカースレイク以外の人間の指紋も見つかるかもしれませんね」

リングローズは頷いた。

「そうだといいね。しかし、もう見つからないような気がしてきた」

話しているうちに水路に着き、ふたりは荒らされた形跡を念入りに探した。この水路と土手はすでに地元警察が徹底的に捜索したとアンブラーが説明し、リングローズはすぐにその痕跡を見てとった。

「われわれの役目は彼らが見なかった場所を見ることだよ、ジョー――イラクサとアカバナの茂み、あのネズミも通り抜けられないツタだらけの場所をね。さほど時間はかかるまい。粘土はどこにでもあるわけじゃない。黒っぽい地面を鉱脈のようにたどれば、ところどころで流れに浸かる」

したがって、リングローズの捜索は数日前の地元警察の捜索とは異なっていた。勘どころをつかんだアンブラーが水路に取りかかり、掘られたり隠されたりしていそうもない場所だけに集中した。水路は百メートルほど流れ、途中のクレソンの苗床でほぼ均等なふた筋に分かれている。ひとりずつ片側を受け持ち、間もなく苗床で落ち合うと、アンブラーがクレソンをつまんで噛みしめた。

「向こうに気になる場所がありました。行き止まりから遠くない、水路が農園に入るところです。土手に水路が食い込み、そこにイバラとツタと雑草のどっしりした幕が下がっています。生け垣すれすれまで水が迫っているので、一見、植物が密生しているようですが、実はそうではありません。茂みにロープをかけて持ち上げれば、向こうの土手が掘り返されたかどうかわかります。手前が荒らされた形跡は全然ありません。水が流れていて、歩いても足跡が残らないんです」

「その土手に粘土があったのか？」リングローズが訊いた。

「土手の一部は粘土なので、確かめる価値があります」

　その場所はアンブラーの説明したとおりで、よく探さなかった者は、生け垣じたいの外側ではなく、奥の入口から茂みが垂れ下がる場所を見落としていた。オレンジ色の実がなった鮮やかなブリオニアとツタがしっかり絡み合い、それがブラックベリーとドッグローズのとげだらけの蔓とともに、むき出しの土手に目の細かい幕を織っていた。この障害物を見通すことはできないが、生きている垂れ幕をずらすことはできる。アンブラーは小屋からロープを取って水路に下り、それを茂みのうしろに回した。土手に無数の根が張っていて、茂みごと動かせなかったが、水面から六十センチほど上げられた。リングローズがロープを引き上げるあいだ、ジョー・アンブラーは奥をじっと見つめた。

「しっかり結べますか？」彼は声をかけた。「茂みをどけておけるように。もうすぐですよ！」

　それに答えてリングローズはロープを繰り出し、道具小屋から連結器と梃《てこ》を取ってきた。便利な道具を使い、ロープにかがみこんでしっかり縛った。取って返し、靴と靴下を脱ぎ、ズボンの裾をまくって水路にいるアンブラーに合流した。手ごわい障害物が一メートルほど右手に引きずられ、その向こうに小さな洞穴がのぞいていた。地面は水面からわずか十センチ上にある。土手が二メートル足らず上に盛られていた。しかし、そこには人間が活動した証拠がふんだんにあった。土は怪しげな深さまで掘られてから鍬で叩いてならされたようだった。たしかに、妙に平らな地面は、明確な意図を持った力がそこで働いていた重要な証拠だった。

「どうです、ジョン?」アンブラーが得意げに訊いた。

「ちょっと重労働をしなくちゃならんな、ジョー」ジョン・リングローズが答えた。「鍬を使うのは久しぶりだ」

「ぼくが受け持つあいだは見ていてください」アンブラーが勧めたが、リングローズは考え直し、さほど骨が折れないだろうと言った。

「深く掘らなくてよかったんだ」とリングローズは言った。「一メートルくらいか。ジャガイモ畑にあった鍬を交替で使おう。あっちはもう調べ尽くした。しかし、隠されていたほうを使ってはだめだ。持ち帰るからな」

リングローズは上着とベストを脱いだ土手に戻り、アンブラーがマーティンの鍬を取りに行くあいだに、新発見のあった場所を観察した。友人の努力には頭が下がった。

「わたしなら見逃していた――絶対にそうだ!」リングローズは強い口調で言った。「恐れ入ったよ、ジョー。わたしは隠し場所の痕跡を探していた。きみははるかに賢いことをしていた――なんの痕跡もなさそうな隠し場所を探していたんだ。ここに痕跡はないにきまっている」

ジョン・リングローズの読みどおりだった。流水は足跡を隠す人間にさっそく役に立つ。犯人たちは、作業した場所の上から入って水中を歩き、もと来た道を戻ったか、下から出たにちがいなかった。こうして彼らが最後の痕跡を隠すと、あとは生きている幕が覆い隠した。小さな洞穴じたいに足跡がひとつも残っておらず、頼りはアンブラー自身の足指がなめらかな粘土を踏んだありのままの感覚だった。太陽が西に沈んでいき、いまでは茜色の光が空洞に降り注いでいたが、それは人間がいたことも、道具があったことも明白に示していなかった。

リングローズは友人に十分遅れて、天盤と開口部の両側をよく調べ、次いで年長者の褒め言葉に感謝したアンブラーが作業を始めた。洞穴は狭くてふたりが同時に入れないので、リングローズは外に立って友人を見ていた。

ならされた地面の下で粘土と泥灰土がざっと混ぜられていて、最近掘られた形跡があった。刑事たちは捜索の跡を隠そうとしなかった。アンブラーがきわめて慎重に土を掘り、少量ずつよけると、道具小屋からなた鎌を取ってきたリングローズは、イバラとツタの塊を叩き切り、少しずつ水路に流していった。

穴の深さはすぐ明らかになり、大きさもわかってきた。境目の土はまだ固く、掘り返されていなかった。わずか縦横一メートル足らずの開口部が足の下でひらけていき、アンブラーはひと息入れるあいだに驚きを口にした。

「大変な悪さをすることになりますよ。まるで墓荒らしだ――どうです、ジョン?」

「まったくだ」リングローズは認めた。「それでも、この穴はいたずらで掘られたんじゃない。墓にはいろいろな形がある。これが墓でないなら、なんなのかわからん――いまはまだ。中身がわかればはっきりするさ」

リングローズは鋤を手に取って掘り続けた。

「とにかく、両側がだんだん傾斜している。もうすぐ底に着きそうだぞ、ジョー」

さらに五分間丁寧に掘り進めると、鋤が動かない物の上を滑った。リングローズはもう一度掘って探ってみた。

「木だ」

「棺じゃなくて？」

「棺ではない。赤ん坊の棺なら別だが。だが、この死体はどんな棺にも入っていると思わなかったな」

五分後、埋められていた容器の正体がわかるくらい姿が現れた。それは樽、あるいはその一部であり、黄土色の粘土層に深く埋まっていた。

アンブラーは自分たちが直面した困難にすぐさま気づいた。

「こいつは手ごわいぞ。ここでやめるのは簡単だが、引っ張り出すのはえらく手間がかかる」

「それも重さしだいだが、きみの言うとおりだろう」リングローズが言った。「ちょっと持ち上げてみて、大きさを確かめよう。必要以上にこづきまわしてはいかん。証拠が残っているかもしれんからな」

隠された樽の寸法がほどなく明らかになった。四方を固い土に囲まれていて、樽に合わせて穴が掘られたのは一目瞭然だ。見下ろすと、直径が一メートルあまりのようだった。それは丸く、樽型に、樽板をぴったり合わせて固定して作られ、金属ではなく柳の輪で留められていた。固体が入っているようで、叩いてもうつろな音がしなかった。

発見者たちは状況を検討して、手っ取り早い方法は洞穴の入り口を壊すことだと判断した。

「それなら水路が役に立ちそうだ」とリングローズが言った。「農園のロープであの樽に、重過ぎなければの話だが、取っ手を作れる。せいぜい六十キロだろう、ジョー」

ふたりは作業に戻り、日が落ちて夕闇が濃くなる前に目的を果たしたのである。壁が切りひらかれ、水路から洞穴に水がどっと流れ込み、渦巻き、樽を土から引き離した。樽をつかめるようになると、リングローズの目算が外れたとわかった。いったん地面を離れた樽は、水の力で浮き上がった。リングローズたちは丈夫なロープを頼りに水路で樽を転がして、すぐそばの草深い土手に運ぶことができた。

アンブラーが腕時計を見た。

「次はどうしましょう?」

「体を洗うぞ、ジョー。しかし、まずはライギットに車をやって電報を打たせたほうがいい」

「あの夫婦を逮捕するよう、警視庁に伝えるんですか?」

「そうだ!　この樽のことがもう少しわかるまで、ふたりを留置してもらわんと困る。運転手には車を戻すよう命じて、その際に巡査をひとり連れてこいというんだ。われわれと交代する見張り番だよ。この場所は監視しなければならん」

別れてから五分後、警察の運転手に指示を与えたアンブラーは、マーティン・スワンのがらんとした家でリングローズと再合流した。そこで体を洗い、火をおこして、ズボンを乾かし、重労働の証拠を消した。

「あれをライギットへ運ぶんですか？」アンブラーが尋ねた。

「そうだ――医者が同席している場であけなければならん」

アンブラーが首を振った。

「あなたがまちがえることはまずありませんが、今回ばかりは見当外れですよ。マーティンはやせ形でしたが、だれに聞いても大男でした。樽に詰まった荷物は、六十キロを切るってところです」

「では、中身はなんだと思うね、ジョー？」とリングローズが訊いた。ふたりは家を出てドアに施錠して、ジェイムズに指定された場所に鍵を置いていった。

「こう思います。あの兄弟が秘密の取引をしていたのはまちがいない。ジャーヴィス・スワンは〝故買屋〟で、われわれは彼が金庫にしまいこんでいた銀と宝石類の正当な持ち主をほとんど突き止めた。三カ月前ボンド街でごっそり盗まれた品の大部分と、あのウォーウィックの盗難事件で盗まれたレディ・ウエストの宝石類も含まれていた。そこでぼくは、この樽には銀などの盗品が大量に入っていると思います。問題の夜にここに運ばれ、マーティンがジャーヴィスのために隠したんでしょう。そのときマーティンは、カースレイクか、または未知の人物の力を借りて、樽を埋めたんです。あなたとぼくのようなふたり組でなければ見つからなかった場所に――どうです、ジョン？」

リングローズは頷いた。

「考えたな、ジョー――実に巧妙だよ。樽には印がひとつもなくて、どこの会社でも作っていないことしかわからない。さて、手押し車を取ってきて、樽を門まで運ぼう」

「でも、ぼくが正しいとは思わないんですね？」

「ああ、思わない。真相がわかったら救急車を呼ぶべきだろう。何者であれ、遺体は敬意を持って扱わねばならん」

「ジョン、ぼくが賭け好きだったら、十ポンド対十ペンスで自分が正しいほうに賭けますね」

「わたしが賭け好きだったら、きみをカモにするよ、ジョー」リングローズが答えた。「なぜなら、やはりこう考えているからさ。われわれは今夜寝るまでにマーティン・スワンを発見しているとね」

警察の運転手がすみやかに巡査を連れて戻り、怪しげな発見物は車に積み込まれた。リングローズたちが〈子羊と旗〉亭に遅れたのは、ラドフォード氏の好奇心を刺激するためでなく、ライギット警察署に急行して捜査の結果を警部補に知らせるためだった。

「電話でシェリダン医師《せんせい》を呼ぼう」地元警察の警部補が言った。「おまえたち、樽を突き当たりの部屋まで転がして、折り畳み式テーブルをあてがってくれ」

巡査たちが指示に従い、指揮官がアンブラーのほうを向いた。

「マーティン・スワンが生きてるころ、いつかここにぶち込まれるって、しょっちゅう言ったんだよ、アンブラー警部補。あのおっさんには隠しごとが山ほどあった。しかし、まさかなあ！　樽に入って届くとは思わなかった。豚肉の塩漬けじゃあるまいし」

第五章　樽の中身

電灯の下で警察が仕事に取りかかった。ジョー・アンブラーがシェリダン医師に、貴金属の検死をお願いすると告げると、リングローズは笑みを浮かべて首を振った。

リングローズは樽を壊してあける巡査たちに張り付いて、丁寧に扱うよう指図した。樽をしげしげと眺めても、ただちに手がかりは得られない。樽板は液体を入れる容器に使われる木材より薄く、柳のタガが外されると、容器の特徴が明らかになってきた。

「これは木枠、つまり荷造り用の枠箱であって、樽ではない」とリングローズは説明した。「何者かがさんざん余計な手間をかけたな」

容器に上下を示す目印はなかったものの、そのまま頑丈なモミ材のテーブルに載せられて、壊されていった。いよいよタガが叩き落とされ、大きな塊が重力の作用で動くと、取り囲んでいる者たちの目に忘れがたい光景が映った。内部からと思われる、なんらかの力がゆるんだ板を左右に揺らし、粗い砂がテーブルにざざっと流れ出た真ん中に、奇妙な、盛り上がった塊が現れた。一瞬、人間であり人間でないものに見えた。棺に掛ける黒布のたぐいに包まれ、きつく縛られていたため、覆い越しであっても体の輪郭が見分けられそうだった。どうやら両膝は顎に押しつけられ、紐で固定されていて、両腕は両脇につけて縛られ、ひらいた手のひらが尻の下にあるようだ。頭は明らかに下向きにされている。こうして死体は樽に押し込められる大きさになったのだ。しかし、死人の大きさと特徴などは隠されたままだった。すり切れた黒布に包まれた体はまだ形がはっきりしない。古代国家ポンペイで、火山の爆発の犠牲になった市民の焼死体のようだった。

ジョン・リングローズだけは、おおかたの人間にはない独自の感覚で、この物体の覆いの下を見抜くことができた。それは、話しかけてきた友人に対する言葉に現れた。

「ちぇっ！　読みが当たりましたね、ジョン」アンブラーが声をあげた。砂が落ちていき、不吉な雰囲気になった。だが、リングローズは首を振った。

「くそっ！　とんだ見込みちがいだったか」彼が応じた。「こいつは意外だった――まさか」

一同とともに、リングローズは奇妙な人間小包を見つめた。薄気味が悪くて、全員が立ちすくんでいた。隠されていた死人に催眠術をかけられ、まだだれも死体を取り出そうとしない。

しかし、リングローズがしばらく話を続けると、作業が再開した。

「マーティン・スワンじゃないんですね？」地元警察の責任者が訊き、リングローズは答えた。

「ちがうよ、警部補。これは女だ」

「女！　この事件に女は出てきませんよ、ジョン」とアンブラーは小さな声で言ったが、年長者が説明した。

「死人は出てくるぞ、ジョー。そこに女があてはまる。きみはジグソーパズルを知っているかね？　そう、パズルのピースがすべて手に入らないかぎり、全体の絵を元どおりにできない。これは、さしあたり予想しなかったピースだ。また別のパズルのピースかもしれんが、そうではあるまい。このピースは角にしか置けないか、残るすべてを解く鍵とすべてを物語る手がかりであるかもしれない。いまのところなにもわからず、われわれは絵の復元を始めていない。ピースが揃っていないからだ」

リングローズが話していたあいだ、巡査とシェリダン医師は布に包まれた物体に着手して慎重に作業していたので、使用された材料のどれひとつとして破損しなかった。全体をまとめてある二本の麻縄を解くと覆いが取れ、それは黒のワンピースのスカート部分だとわかった。覆いのなかから縛られた若い女の死体が現れた。縄が解かれたにもかかわらず、女は死の直後に押し込まれた姿勢のまま――スカート以外はきちんと服を身に着けて――金髪の頭を下げ、両腕を脇に押しつけ、両脚を胴体に引き寄せていた。

医師の目には早くも腐敗現象が認められた。シェリダンは一見して、女の顔と四肢を観察してから、死後一週間から十日経過しているだろうと言った。

「砂がある程度空気を排除したので、外観は見せかけにすぎないんだ」

たしかに、女にかがみこんだ素人たちの目には、彼女は死後一時間と経っていないように見えた。顔は変色しているが、外傷が見当たらず、死因で外見の説明がついた。どうやら首を絞められたようだ。

女は色白でやせ形、健康で栄養状態はよいが、黒ずんだ頬に人工的に色を付けた跡が残っていた。頬紅とおしろいが塗られていたのだ。両耳に大ぶりの、派手な安物のイヤリングがついている。右手の指で三個の安手の指輪が光った。ブラウスは黄色の絹で、肌着は見苦しくなく、質が良かった。脚に黒の絹のストッキングをつけ、黄色のハイヒールを履いていた。帽子はかぶっていないが、額に黄色い絹のヘアバンドを巻いていた。豊かな髪は金色に染められ、よく手入れされていた。ポケットの中身は丸めた一ポンド札二十枚だけ。衣類には身元の手がかりとなるラベルも洗濯表示もいっさいなかった。くず同然のアクセサリーだけが、たどれる可能性のある手がかりを提供していた。しかし、リングローズもアンブラーもジャーヴィス・スワンの検死審問で起こった小さな出来事を思い出し、それが先日の共同作業で明かされたことの真相であろうと考えた。

地元警察に当然の質問をぶつけても、かんばしくない答えが返ってきただけだった。

警官たちはだれも女に見覚えがなく、身元がわからなかった。アンブラーはラドフォードを迎えに巡査をやった。だが、張り切って到着したパブの主人は、つらい務めになると注意されていたものの、すぐには試練に耐えられなかった。それどころか気絶して、なじみの署員を苦笑させた。大男はしばらくして意識を取り戻してから、あらためて死体をよく見なければならなかった。

「平均身長の若い女で、黒いスカートと黄色いブラウスを身に着け、帽子をかぶっていないが、頭に黄色の絹のハンカチを巻いている。さて、トム、ここ十日間でそんな人物を見かけたかい？」警部補が訊いた。

しかし、ラドフォード氏は首を振るばかりだった。

「神に誓って、そんな女を見てもいないし酒を出してもいません。この哀れなやつは目を引く女だったみたいだし、けろっと忘れたりしないですよ」

「女が〈子羊と旗〉亭に来ていたら、ほかの者が接客した可能性がある」シェリダン医師が言った。

「ほかの者がね」パブの主人が頷いた。「うちの女房、つまりバーテンです。だけど、後生ですからうちのやつにこんな気味が悪いものを見ろと言わないでくださいよ。妊娠してるんですから、女房はもちろん、腹の子供までどうにかなっちまうかもしれません」

アンブラーとリングローズはふたりで話し合っていた。まずアンブラーが一同に問いかけた。

「覚えているかな」アンブラーが言った。「リンクレイター・ビルの管理人は年寄りの退役軍人で――ブレント軍曹だ――スワンが殺されたときにちょっと困ったことになっていた。素行の悪い娘がいて、さんざん迷惑をかけられていた。ジャーヴィス・スワンが殺された日にその娘が失踪したと、父親は悲しそうに話していた。ブレントが検死審問の場で触れると、ヒューズ検死官はベラ――娘の名だ――が戻ってきたら更生させると約束した。ヒューズはまれに見る善人だよ。さて、ぼくはリングローズさんに話していたんだ。この前われわれがリンクレイター・ビルを再訪したときにベラは戻っていなかったし、いまなお消息不明だが、あれから三日経ったから戻っているかもしれない。戻っていなければ、この死体だという可能性が高い。第一にすることは、明日ブレントを呼び寄せて、この哀れな女が娘かどうか確認させる」

「その管理人の娘が事件に関与していたと考えたのかい?」シェリダン医師が訊いた。

「最初は考えませんでしたよ、先生」アンブラーは答えた。「その娘が姿を消したと聞くまで、事件とまったく結びつけなかったんです。ブレントは娘が友人と遊び歩くのを許していたが、たいてい週末を留守にした程度で戻ってきたとか。しかし、まだ帰宅しないと知って、彼女が犯行に一枚嚙んでいるかもしれないと思うようになりました。しかしまた反面、それはまずありえないとも確信したんです。でも、このままいけば、この死んだ女性がベラ・ブレントかどうか間もなく判明するはずです。われわれは今夜ロンドンに戻り、明日ブレント軍曹を連れてきます。そのあいだ農園の夫婦を、ジェイムズとレベッカのカースレイク夫婦を拘束してほしいんです」

地元警察の警部補が笑った。

「まさかジミーにこんな真似ができると言わんだろうな、トム?」警部補がラドフォードに尋ねると、パブの主人がよもやそんなことはあるまいと言った。

「やつも、女房もなんにも知らないにきまってます」ラドフォードが言った。「ジミーは危険を避けるためなら一キロだって回り道する男だ。なにをだまし取ろうが、とっくにマーティン・スワンに取り上げられてますよ」

シェリダン医師がアンブラーのほうを向いた。

「マーティン・スワンはいまどこにいると思う?」医師が尋ねたが、アンブラーは首を振った。

「だれにもわかりませんよ、先生。友人が、ここにいるリングローズさんが言うように、マーティン・スワンはこのジグソーパズルのまたひとつのピースです。見つかれば、全体の絵が少しは見えてくるでしょう。また、この哀れな被害者ができるかぎりの事情を教えてくれたら、マーティンを発見する役に立ってくれるかと」

次にリングローズが一般的な質問をした。

「きみたちのなかで、多少なりともマーティン・スワンを知っている者は、彼は女を絞殺して樽に詰め、畑に隠すような人間だと思うかね?」リングローズが訊くと、トマス・ラドフォードが答えた。

「おれはだれよりマーティンを知ってて、これだけは言えます」彼は切り出した。「マーティンがしごくまっとうな人間だとは思わない。やばい商売に手を染めてて、ロンドンが危なくなりゃ、兄貴の悪事の片棒を担いでたこともあったはずだ。ここにいる警部補さんが話すでしょうが、この人はマーティンを盗品の受け手だとなんべんも言ってました。けど、盗品を隠すのと女の命を取るのとじゃ、次元がちがいますよ、リングローズさん。スワンじいさんには、人殺しみたいな大それた真似はできそうもなかった。絶対に」

「一度、坐骨神経痛を診たことがある」医師が言った。「物を知らない、粗暴な男だった。人間らしい感情がないと見え、十分で治せないのかと嚙みついてきた。痛みを嫌っていたが、それでは判断できない。痛みを心底嫌う者は、他人には抵抗なく苦痛を与えるものだ」

「知ってのとおり、マーティンはジミーとレベッカにひどい仕打ちをした」警部補が言った。「また、レベッカの話が事実なら、いろいろな面でたちの悪いやつだった。今回の事件には決定的な動機がなかったのかもしれないぞ」

「手を下してから、怖気づいて逃げ出したと？」アンブラーがうながした。「それはよくあることだ。被害者が急死すると、殺人犯はたいてい肝を冷やす。生きていた敵が死体になったらどんな感じがするか、殺してみるまで見当もつかないからな」

状況を話し合ううちに、リングローズと同伴者が駅に向かう時間になった。

「シェリダン先生が検死をするだろう。明日、審問の予定時刻を教えてくれたら、ブレントを連れてくる」アンブラーが言った。「今夜は農園に見張りをもうひとり送ったほうがいい。向こうはだれもいなくなる――こちらが知るかぎりでは」

「警官たちを隠れさせ、出くわした者を片っ端から逮捕させろ」リングローズが付け加えた。

「やれやれ！」ラドフォードが声をあげた。「マーティンが一枚嚙んでると思ってないでしょうな、リングローズさん？」

「思っていないよ」リングローズは答えた。「ずっと前から予感がしていたが――それを裏付ける証拠はないが――マーティン・スワンは死んでいるだろう。ただ、わたしもほかの人間同様たびたびまちがいを犯す。あの樽をあけたらマーティンの顔が見えると考え、大失敗をしてそれを白状した。ほかの者――ここにいるアンブラーを始めとする者たちはマーティンが死んでいるとは考えもしなかった。まあ、この日の作業では彼らが正しいかもしれないという話だ。とにかく、発見したものはジグソーパズルの完成に役立つピースだよ。おやすみ、諸君。いちばん大切だと考える点を言っておく。記者連中にはひと言も漏らすなよ。すべて伏せておくんだ、警部補、それから先生。検死審問までは内密に。検死官にも同様に伝えてくれ――合法的な範囲でな」

「そうですね」アンブラーが言った。「この女がベラ・ブレントだとしたら、あるいはそうでないとしても、メリルボーンの守銭奴が殺されたのとほぼ同時刻に殺されたようですから。発見した場所から考えても、立派なピースにきまってます。ぼくからもいいかな、警部補。明日、あの農園をもう一度捜索してみたまえ。きみの部下たちは経験不足と見える。さもなければ、われわれロンドン子にあの骨を残しておかなかっただろう」

アンブラーのユーモアに笑いが起こった。友人たちは車で走り去り、最終列車でロンドンに戻った。リングローズがアンブラーと一緒に帰り、客用寝室に泊まる約束だった。

「今夜は戻らないかもしれないとメイベルに言ってある」とリングローズは言った。「だから大丈夫だよ」

車中でその日の出来事がどんな意味を持つのかを検討した。アンブラーは早くもそれを踏まえて捜査を進めようとするいっぽう、リングローズはまだ推論を下そうとしなかった。

「同感だね」リングローズは言った。「あの不運な女は軍曹の娘だろう。商売女の特徴が出ている。しかし、たとえそうでも、女の死とジャーヴィス・スワンの死とのあいだには大きな隔たりがあって、そこを埋めるには、まだピースが一、二個必要だろう。たいへんなことだが、いまのところどうも釈然としない。定位置に当てはまる事実がほかに見つからなくてはね」

嵐の夜になっていた。沈黙がわだかまるなかを、列車が夜の帳《とばり》の下りた土地を驀進し、雨粒が窓をかすめた。やがてアンブラーがふと話し出し、論点を変えてみようと示唆した。

「ジョン、明日はブレント軍曹をライギットへ連れていくべきでしょうか。父親には耐えがたい試練です。あの死体に対面させるのはむごいことかもしれません」

「なるほど耐えがたい試練だな」とリングローズが認めた。「わたしだって気の毒でならない。だが、犯罪は罪のない人たちに多くの耐えがたい試練をもたらす。ブレントもそれに立ち向かうしかない。人間味のある男としては、わたしも同じ気持ちだが」

「でも、本人が立ち向かう必要があるとはかぎりません」アンブラーが指摘した。「われわれはブレントの娘と親しい他人を知っているし、軍曹が身元確認のできる人物の名前をあげられるはずです。でも、ぼくが考えているのはレジナルド・スワン、あるいはウィリアム・ボルゾーヴァーですね。レジナルドは叔父の下で働いていたときにベラを覚えていたし、彼女が父親にとって悪い娘であるのは残念だと言っていました。ビリーのほうがもっと彼女をよく知っています。どちらにも、死んだ女がベラ・ブレントかどうかを確認してもらえますよ」

リングローズは即答しなかったが、心もち眉を上げて首を振った。

「思いやりはけっこうだがね、ジョー」リングローズはパイプに火をつけ、ややあって答えた。「この仕事にかぎって、思いやりが理性に取って替わることがあってはいかん。きみは真っ先にそれを許しそうだが。あいにく、刑事はつねに人間らしくしていられんし、職務のせいで美点を発揮できない場合もある。それがそもそもこの仕事が嫌われる理由だ。多くの潔癖な人間は、刑事は往々にして自分の心に嘘をつく発言を求められるとわかり、この仕事につかないんだろう。われわれが口にする嘘は——たとえばだ——悪い意味の嘘ではない。なぜなら、嘘をつくことで真実に近づけるなら、嘘をつくのはわれわれの義務であって、ためらうことも、他人に遠慮することもないからだ。だが、われわれよりすぐれた行動規範に従っている大勢の人間は、嘘をつく必要に迫られる職業にはつかんだろうね」

「嘘といえば」アンブラーが応じた。「知識階級にも、嘘をついて生活を支えている人はいますよ、ジョン。いわゆる文明そのものが嘘の上に築かれているんです。嘘は世界をくっつけるセメントですから。それにしても、なにが言いたいんです？」

「きみに言いたいんだよ、ジョー。わたしがライギット警察に命じて、発見した物を秘密にさせたのはなぜか？　できるかぎり証拠を得るまで、だれにも存在を知られてはならないと言ったのはなぜか？」

「それが正しい捜査方針だからです。ぼくだって同じ命令を出しましたよ。別にこの発見を公表したいわけじゃない。ただ、ブレントの代わりにビリー・ボルゾーヴァーか、レジナルドを連れてくればいいと言ってるだけで。そうすれば、ブレントにひどいショックを与えずにすむ。あの若者たちはブレント同様に秘密を守ってくれますよ」

リングローズは頷いた。

「おかげで人でなしになった気分だよ、ジョー」と彼は言った。「本当にそうなったのか、きみの頭がやわになってきたのか。判断は任せよう。しかし、なぜそうも自信満々なのかな？　きみはビリーを高く買い、わたしはレジナルドが大好きになった。ふたりはすばらしい若者で、会うたびにどちらもますます好きになる。それはそうだが、だからといって事実が変わるものではない。あのふたりはまちがいなく親友であり、われわれと知り合うずっと前から知り合いなんだ。ふたりのスワン殺人事件との密接なつながりは断ち切れない。彼らは部外者ではない――一瞬たりとも。部外者だと証明されるまでは。きみはふたりがブレント老人と同様に秘密を守ると言ったばかりだ。しかし、こちらの秘密を絶対に知らないと言えるのか？　いや、ジョー、言えるわけがない！」

アンブラーが琥珀色の口髭を引っ張り、端正な顔をくもらせて言った。

「その点はとっくに片付いたはずです。カンタベリー大主教が〈ウォレス・コレクション〉からあの短剣を盗んでジャーヴィス・スワンを殺さなかった、と宣誓することはできません。ただ、われわれの捜査が成果を上げたため、これ以上の疑惑が募りそうにない問題もいくつかあります。そのひとつは、共犯者のどちらか、あるいは両方があの若者たちである可能性でしょう。ビリー・ボルゾーヴァーほど鮮やかな印象を残す男にはめったにお目にかかれません。あなただって、つい今朝、レジナルドは若い世代でも最高のタイプだと言ったばかりじゃないですか。紳士の精神と素質を備えていて――世の中の役に立つ人間になると」

「いかにも。わたしはレジナルドをそれはそれは評価している。おまけに、彼とビリーのすばらしい友情に感心し、いざというときの相続の取り決め方は立派だと思う。ふたりとも言うことなしだな、ジョー」

「それでも、ふたりは信用できないと本気で思っているんですか？」

「信用してもいいと本気で思っている。しかし同時に、信用していたら、この段階で捜査を続けるべきではないとも思う」

「ふたりがジャーヴィス・スワンを殺したはずがありません。それだけは確実です。どちらのアリバイも明白ですから」

「たしかに。しかし、ベラ・グラントは——死んだ女が彼女だと仮定して——条件を変えればどちらにも当てはまる。ふたりが彼女を殺せたという結論が出るかどうか、それはまだわからん」

「では、ふたりの行動についていえば、彼らの犯行が疑問の余地なく証明されたら、どちらかが手を下したと思いますか？　レジナルド・スワンは街娼の首を絞めたりするでしょうか？　あなたがレジナルドにはできると考えても、ぼくはビリーにはできないと命をかけて誓います」

「人間性はな、ジョー、よくわかりもせずに命をかけられるものじゃない。それは変幻自在を極め、男女を問わず、どんな友人であれ、縁が切れるまでには驚かされる。どんなに相手をよく知っていてもだ。げんに、わたしはきみを驚かせていないかね？　事実、人間について常に驚かされる唯一の点は、驚きを与えてくれる枯渇しない能力だよ」

「あのふたりのどちらかが、こんな出来事があったのをひそかに知っていると、ましてや関与していると怪しんでいるんですか？」

「断固としてちがう。目下のところ、われわれはこの謎の末端にすら触れていない気がする。手持ちの材料を使うしかないのに、それはどうひいき目に見てもお粗末だ。関係者はあのふたりの若者とジェラルディン、カースレイク夫婦、ラザラス・グラントフ、マーティン・スワン。この集団以外、多少なりとも事件にかかわっているといえる者をまだひとりも発見できない。けさは別の見方をしていたが、いまではカースレイク夫婦はレジナルド、あるいはビリー同様、この隠蔽工作に関与していないと思っている」

「カースレイク夫婦にはそれほど不信感を抱かなかったな――わかりますよね。ただ、あのユダヤ人の弁護士はもっといろいろ知っていそうだと、前々からにらんでいました」

「ありえるな。しかし、中心人物、アーチを支える要石がまだ現れないのではないか」リングローズは言った。

「では、ブレントが現地に行くしかありません」アンブラーが強い口調で言った。「どのみち、決めてあるんだ、連れていきますよ。ロイズを同行させて、もう一本の鋤を調べさせましょう」

ロイズは指紋の専門家であり、リングローズも反対こそしなかったが、調べても大した成果はないと言った。

「これで事態が一変した」と彼は言った。「トランプを切ってゲームをやり直さなくてはならん。事件の当夜、マーティンは未知の人物の来訪に驚いたとばかり思っていた。そして、洞穴に自分とは似ても似つかないものを入れると思い込み、知らず知らず自分の墓穴を掘る手助けをしたのだろうと。さて、マーティンは犯人に手を貸したと、わたしはやはりそうにらんでいる。もし掘らなかったら、われわれは女の死体に導かれなかった。ジャガイモ畑にあった鋤の指紋と、からのウィスキー・グラスに残った同一の指紋がマーティン・スワンのものだと証明できるかもしれない。しかし、もう一個のグラスに指紋がなかったので、もう一本の鋤にもないのかと心配になってきた。そのグラスを使った人間は、隠した鋤で存分に掘ったのだろう。しかし、一方を用心深く扱ったからには、もう一方もそうしたはずだ。この事実は――それが事実なら――手慣れた者を示しているよ、ジョー。年季が入った犯罪者が――われわれの昔なじみだろうな――事件の根底にまだ隠れているんだ」

「同感です」アンブラーが言った。「そのとおりですよ。カースレイク夫婦が追い出されると、その未知の人物と女は一緒に農園へ行った。女を始末した未知の人物とマーティンは、丁寧に後始末をして逃亡したという寸法だ」

「いや、ちょっと考えてみれば、それはありえない。あの哀れな女、ベラ・ブレントは生きてライギット・ヒースに来なかったんだ、ジョー――少なくとも、わたしはそう考える。彼女は最後の旅路に向けて念入りに荷造りされた。しかし、理由も必要もなかったら、悪党どもはわざわざ骨を折らなかっただろう。まあ、その点は検死審問でもう少し明確になるといいが。樽に詰まった砂利が、もちろん砂も、少しは役に立つはずだ。専門家がどこのものだか教えてくれるさ。そこがはっきりすれば、樽の出所をたどれるかもしれん」

ロンドン警視庁を出て、アンブラーが友人を自宅に連れ帰ると、午前零時をまわっていたにもかかわらず、妻のメアリ・アンブラーがいい匂いのする温かい夕食を用意していた。ふたりは腹一杯食べ、事件の話は翌日にまわした。そしてリングローズは、かわいがっている四歳の名づけ子ジョアナの部屋にそっと入り、幼子のやすらかな寝顔をにっこりと見下ろしてから寝室に引き取った。

翌日の正午前に四人連れがライギットへ向かった。

老軍曹はあきらめたのか、淡々とした様子にも見えた。

「うちの娘とは思えません」とブレントは言った。「あれはジャーヴィス・スワンとはなんのかかわりもなかったんです。向こうは娘を嫌ってました。女はだれも彼もうとんじてました。ベラは卑しい生まれではなく、仲間は下層の者ですが、知るかぎりで、最近だまされたり、口げんかをしたりしてません。短気なたちで、善悪の観念も自尊心もなく、親を大事にしてもいないし、親の名誉を気にかけてもいません。前に悪さをした件は、もうすっかり許されてますが」

「最近、派手なけんかがあった噂を聞いていないか？」アンブラーが尋ねると、軍曹は悲しげに首を振った。

「そんな話はいくらでも――けんかっ早いもので――ありますけど、一度も心配したことはなかったです。あいつも懲りたんですよ。ジャーヴィス・スワンは、娘をごみみたいによけてました。だれに対しても無駄口をききませんでしたね。詰所に郵便が届いてないか見にきても、おれと話をすることはめったになかったです」

「失踪後、なんの音沙汰もなかったんだね？」

「まったくありません、リングローズさん。娘の友だちが何人も、たまに立ち寄って、戻ってきたかと訊きました。なかのひとりが、ベラと仲がよかった男のことを口にしました。短いつきあいだったそうですが、その男の住所を聞いて、一筆書くと、先方が会いにきました。パディントン駅のポーター で――折り目正しい男でした。なんにも知らず、ベラに頭を抱えてました」

「じゃあ、死んだ女が娘さんだと思わないんだな、軍曹？」アンブラーが尋ねると、退役軍人はありえないと言った。

「なんで娘がこんなところに埋められてるんです？　旦那がたが追っかけてる事件とはなんの関係もないのに。そりゃあ死んでるかもしれません。とうとう親を捨てて、わずかばかりの荷物を持ち出しましたから。あの朝ベラはおれと一緒に朝食をとり、そのうち戻るといって、いつものようにふらりと出ていきました。それきり姿を見てないし、噂を聞いてもいません」

ライギットでアンブラーとブレント軍曹は警察署に向かい、リングローズとロイズは待機していた車でマーティン・スワンの農園に向かった。見張りの巡査ふたりは、夜勤中は異常がなかったと報告した。

「現れたのは二羽のメンフクロウぐらいでした」と巡査が言った。

漁網に隠された鋤が持ち出され、いつもの念入りで厳密な手順で調べられた。その鋤が黄土色の粘土で使われたことは明らかだった。しかし、多くの汚れが柄は両手で握られたと示すにもかかわらず、指紋はひとつも残っていなかった。

鋤を使った未知の人物は手袋をはめて、柄に自分の痕跡を残さなかったのだ。

リングローズは発掘場所を訪れ、捜索を続けている警官たちと談笑した。みずから一部の場所を丹念に調べた。前夜の雨がやんで晴れ上がり、秋の朝のまばゆい陽光が降り注いでいた。しかし、リングローズもほかの警官もなにも見つけられなかった。ほどなく彼とロイズはライギットへ戻り、ロイズが女の死体を調べて、人為的に絞殺された証拠をさらに探すことになった。

警察署の入口で、アンブラーがブレント軍曹を連れて立っていた。老人は青ざめ、ぶるぶる震えていた。

アンブラーは友人が車を降りるなり口をひらいた。

「やはりそうでした、ジョン――ブレントの娘です。軍曹は実に立派でしたよ。これからふたりで〈クラウン〉に行って、軽く食べてきます。かえってよかったと言ってやります――哀れな娘は下劣な暮らしから逃れて、もう面倒をかけないんですから」

「では、そのほうが――いいね、軍曹」リングローズは老人の手を取った。「お悔やみを申し上げる、ブレント。この一件は並大抵のことではなかっただろうが、事情からして、娘さんは神に召されたと考えていい――あの世で役に立つ存在となっていき、もうこの世で時間を無駄にしないためだ。娘さんの心配をせず、立派な務めについてくれ。娘さんは母親の手に戻すんだ」

「痛み入ります、リングローズさん」娘に先立たれた父親が頷いた。「あれはこの世でろくなことをしなかったもんで、下界で囚人が堅気の仕事を学ぶように、天国で手に職をつけてるでしょう。若さに免じて勘弁されるといいんですが――まだ三十の手前です。それから、どうか鬼畜を捕まえて、行きそびれてる地獄へ送り込んでください」

ブレント軍曹の怒りは悲しみを抑える役割を果たした。彼がアンブラーとともに立ち去るなり、ロイズがベラの死体を調べた。手早く殺された痕跡が鮮明に残っているが、それはありきたりの絞殺方法ではなかった。ベラは絞首刑を受けたように首を脱臼していたのだ。しかし、いくら調べても、死体の喉に指の跡が見つからなかった。

「手袋ですね」とロイズが言った。「手袋をはめています、リングローズさん。あとは犯人が手首を巧みに使っている――としか言えません。まちがいなく両手を使っています。ロープでも同じことでしょうが、ロープも、そのたぐいも使っていません。使っていたら、跡が残っています。おそらく手が凶器でしょうが、男の手か女の手か、小さいか大きいか、ここではわかりません。事故だったとも考えられます。可能性はかなり低いですが」

シェリダン医師は検死を終えていたが、なにも解明できなかった。死んだ女には首の骨折以外に外傷がなかったのだ。

二時間後、検死審問の日時がわかると、ブレント軍曹、リングローズ、ほかの者たちは来た道を戻っていった。ロンドンに着いたリングローズとアンブラーは警視庁に直行して報告を済ませ、まだ拘留されているカースレイク夫婦に会った。夫婦はこれまで別室に入れられていたが、やっと引き合わされた。夫婦はこの扱いにいきり立ったが、アンブラーが語る出来事の前で、怒りはたちまち驚愕に変わった。アンブラーが説明する横で、リングローズはこの話が及ぼす効果に目を留めた。話が夫婦双方の心に極度の驚きをもたらすと、アンブラーは確信していたのだ。ジェイムズもレベッカも、ジャーヴィス・スワンの検死審問に出るまでベラ・ブレントもその父親のことも聞いた覚えがなかった。夫婦は激怒していて、発見物の話を聞くと仰天したが、怯えた気配は見られなかった。もっと頭のいいふたりなら、この状況である程度の深刻なトラブルに巻き込まれたと気づいただろうが、彼らは面倒なことになると思ってもみず、話に心から興味を持った。ジェイムズは隠されていた鋤を自分のものにちがいないと言った——マーティン・スワンの失踪後に農園に戻ってから見当たらなかったのだ。夫婦はいったん口をひらくと、ぺらぺらまくし立て、帰宅させてほしいと頼んだ。夫からも妻からも、ひとかけらの罪の意識もひそかな不安も感じられなかった。

ジェイムズ・カースレイクはマーティンの死体も隠れ場所に埋まっているかもしれないと考え、解放して探させてほしいと騒いだ。しかしレベッカは、継父がまだ判明していないジャーヴィスとの関係からベラを殺害し、よもや犯罪が暴露すると思わずに逃げおおせた、と考えた。継父が人を殺せることをみじんも疑わなかった。

「それだけ腕っぷしが強いし、悪知恵も働くんだから」とレベッカが言った。「なのに、旦那がたはあいつを取り逃がしちまって。誓ってもいいけど、その哀れな女は、ジャーヴィス・スワンの指図でマーティンのところに行ったんですよ。用済みになったら、マーティンはその女を絞め殺して、持ってきた物をぶんどって、高飛びしたんだ」

「でなけりゃ、女がなんとかしてジャーヴィスを殺し、それをマーティンに知らせに行ったか。機嫌を取って、褒美をもらおうとしてさ」ジェイムズが言った。

夫婦はとりとめなくしゃべり続け、反論しあい、あれこれ考えを出した。ふたりとも、刑事たちの存在をけろりと忘れていた。すっかり満足したリングローズは、離れたところでアンブラーと話した。

「あのおしゃべりどもは、この件に関係ないな、ジョー」彼は言った。「知らせを聞いた様子をうかがって、なにも知らないと確信した。夫婦を釈放して家に帰すよう、警視に頼んだほうがいい。地元の警察署に毎日出頭させればいいし、どうせ検死審問に出てもらうことになる」

アンブラーは同意した。

「あのふたりにも分別がないわけじゃありませんが、なにも知らないんですね。うちの警視に会って、ふたりをしばらく泳がせます」

「あとは検死審問を待つだけだ」リングローズが締めくくった。「気の毒な老ブレントに、レジナルドかウィリアムに会ってもなにも言うなと口止めしておいた。きみも言うなよ、ジョー」

第六章　恋の芽生え

メイベル・リングローズは洞察力に富む女性ではなかった。兄は仕事を熟知していて、妹からもほかのだれからも助けを求めないとばかり思っていた。たまにメイベルが自説を展開しても、リングローズの反応は自己満足の種を与えてくれなかった。

リングローズが帰宅すると、メイベルは兄が話す一部始終に興味津々で耳を傾け、彼がマーティン・スワンの鋤についた黄土色の粘土を見つけた点をとりわけ称賛した。自身は捜査しないものの、手際のよさと巧妙な手法を評価するすぐれた才能があり、かなりの目利きといえた。

「ずいぶん前進したわね」メイベルが言った。「わたしとしては、レベッカ・カースレイクの考えが正しいことを兄さんが気づいても驚かないけど。彼女の説では、その哀れな女性はジャーヴィスの部屋からライギット・ヒースのマーティンの農園へ行ったわけね。そしてマーティンが若い女性を始末しているあいだに、何者かがロンドンで守銭奴を始末していたと」

「それに対する唯一の反論が決定的でね」リングローズは説明した。「カースレイク夫人はあの樽と砂を忘れていた。ベラは生きて農園に来なかった。確実に言えるのは、ベラが農園に着く前に殺されたことだ」

翌日の夕方、リングローズはぶらりと出かけてジェラルディンとレジナルドを訪ねた。ところが、若者はひとりだった。

レジナルドは電灯のそばに腰かけて、大量の数字と格闘している様子だった。計算を隠そうとせずに立ち上がり、訪問客を見て嬉しそうな顔をした。

リングローズは若者のきわめて魅力的な振る舞いを再び目に留め、心が晴れた。優雅でさわやかな、ほっそりした輪郭の顔は、すでに当人が明かしてきたとおり、堅実で信頼が置ける人物だと思わせた。アンブラーはウィリアムの荒削りな性格と馬が合うと言うが、リングローズのほうは、レジナルドの上品さと人柄に触れて友人になりたいと思ったのが正直なところだ。けれども、リングローズがレジナルドと握手をしながら真剣に考えていたのは、自分が強く好感を抱いていても、どちらの若者にもまだ確実に無罪を示す証拠がないことだった。しかし、最後の疑念がすっかり消えたと思えないまま、夜になろうとしていた。時刻は九時であり、レジナルドが食器棚から葉巻の箱を持ってきた。

「用意しておきましたよ。たしか、お好きでしょう。さっきはお恥ずかしいところを見られてしまいましたね、リングローズさん——とんだ捕らぬ狸の皮算用です」

「まあ、だれにでもあることさ」リングローズは言った。「それを言うなら、狸が何匹も捕まりそうじゃないか。とにかく、叔父さんの遺産の半分はきみと妹さんのものだ。ひょっとしたら、この時点で全額と言ってもよかろう。妹さんはどこに？」

レジナルドが笑った。

「事態が動き出しましてね。今夜はふたりで会えてよかった。あなたはとてもよくしてくれましたから。ミス・リングローズもそうです。ぼくがあなたを好きなのと同じくらい、ジェラルディンはミス・リングローズが好きなんですよ。おととい、あなたの留守中に、妹はミス・リングローズと一緒にお宅の庭で梨をもいでいました。ところで、そろそろ知らせがありそうです。ビリーと知り合ってから、ずっと彼を気にかけてきました。人はひょんなことから意気投合しますね。ぼくたちは正反対の性格ですが、ちょっとした――まさにそのちがいとかが――きっかけで大親友になれました」

「いかにも」とリングローズは言った。「ジョーとわたしもまったく同じだよ。相違点が多くても親友だし、たとえちがっていようと、これからも親友なんだ」

「ああ、もちろんジェラルディンは事件のずっと前からビリーを知っていました。会ったことはありませんが、ぼくから何度も話を聞いていて、関心を持っていました。ビリーはジャーヴィス叔父の身近にいたからです。妹はつねづね、叔父が考えを変えてぼくたちを忘れないでくれたらいいと、内心期待していました。そして、ビリーが打ち明けた話――守銭奴の遺産を相続することになった事情――をぼくが手紙で知らせると、ジェラルディンは彼にかんかんに腹を立て、本人が聞いたら震え上がるような言葉を書き連ねました。そんなときあの殺人事件が起こり、妹はここへ来てビリーに会ったんです」

「今夜はふたりで出かけているんだね？」

「ご明察です。ジェラルディンは明日スコットランドに戻りますが、会社に辞表を出すでしょう。ぼくもそうしました。どちらも勤め人ですから、リングローズさん、時間もささやかな財産も無駄にできません。ジェラルディンの昔からの夢は外国旅行だったので――そのお、腰を落ち着ける前に少しは世界を見て回りたいんです」

「ではビリーがその案内役になるわけだ？」リングローズが探りを入れた。

「ぜひそうしたいと言うんです。ぼくたちをアフリカへ連れていく気になっていますし、ジェラルデインが加勢をするでしょう。面白いのは、妹がぼくに負けじとビリーをとても魅力的だと思ったことです。しかも、あのふたりの友情はみるみる燃え上がって深い感情になっていくようで」

リングローズは頷いた。

「で、ふたりは妹さんがイーリングに来るまで会ったことがなかったんだね、レジナルド？」

「一度も。ただ、正直に言うと、ふたりはいろいろな意味で驚くほど似ています。ビリーとぼくはちがいを通じて親友になりましたが、妹たちは別の理由で急接近したように思えます――すこぶる気が合うんですよ。ビリーがジェラルディンを好きになるとは思っていました。妹は美人なので、たいていの男に好かれます。でも、これまではだれに結婚を申し込まれても、よく考えもせずに断りました。金持ちのスコットランド人との結婚話が何度かありましたが」

「今回はひと目惚れだね、レジナルド？」

「そのようです。ぼくは経験がありませんが、その症状が現われているんじゃないかと。あのふたりは一緒にいられれば満足なんですから。スワン事件も気にしなくなりました。話題にもしませんし、ぼくといるよりふたりでいたいのは見え見えです。ジェラルディンはあのとおりの現代女性で、完全に自立しています。おまけに、ビリーと一緒ならぼくといるのと同じくらい安全だとわかっています。彼は妹を怪しげな場所に連れていきません。生まれつき清廉なタイプです。そうでなければ、好きにならなかったでしょう。でも、ぼくがビリーと遺産相続の件をとことん話し合い、さんざん苦労した末に、四分の一の額を受け取ると約束させたら、彼はいっさいを忘れ、もう殺人の謎で頭を悩ませなくなりました」

「そうとも。ビリーは死より崇高な謎を探っている。それは愛だよ――そうじゃないか、レジナルド？　ふたりが婚約することになったら、なんと言う？」

「ぼくの言葉なんて、妹は聞き流しますよ。そもそも、なにを言えばいいのか。反対したくてもできません。ビリーが大好きなんですから。いや、反対なんかしませんよ。ビリーの人柄を知っていますし、ジェラルディンの人柄も知っています。あのふたりなら、男女がここまで気が合うかというほど馬が合うはずです。わからないのは、ここまで早く話が進んだことですね」

「ふたりの性格がそう望んだからだ。恋は時間に縛られない。みずからの翼で往来するのさ、レジー。ジョー・アンブラーが奥さんのメアリに求婚したときもそうだった。ジョーときみの友だち、ビリーには共通点があるから惹かれあったんだ。ジョーは、わたしがきみに好意を寄せるようにビリーに好意を寄せている」

「アンブラーさんの友人になれて、ビリーは嬉しくてたまらないようです。ぼくもあなたと親しくなれて光栄です。ビリーは、アンブラーさんに警察をやめて猛獣のハンターになってほしがっています！　でもアンブラーさんは、一番恐ろしい猛獣は人間だ、猿やキリンと知恵を競うつもりはない、と言いました。ぼくのほうは、あなたと友人になれてよかったです、リングローズさん。友人があまりいませんし、悪い血が流れていますから。残念ながら、それは父のふたりの弟の件でいやというほどわかります。そのことを考えると、憂鬱でなりません」

「ところで、遺産の額はどうなっている？　弁護士から聞いたのかね、それともウィリアムから？」

「グラントフさんからです。あの人が財産の書類を一括して管理しています」

「ほう、きみはグラントフ氏をどう思う？」

「あまりよくは思っていません。知り合ったのは、叔父の下で働いていたときです。グラントフさんは卑劣な小男で、法律違反すれすれの行為をします。つまり、以前はしていました。でも、けっして法律を破りませんでした——保身のために。財産は増えたようです。莫大な金額で、貴金属もありますが、その大半は正当な持ち主に戻っています。あとは法的な権限が与えられるのを待って、借金を抱えた大勢の気の毒な人を解放します。グラントフさんはまだ無理だと言いましたが、ぼくは全部の書類を提出させました。彼はぼくと口論したくなかったんですよ」

「気前がいいね、レジナルド。それでこそきみだ」

「気前がいいわけじゃなく——ずるをしないだけです。不幸な人の多くは、すでに借りた額以上に返済したのに、元本が残っているんです。ジャーヴィス叔父は、あらゆる汚い稼ぎ方のうちで最低のふたつを実践していたようです——高利貸しになることと、盗品の受け取り手になることです。そう考えれば、あの短剣の説明がつきませんか、リングローズさん？」

「〝ジョン〟と呼んでくれ。いや、それでは説明がつかないんだよ、レジー。もし泥棒に盗品を持ち込まれたとしても、守銭奴は受け取らなかっただろう。ジャーヴィス・スワンは見返りなしに重大な危険を冒す人間ではなかった。短剣を壊しても大金にならないと知っていたはずだ。ああいう目につきやすい珍品を売ろうとしたら足がつく。そうとも、叔父さんを殺した連中はあの短剣を持ち込んで、あれだけを使うことにした。理由はまだわからないがね。短剣を盗むのは簡単だ。しかし、なぜあの奇妙な凶器が叔父さんの命を奪ったかは、いまのところ見当もつかん」

「叔父の生活にはぼくらにうかがいしれない小さな秘密があるだろうと、たびたび考えました」レジナルドが言った。「だって、この殺人の動機をまだ察知できないんですよね。動機はあったはずですし、ぼくの目にはひとつの点が明らかです。これは叔父の財産目当ての殺人ではなかった。一ペニーも盗まれていませんから。金庫の鍵は鋼のキーホルダーにつけられて叔父のポケットに入っていました。金庫はどれも手付かずです。叔父がその日持ち帰ったばかりの札束でさえ無事でした。盗んだところで危険はなかったんですが。有価証券もすべて無記名債券の——盗みやすい——形なのに、一枚もなくなっていないと、グラントフさんは言っています」

「では、動機はなんだと思う？」

「復讐でしょう。遠い昔に起こったことの仕返しです。あの短剣に口がきけたら、叔父と結びついたなんらかの因縁を教えてくれるかもしれませんね」

リングローズは頷いた。

「突飛な考えだが、あながちまちがいとは言えない。ただ、短剣の来歴は突き止められていて、イングランドに渡ったことがないのは確実だ。犯人が手間暇かけてなにを盗んだのか、まだわからないんだよ、レジー。盗まなかった物はわかっていて、ビリーに言えるかぎりでは、あの部屋にもう財産らしき物はなく、隠し場所もないらしい。それは疑問の余地がない。われわれは家具をどけ、壁の鉄板まではがした。いや、われわれが追っている連中がジャーヴィスを殺した動機は面白半分でも金目当てでもないが、彼らが目当ての物を手に入れたかどうかはわからない。復讐だった可能性もあるし、あるいは未知の犯罪に罰を下したのか。なんとも言えず、まだ大きな謎がふたつ残っている。そもそも、ジャーヴィス・スワンはなぜ殺されたのか、そして殺人犯たちはどうやって——奇術師でもあるまいに——犯行後に現場を脱出したのか。ジョーは、ジャーヴィスが本当に自室で殺されたのかと迷っているが、血痕を見れば、現場で襲われたとわかる。しかし、敵がドアの外でジャーヴィスを待ち受けていて、人けのない廊下で襲いかかり、一撃で殺してから、本人の鍵でドアをあけて室内へ引きずり込んだとしても、どうやってまた外に出てボルトを差したのか？　この謎はちっとも解けないままだ。それでも、これを解けたら事件そのものが解決するかもしれん」

「ライギット・ヒースはどうでした？」レジナルドに訊かれ、リングローズが発見したものを具体的に話すまいとしたところへ邪魔が入った。のちに彼は隠さなくてよかったと思った。いまにもほかの人間の口から漏れそうだし、もし質問をはぐらかしていたら、今後レジナルド・スワンは容疑者扱いされたと思うだろう。結局、偶然のおかげでこの場もリングローズも救われ、新しい友人をどんな罪からも永久に免除したくなった。

ジェラルディンとウィリアムが連れ立って現れた。ふたりはリングローズの姿を見て、興奮も激しい失望もあらわにした。

「あら！」若い女性が声をあげた。「くやしい！　レジーにびっくり仰天する話を運んできたのに、先に来て取り上げるなんてあんまりです、リングローズさん！」

一瞬、リングローズはなんのことかわからなかったが、次の言葉で意味がきわめて明確になった。

「ジョンは仰天するような話をしなかったよ」レジナルドが言った。

「ライギットの情報も？」ウィリアムが訊いた。

「ちょうどライギットの話をしようとしていたら、きみたちが入ってきたんだ」

「では、ライギットについてどんな話を知っているのかね、ビリー？」リングローズが尋ねた。

「だれでも知ってる話です」ウィリアムがポケットから夕刊を取り出した。「ジョー・アンブラーとあなたは、ライギット・ヒースにあるマーティン・スワンの農園で若い女の死体を発見した。その女はあの不幸なふしだら者、ブレント軍曹の娘だった！」

「ベラか！」レジナルドが叫んだ。「まいったな、ビリー、彼女は一味だったのか？」

「かわいそうに、ずるずると深入りしてたのさ」ウィリアムが答えた。「これでマーティン・スワンが死んでることになるなら、ぼくは頭が悪いんだ。生きてると言い続けてたんだから」

ジョン・リングローズは夕刊の記事にざっと目を通した。

「この記事が載った経緯を知りたいね」彼は言った。「検死審問が終わるまで記者に情報を漏らしてはならないと、警察からはっきり命令が出ていたんだ」

しかし、その事情は記事に明記されていた。得意げな特派員が〈子羊と旗〉亭の主人トマス・ラドフォード氏の信頼を勝ち取り、氏から一部始終を聞き出して、ロンドンの新しい夕刊紙『レイテスト』に〝特ダネ〟を載せることができたのだ。

ウィリアムはいまの雇い主をレジナルド・スワンだと考え、引き続きガレージの上の部屋で暮らし、〈アポロ火災保険〉との契約期間が切れるまで勤務する友人の代わりに、たっぷり時間をかけてその妹を楽しませた。ウィリアムはジェラルディンの行きたい場所へ車で連れていった。どうやら彼女は短い休日の大半を彼と過ごすつもりでいるようだった。

ジェラルディンはリングローズに質問し、ブレント軍曹の娘の死でわかったことがあれば教えてほしいとねだった。だが、リングローズには話すことがほとんどなかった。若者たちにしゃべらせておき、彼らの仮説と意見に耳を傾け、だれかの言葉に一般人には知りえない知識が潜んでいないか見極めようとした。しかし、そんな事実を示す言葉はなかった。ウィリアムはベラの悲運にあまり心を動かされた様子はなかったが、神経を高ぶらせていた。それにひきかえ、レジナルドは痛ましい状況じたいの恐ろしさと、死んだ女の無残な末路、老いた父親の悲しみをつくづくと考えた。死体が発見されたときの詳細が記事になっていて、彼はそれを読んで感情を表に出した。だが、その感情はじきに死んだ者ではなく生きている者に向けられた。

「気の毒なブレント」レジナルドが言った。「あんなに気のいい、正直なじいさんが。ひどくショックを受けるだろう」

「ブレントはちゃんとショックに対応したよ」リングローズは説明した。「われわれと別れる前に気づいたらしい。哀れな娘は早死にするのがいちばんだと、だれもが考えるとね。実に勇敢で、男らしく困難に立ち向かった」

「ブレントはベラの死でなにか思いつきましたか、リングローズさん?」ウィリアムが訊いた。「ブレントはいつも、スワンがとりわけベラに反感を抱いてると言ってましたし、ぼくはベラがスワンを嫌ってたのも知ってました。本人からじかに聞いたので。スワンに何度となくののしられて、ベラもできるものなら仕返しをしたんでしょうが」

「ベラとジャーヴィスのあいだに密約はなかったと、ブレントは考えている」リングローズは答えた。「それでもあったはずです。あったにちがいないわ」ジェラルディンが言った。「今回の件が、その気の毒な女性と叔父たち両方になんらかの関係があると示しています。たぶん、彼女はひそかに叔父たちのあいだを取り次いでいたんでしょう」

「もしそうなら、ぼくが嗅ぎ付けていたよ」ウィリアムが言った。「ベラがぼくに隠れて、きみのジャーヴィス叔父さんに使われたなんてありえない。ぼくはあの人に張りついてたんだ。あの人は舟竿の先でもベラに触らなかっただろう。まして秘密のメッセージだの、貴重品だのを託したりしない」

「しかし、なんらかの秘密のメッセージが渡された」レジナルドが言った。「それは明らかだよ」

「ぼくを通して郵便でね」ウィリアムが答えた。「前に言ったように、品物は郵便でマーティンさんに届けたけど、ぼくが知るかぎり、手渡ししたことはない。そりゃあ、本人が取りにきたら別だよ」

「それでも、郵便で出すのは密使を使うより危険だ」リングローズは断言した。「ジャーヴィスはきみに隠れて密使を使っていたかもしれんぞ、ビリー。ベラがたまたま密使から秘密をつかんだのかもしれん。そこで、そう、言いがかりをつけようと割り込んだ――ゆすりだね。かりに未知の人物がベラを邪魔だと思い、彼女の口をふさぐと同時に身の安全を図るには殺すしかないと考えたとする。だからベラの命を奪った。さらに、マーティン・スワンが――おそらくジャーヴィス・スワンも――秘密を握っているため、ベラの死体はライギットへ運ばれ――永久に隠されるはずだった。そんな可能性があったのではないかな」

「でも、その気の毒な女性を探していなかったんですよね、リングローズさん?」ジェラルディンが訊いた。

「そのとおり。ライギット・ヒースでベラを発見するとは夢にも思わなかった。しかし、マーティンの鋤に粘土を見つけ、さらにもう一本の鋤にも見つけると、ひそかに立てた仮説に沿ってかなり前進した手ごたえがあった。その仮説はこうだ。ジャーヴィスを殺した未知の一団が、犯行の当夜に彼の失踪した弟も襲ったと。最初はカースレイク夫婦を疑ったが、彼らはマーティンを殺していない。なぜなら、マーティンは夫婦がライギット・ヒースを離れたあとも生きている姿を目撃されていて、夫婦にはブライトン滞在中のアリバイがあり、人目につかない場所に行かなかったからだ。夫婦が手を下したとは思わないが、犯人を知っている可能性は十分にあると踏んだ。ところが、ライギットでじかに話を聞いて、これはなにも知らないなと感じ、なにも知らないといまでも思う。思うどころか、確信している。ジョーがすばらしく頭を働かせてあの隠し場所を見つけ、埋められていた樽を探し出したとき、マーティンだけは見つかると考えた。ところが、彼が知らないうちに自分の墓を掘る手伝いをしていた状況を推測して、とんでもない誤りを犯した。ここでわたし自身の、そもそもの考えを話しておこう。あとひとつしかないが」

「やはりマーティン叔父は死んだと思いますか？」

「ええ、ジェラルディンさん、そう思うよ」

「でも、その恐ろしい出来事が叔父は死んでいないと示しているように見えませんか？」

「あれはマーティンとは無関係かもしれん。彼が見つかるまで、鋤とからのグラスについた指紋が彼のものだと証明されるまで、彼が樽を埋めた作業に手を貸したとか、あの事件にかかわりがあるとさえ言えない。あるとすれば、新たな被害者としてだろう」

「プロの犯罪者が指紋を残したでしょうか」レジナルドが尋ねた。「鋤が二本使われ、二個のグラスで酒が飲まれたのはわかっています。でも、この記事には、叔父のものだとわかった鋤から指紋が検出され、片方のグラスからも同じ指紋が出て、もういっぽうの鋤とグラスからは指紋が出なかったと書いてあります。ええと、もしふたりの悪人が協力したら、どっちも指紋を残さなかったでしょう。残すほどばかではありませんよ」

「それはマーティン・スワンにも言えることさ」ウィリアムが言った。「きみの叔父さんはたしかに悪党だった。当人に指紋の知識がなかったとしても、共犯者が用心させただろう。とにかく、作業が終わったら、加わった者たちは逃げただろうが、もしマーティン・スワンがまるで事情を知らなかったとしたら、どうして失踪したんだ？　なにもしていないなら、どうして隠れてるんだろう？」

「ベラが隠れていたのと同じ理由かも」ジェラルディンが答えた。「きっとリングローズさんが考えたとおり、ジャーヴィス叔父を殺した犯人がマーティン叔父を連れ出したのよ。マーティン叔父はやむを得ず姿を消したんだわ、ビリー」

若者たちの話を聞いて心の迷いが薄れていくと気づき、リングローズは口をひらいた。

「きみたち、それがいまでもわたしの意見だよ。われわれは以前の出来事を考えねばならないし、マーティン・スワンについて知っていることを思い出さねばならん。マーティンは老人で、寄る年波に勝てなかった。どんなに物騒な真似をして大金を稼ぐとがんばっても、いかんせん体がいうことをきかない。日ごろ、大半の人間が誘惑に負けずに正しい行いに励むのは、そのほうが理にかなうからであって、道徳上の理由からではない。もしジャーヴィスが、あるいはほかの何者であれ、危ない仕事をしてから逃亡し、責任を逃れる話をマーティンに提示したら、彼は危ない橋のだいぶ手前で踏みとどまっていただろう。マーティンはジャーヴィスとは似ても似つかない。動物のように愚直に、畑を耕す戸外の生活を愛していた。必要なものは少なく、それを満たすだけのたくわえはしてあった。仕事が好きで、盗品を隠してその手間に見合う報酬が得られると考えた。しかし、殺人ほどの重罪を犯して、わざわざ不便を忍んで逃げ出す危険を冒すとは、わたしにはどうしても思えない」

「マーティン叔父には来客がありましたね。だから、ときどきカースレイク夫婦を外出させたんでしょう」レジナルドが言った。「ビリーは、ジャーヴィス叔父がたまに外出したようだと教えてくれましたし。でも、問題の夜にジャーヴィス叔父が外出しなかったとしても、数人の未知の人物が約束をして訪ねてきて、マーティン叔父を襲って追い立てたか、拉致したかのどちらかだというんですね、ジョン」

「リングローズさんはもっとひどい事態をお考えなのよ」とジェラルディンが言った。「前々から言ってらしたわ。マーティン・スワンは死んでいると」

「あの女が見つかるまで、たしかにマーティン・スワンは死んでいると思っていた」リングローズは答えた。「だからライギットへ向かったが、死体を発見して、一時は考え直したくなった。ジョーはマーティンが生きていると確信していたからね。ふたりで検討した結果、わたしはひとつの可能性がまだ解明されていないと感じた。ジョーは、やはりマーティンが生きていると考える。むろんわたしも、ジャーヴィス・スワンの死とその弟の失踪とを結びつけている。ジョーがマーティンの生存を信じていても、わたしはここで、マーティンは死んだという信念にきっぱりと立ち返る。彼が強制されたのはまちがいない。金に釣られ、自宅と大切にしているものを捨てたとは思えないからだよ。ああいう老人を動かせそうな餌は金だけだ。餌はもうひとつあるかもしれないが、そっちは無視してよさそうだ。となれば、マーティンは衝動に駆られたのだろう。そして、捜索——失踪直後に始まった捜索の内容を考えると、彼がもはや生きていないのは確実だ。どんな疑問にも、これほど自信たっぷりに答えたことはない。死んだ人間は生きている人間よりずっと隠しやすい。ひとつの事件なら単独犯が被害者を殺して死体を隠すだろうが、人ひとり生かしたままで隠すとなると、面倒がはるかに大きくなり、たいてい共犯者がかかわるものだ」

「でも、その人間が隠れたいと思い、犯人に協力すれば、共犯は必要ありませんね」レジナルドが言った。

「いいや、その場合も」リングローズは続けた。「警察があらゆる場所を探していれば必要になる」

「ジョー・アンブラーはたしかにマーティンが生きてると思ってます」ウィリアムがきっぱりと言っ

た。「同感ですね。ぼくが刑事だったら、グラントフ弁護士の仕事を探ります。あの先生を通じてマーティンにたどり着くかもしれませんよ」

「それも手だな、ビリー」リングローズは穏やかに言い、帰ろうとして立ち上がった。「そのうち電話して、推理を聞かせてもらおう。なるほど、グラントフに対する捜査は終わっていないし、それは向こうも承知している。だが、あの先生は例の秘密を知らないと、わたしはかなり自信があるんだ」

ジェラルディンがリングローズにオーバーを着せた。

「さっき、マーティン叔父を逃げ隠れさせそうな餌が、お金のほかにもうひとつあると言いましたわね。なんでしたの、リングローズさん？」

リングローズはジェラルディンの整った顔を見て、ひたむきで、問いかけるような目をのぞきこんだ。そのとき初めて、ジェラルディンの口もとには美しいだけではない特徴が刻まれていると気がついた。明るく引き締まった唇が気丈な性格を表し、額は下ろした前髪でほとんど隠れているが、兄の額のような、もっと高いけれども狭い額とは異なる、幅の広さと現実的な面がのぞいている。レジナルドは聡明だが夢見がちで——現実には活躍しそうにない理論家だ。いっぽう妹は、兄とは異なる気性を見せ、考えるより行動するほうが得意そうだ。初めてリングローズは、ジェラルディンがただの美人ではなく、たぐいまれな個性を持った人物でもあると見抜いた。

リングローズは笑って答えた。

「もうひとつの餌は恐怖だよ、お嬢さん。人間は死を免れようとして、あれこれ骨を折る。では、仮にマーティンが生きているとしよう。彼は自宅と安楽な生活からあわてて逃げ出した——大金をもらえる見込みはなかった。金をつかむだけでは気に入らず、その点が守銭奴の兄とちがったからだ。マーティンは合計で二千ポンドあまりしか残さなかった。しかし、過去に事情があったり、若い時分に犯した時効前の罪があったりして、それが頭を離れなかったら、刑務所に入れられて破滅する可能性があったら、長期の——刑務所での——滞在はなんとしても逃れようとあわてただろう。そんなことになったら、過去を掘り返すしかない。とにかく、そこに真実が隠されているかもしれん。だが、そうであってもなくても、わたしの確信は変わらない。守銭奴スワンを襲った悲運は、弟に降りかかったものと同じで、犯人も同じだった。わたしはマーティンが死んだと固く信じている。あの兄弟が殺されたのは金のためでも宝飾品のためでもなく、一緒に及んだ行為のせいだ。遠い昔の出来事かもしれないが、ふたりはつい最近になって思い出したのだ」

一瞬全員が押し黙り、やがてウィリアムが話し出した。いつもの活気が抑制され、控えめな口調だ。

「こんなチャガ族のことわざを思い出します。〝人が生まれる日、その命は測られる〟。そんな感じでしょう?」

「チャガ族は未開人にしては洞察力があるんだな、ビリー」レジナルドが言った。

「チャガ族は運命論者ではないかね。たいていの思慮深い野蛮人と同じで」リングローズはそう言ってからウィリアムにある質問をした。「ひとつ考えてくれ。お父さんは、ニコラス・ボルゾーヴァー氏は過去にジャーヴィス・スワンとの揉め事の種を抱えたことがあったかどうか。ご両親はアフリカで何度もジャーヴィスの話をしていたはずだ。お父さんはこちらに一時帰国して、ジャーヴィスに会ってからアフリカに戻ってきたことがあったかね? ふたりは、きみの知るかぎり、つねに事業では良好な関係を保ち、金銭が絡んだ問題もうまく処理していただろうか?」

ウィリアムはよく考えて答えた。

「ぼくの知るかぎりでは、いざこざはまったくありませんでした。ぼくが十五歳になると、父はなんでも話してくれました。スワンと意見が合わなかったら、そういう話が出ていたはずです。父はめったにいない正直者でしたよ、リングローズさん。スワンはそれをだれよりもよく知ってました。だから、ぼくを呼び寄せて働かせ、父を信用していたように信用したんだと思います。父はジャーヴィス・スワンからきちんと手数料を取りました――ちゃんと知ってます。アフリカで集められた物品はこちらに届けられ、それを売って父に収入を送るのはスワンひとりの役目でした。平等な分配が条件で、ずっとそうでしたし、父が不満をこぼしたのを聞いた覚えがありません。品物の値段が下がりすぎたこともあれば、高値になって嬉しい驚きを示すこともありました。でも、共同事業者をちょっとでも悪く言ったり、誠意を疑ったりしたことはありません。父がこの国を出てキリマンジャロへ行ってから、ふたりは二度と会っていません。父はなにがあってもこの国に戻らなかったんです」

「助かったよ、ビリー。実によくわかった」聞き手が言った。「では、お宅のウィスキーを一杯いただくとしよう。それからおいとまするよ」

リングローズはジェラルディンのほうを向き、今日はビリーとふたりでなにをしていたのかと尋ねた。

「おたがいにロンドンを案内しましたが、わたしたち、街があまり好きになれません。ふたりとも田舎が好きですから、リングローズさん、煉瓦とモルタルに囲まれた場所に住みつけないでしょうね」ジェラルディンが言った。

五分後、リングローズとウィリアムは席を立った。ウィリアムとレジナルドが、もうすぐライギットでひらかれる検死審問に出ると言ったので、リングローズは翌日彼らと一緒に出かけることにして、帰宅しようとした。ウィリアムはジャーヴィスの車に乗ってロンドンへ戻るところだったが、まずリングローズを住まいのあるウィンザー・ロードまで八百メートルほど乗せていくと押し通した。短い距離ながら、リングローズが車を降りる前にあれこれ話すことができた。ウィリアムは、彼ほど率直で衝動的ではない大勢の若者のように、この年長者の共感と思いやりのとりこになっていた。いままでは気さくに長々と話し、友人の妹に夢中だと打ち明けた。出会いのきっかけになった惨事は忘れ、切実な悩みを思い切って訴えてみたのだ。

「力になってほしいんです」彼は言った。「ジョー・アンブラーにそうしているように。どうしたらいいか教えてください、リングローズさん。あの娘が好きになったんです。こんな奇跡は見たことも聞いたこともありません。ぼくはこれまで女性に目を向けず、母親以外の女性を気にかけませんでした。ところがいま、大切なのは彼女のことだけです。たぶん、恋してるんでしょう。それしかありえませんから。ぼくみたいな男がジェラルディン・スワンのようなすばらしい女性のことを考えていいものかと自問しています――たとえ見るだけだといっても」

「猫が国王を見てもおとがめなしだよ、ビリー」

「でも、恋は別ですよ！　あれほどたぐいまれな女性と恋をする資格がある男はいません。まるで天使に恋をするようで――どんな男だって身のほど知らずですよ、リングローズさん！」

車がリングローズ家の前で止まってもウィリアムは話し続け、とうとう息を切らした。すると、リングローズが口をひらいた。

「たしかにジェラルディンはそのとおりの女性だが、もうひとつたしかなことがある。あのすてきな娘は崇められて暮らす性分じゃない。じきに恋をする。好きではない相手には見向きもしないよ。こせこせしたところがない娘だね。レジーの話では、裕福な男の求婚を断ったのも一度や二度ではないらしい。つまり、ここはまだそこそこ自由な国だから、きみの運試しを阻むものはない。返事が『ノー』でしかないなら、彼女はきっぱり『ノー』と言うだろう。そう言われたら、それが本心だと思ったほうがいい」

「わかりました！」ウィリアムが答えた。「だから、こうして相談してるんですよ。頭がおかしいやつの言い分に聞こえるでしょうが、なんと、ジェラルディンはぼくを好きなんです！　ぼくは察しが悪いほうですが、自分の得になる場合はめっぽう冴えるんです。高嶺の花だと思っても、彼女に好かれている幸せを逃すわけにいきません。ぼくを信頼してくれ、気が合い、進んで一緒に過ごしてくれるんです！　おまけに、何度か――何度かですよ、リングローズさん――ぼくとほとんど同じように考え、ぼくの意見に何度も頷いてくれました。いままでぼくの意見を高く買った人はいません。出会った瞬間から、ぼくは彼女の言葉を一語残らず覚えています。おたがいに、すてきな出会いだと感じてるんです。それに、彼女はどうしてもキリマンジャロを見たがってて。レジナルドが連れていってくれないかなあ」

「なるほどきみの勝ちらしいね、ビリー」リングローズは言った。「お祝いを言わせてもらおう。しかし、それほどうまく運びそうなら、なぜ愚痴をこぼすのかね？」

「問題はそこです」ウィリアムが真顔で言った。「聞きたいのは第二の意見で――第三の、と言ってもいいでしょう。実は、ジョー・アンブラーに相談したら味方になってくれて、『がんばれ』と励まされました。ジョーはそれしか言わないし、彼も既婚者です。でも、あなたは独身で、洞察力のある正直な人で、これまで親切にしてくれました。ご意見を高く評価します。あなたはこの話をありのままに受け入れるし、ジェラルディンをよく知っています。だから、どうか教えてください。ぼくがあ あいう女性にふさわしいかどうかを。最高の女性は最高の男よりすぐれてますから、彼女みたいなすばらしい娘の前ではどんな男も肩身が狭くなります。おまけに、なんとなく、彼女が当然の権利を手に入れたいま、いくら結婚を考えるほどぼくが好きでも、やっぱり物足りないんじゃないかと。ぼくが姿を消せば、ずっと彼女にふさわしい男がすぐに現れて、もっといいところを見せるでしょうし」

はからずもリングローズはたちまち興味を持ち、それをひどく意外に思った。事情を少し想像すると、ウィリアムはリングローズ自身がはるか昔に歩んだ道を思い出させ、とうに響かなくなった記憶の音色を奏でた。なぜならリングローズも、二十五歳のときにある女性を愛し、彼女に対してめったに愛の言葉を使わなかったからだ。愛の物語と愛の悲劇の多くは身勝手さから生まれ、無償の愛はほとんど形に残されない。

しかし、ここにいる若者は、彼自身の愛情が否定され拒絶されるとは予想しなかったかもしれない。リングローズは心を動かされたが、冗談めかして答えた。

「ジェラルディンが好きだ、彼女に好かれていると吹聴しておいて、二の足を踏んでいるなら、彼女にふさわしい自信がない証拠だな、ビリー。わたしもきみに負けないばか者に見えそうだがね。きみは堅物とか、大ばか者と呼ばれるだろうから」とリングローズは言った。「しかし、わたしはそう言わない。きみは千載一遇のチャンスに恵まれ、いつもとちがう考え方をしようと自分を見直している。きみがジェラルディンにふさわしい男だと思える条件を出すとしたら、それはさっきのきみの言葉だよ。わたしは女性の気持ちにうといほうだが、なるほど、最高の女性は男を大成功に導く。まあ、それは一般的な考え方ではあるまいが。もしジェラルディン・スワンが結婚を考えるほどきみを愛しているなら、生涯の伴侶だと見なしているなら、まちがいなくきみと結婚するよ、ウィリアム。そういう女性だからね」

ウィリアムは大喜びした。

「あなたは賢い、いい人だ。感謝します。ぼくはやりますよ、リングローズさん」

「そうこなくては」とリングローズは言った。「礼を尽くして求婚できるかどうかは、きみしだいだよ、ビリー。しかし、疑いの余地はないな——さっきの話を聞いたからには。あんな気持ちになれる男なら大丈夫だ。だから、わたしもジョーのせりふを拝借するとしよう。『がんばれ』！」

ウィリアムが奇声を発し、ウィンザー・ロードで穏やかに眠る大勢の住民を驚かせた。あとになって、それはチャガ族の雄たけびだという弁明があった。だがそのときは、リングローズは大声に度肝を抜かれ、走り去った車をしばし見送っていた。巡回中の巡査が近づいて声をかけた。リングローズは地元の警察官によく知られている。

「あの不届き者はなにをわめいてたんです、リングローズさん？」巡査が訊いた。「まるで移動動物園みたいな騒ぎだ」

「そうだよ、ピーターズ——いかにもそのとおり」老探偵が答えた。「あれは外国から来た青年で、さっきのが〝おやすみなさい〟の挨拶なんだ。たったいま、わたしと別れたところでね。恋をしていて、激しい思いがあふれたんだよ」

翌朝、ユーストン駅でレジナルド・スワンとその友人がエディンバラに発つジェラルディンを見送った。その後ふたりは、リングローズ、ブレント軍曹、ジョー・アンブラーと落ち合い、一緒にライギットへ向かった。

検死審問ではベラ・ブレントの死の謎も、彼女のポケットに入っていた二十ポンドの謎も解けなかった。父親から何人かの友人が指名されていたが、彼女が失踪した日に、あるいはそれ以降に言葉を交わしたと報告できる者はいなかった。リンクレイター・ビルを出て、すぐに戻ると言ったときから、ライギット・ヒースで死体となって発見されるまで、ベラの消息は杳として知れなかった。この間、完全に姿を消していたのだ。ジャーヴィス・スワンが死んだ翌朝からベラの死体が発見されるまで、徹底的な捜索が続けられたにもかかわらず。もちろんロンドン警視庁では、ベラとマーティン・スワンの共謀説が当初から存在し、失踪したふたりの詳しい人相書きに添えて、ロンドンだけではなく、国内のあらゆる大都市と積み出し港にまで精力的な捜査が展開された。

ブレント軍曹が娘の身元を確認し、シェリダン医師が死因を手短に述べ、アンブラーが死体を発見したいきさつを詳細に述べた。カースレイク夫婦は、すでにジャーヴィス・スワンの検死審問で述べた証言を繰り返した。ブライトンの親戚と客観的な立場の証人の宣誓により、夫婦にはアリバイがあるため、農園を出発してからラドフォード氏の電報を受け取って帰宅するまで、どちらもブライトンを離れていないことが確実になり、彼らは拘留を免れた。ふたりともベラには会ったことがなく、マーティンの兄の検死審問に出るまで噂を聞いたこともないと言った。いっぽう、リングローズが漁網の下から発見した鋤に関する質問をされると、ジェイムズははっきり答えた。ライギット・ヒースに戻った時点で自分の鋤が一本なくなっていたが、それが見つからず、別の一本で仕事を始めたと。しかし、反対尋問において、彼はこの供述を訂正し、妻の継父が失踪して以来まったく働いていない事実を認めた。この夫婦に疑わしい点はなかった。ふたりはなにごとも包み隠さず証言して、能天気な面をさらけ出した。また、ときおり家を追い出されるたび、マーティンが不規則に、おそらくは不法行為をしていたと解釈したが、具体的な活動は見当もつかないと明言した。

マーティンの秘密行動の内容は、検死審問でも判明しなかった。兄を手伝って盗品を隠していたのは、ウィリアム・ボルゾーヴァーの前回の証言からも疑う余地がなかった。しかし、ウィリアムはみずから兄弟の仲介役をしたことはなく、ベラ・ブレント事件の捜査ではマーティンの失踪の謎が解けなかった。警察の目を逃れた一団が、被害者の弟の失踪はいざ知らず、二重殺人に関与していることがますます明白になってきた。時間の経過を考えると、マーティンが兄の死に直接の責任があるはずがない。ジャーヴィスが死を迎えたころ、マーティンは〈子羊と旗〉亭で酒を飲んでいた。その夜ベラがライギット・ヒースで、あるいはその付近で命を落としたとすれば、彼女もまたジャーヴィスが死んだときはロンドンから遠く離れていた。ベラの行動を検討した結果は、とりわけリングローズの興味を引いた。実際、検死審問で有益だとみなしたのはこの一面だけであり、最初は彼の考えを打ち消した証拠が仮説の裏づけとなった。ベラは生きて農園に来なかったのだ。だれも彼女を目撃していない。警察は広範囲に及ぶ聞き込みを実施したが、問題の夜に鉄道の駅でも、通りやパブでも、殺された女に似たよそ者を見たという情報を引き出せなかった。ベラはラドフォード氏の宿屋もほかの宿屋も訪れなかった。また、彼女の正確な人相書が近隣を回覧され、一般市民から情報を求めたが、まったく反響がなかった。

それでも、ベラが自分の意志でライギット・ヒースに来なかったという強力な確証に反して、ひどく不可解な証拠がひとつと、途方もない発見があった。ところが、それはなんの証明にもならず、死んだ女が発見された場所の極小の砂利、すなわち粗砂が近隣の採掘場のものだと判明しただけだった。

調査を依頼された地元の高名な地質学者は、ひと目で問題を解決した。この学者は近隣の地層に詳しく、ライギット・ヒースから一・六キロあまり離れた採掘場で取れる特殊な土だけでなく、ほかのどの場所で取れた土であろうと区別がついた。土にはきわめて独特な含有物があり、砂利には石英の層が走っている。石英の断片は樽の梱包材からも発見され、疑いの余地はなくなった。砂利は精査され、この重要な証拠に対して、採掘場のほかの証人たちが登場した。そこでは地元の警察がすでに聞き込みを済ませ、精力的に捜査をしていた。しかし、証人たちは解決のヒントを与えることも天罰を下すこともできなかった。どの労働者も、人けのない現場付近でよそ者を見かけなかったのだ。松林に隠れたその採石場は、約四千平方メートルの敷地を有している。念入りに調査したものの、特に荒らされた痕跡も、暴力行為の手がかりも発見されなかった。

この事情を聞いていなかったアンブラーは、前日に電報で知らせてはいけなかったと腹を立てた。検死審問は延長のために一時休止されていたので、彼とリングローズは採掘場に足を運んで一時間過ごした。しかし、新たな発見はひとつもなかった。採掘場と農園とを隔てる距離は、一・二キロほどあり、リース・ヒルの方角に広がっていた。

「どういうことでしょう、ジョン？」帰路、アンブラーが尋ねたが、リングローズには言えることがなかった。

「つまり、こっちの仮説――いわばね――は大いに疑わしいってことだ、ジョー。見たところ、それしか言えん」とリングローズは答えた。「あの女が別の場所で始末されてからここへ運ばれ、永久に隠されるはずだった点で、われわれの意見は一致していた。また、専門家が砂利の出所を割り出せば、殺害現場の地域を突き止められるとも考えた。だがわたしは、それがこの近辺とは思わなかった。いささかも疑わなかった。例の地質学者が、あれは特殊な成分で、ほかの土とはまちがえないと言ったからだ」

「それでも、もし犯人たちがベラを生きたままここに連れてきたとしたら、なぜ荷造りしたんでしょう。なぜ樽に？　墓穴が掘ってあったなら、あとは投げ込むだけなのに、なぜわざわざあんな細工をしたんでしょうか？」

「わからんよ、ジョー。見当もつかん。考えられる理由はひとつしかない。連中があの女を扱いやすい荷物にしたのは、またすぐに移動させたかったからだ」

　アンブラーが頷いた。

「あの砂利を見ると、女はここか、採掘場で樽に詰められたことになりますね。念入りに荷造りされた事実から、連中があとで場所を移そうとした意図が伝わると？」

「わからんよ、ジョー。お手上げだ。ここで荷造りしたのは、移動しやすいからにほかならない。それにしては、樽が念には念を入れて埋められていて、マーティンの鋤という、ちょっとした幸運がなければ見つからなかったほどだ。あれは一時しのぎではなく長持ちする仕事に見えた。いずれにせよ、どんな状況でなら、あの女を掘り返すことが重要になる、あるいは必要になるだろう？」

「しかし、樽と砂についてはほかの理由が考えられないでしょうか？」

「考えられる。ただし、砂の証拠を無視して、ベラは遠くで殺されてここへ運ばれたという、もともとの仮説にこだわれば話は別だ」

「砂は無視できませんよ、ジョン」

「あれは別のジグソーパズルに使うピースに思えてきた」とリングローズは言った。「あの砂は実に奇妙だな、ジョー——なんとも奇妙だよ。砂はわれわれを惑わす偽の手がかりかもしれん。あるいは、ことわざにあるとおり、われわれが肝心なときに砂で目つぶしをされた合間に、なにか起こっているのかもしれない」

「考えすぎですよ」アンブラーが言った。「殺人犯たちが女の死体を発見させるつもりだったなら、死体に嘘をつかせてわれわれを惑わせようと、連中が策を弄したのかもしれません。以前の奇怪な殺人事件では、死体そのものがいわゆる偽の手がかりで、ぼくはまんまと一杯食わされ、しくじりました。でも、今回はちがう。われわれは死体を発見するはずではなかったし、あなたの頭の切れがなければ、なにもわかりませんでしたよ。どのみち、連中に死体を取りに戻る気があったにせよ、なかったにせよ、もう戻ってきません。死体が発見されたと知れ渡ったんですから」

「もっともだな、ジョー——いちいち頷ける」リングローズが同意した。「じゃあ、ここを出て、お茶を飲んでから帰路につくとしよう」

ふたりはライギットでレジナルドとウィリアムと落ち合い、一時間後に四人でロンドンへ戻った。ブレント軍曹は四人を待たず、検死審問で退廷を許されたとたんにその場を出て、先発の列車に乗っていた。

若者たちは年長者たちが審問の内容を吟味するのに耳を傾け、気がめいると打ち明け合った。どちらの探偵も、事件の新たな進展を前にして途方に暮れているのが見てとれるからだ。

「この人たちを信用しろ」ウィリアムがささやいた。「当面はくたびれてても、必ず目的を果たす。失敗なんかしない。これからグラントフに立ち向かうよ」

それからウィリアムはもっと大切な考えを口にした。

「いまごろジェラルディンはエディンバラに戻ってるかな、レジー?」

第七章　第二の短剣

「あくまで一般論だよ」ジョン・リングローズは新しい友人のレジナルド・スワンと並んで、ウィンザー・ロードの自宅の小さな庭をそぞろ歩いていた。「一般的に、ひとりの文明人が別の文明人を殺すには強力な動機が必要だ。国家間では大量の血を流しているが、人間の命にはやはり尊厳がある。個人による殺人は、機関または政府による殺人とは大きく意味が異なるにちがいないからね。ひとたび国が戦争を始めると、その決定で大勢の罪なき人々が死刑を宣告される。開戦の方針を決めた組織のひとりでも召集されて、自分の手で敵を五、六人でも殺したら、戦争に行く気が失せるだろう。若者にとって物騒な世の中を作るのは中年だよ、レジー。若者の立場になってみる想像力が欠けているばかりに。白髪頭の政治家は、ピンからキリまでみんな、実際の殺戮に加わらなければならなかったら、あるいはひとりの罪のない者の喉を冷酷にかききらねばならないとしたら、戦争に賛成票を投じまい。人間は狼に似ている。勇ましいのは群れたときだけだ。また、狼は群がると、度胸だけでも、倫理観だけでも表せない行動を取る。しかし、戦争は自動車を運転するようなものだ。きみがどんなに流血を避けようと注意しても、それでも平気できみの血を流す愚かなトラック運転手に翻弄される。そいつが悪魔の役を果たしてから免許証を取り上げたって、なんにもならん。

ところで、なんの話だった？　そうそう、男であれ女であれ、一般的に正気の人間は強力な動機もなく殺人を犯さない。したがって、被害者の経歴を調べて友人知人とのつながりを知り、どれほど恨まれていたかを探れば、おおかたの殺人は手がかりをつかめる。こういう手がかりがないと、われわれ玄人はちょくちょく勘に頼ることになる――いまの事件のようにね。目下、きみのジャーヴィス叔父さんを殺す強力な動機を持っていたと見える人間はふたりいる。捜査が及んだ範囲では、殺人の意思も能力も備えていそうな者はほかにいなかった。叔父さんは人に嫌われるほうだった。彼について嘘をつく気もなければ、死者のよい面だけを話す気もない。調べてみたら、きわめて貪欲で残酷な人間だった。生前に五十人の顧客から死んでほしいと願われたことや、ほかならぬきみの働きからも――ジャーヴィスが他人に負わせた傷の一部を癒そうとしたね――人となりがわかった。ただ、借金を気前よく免除してはいけないよ。きみには相手にしなきゃならない叔父がもうひとりいるからね。動機の問題では、レジナルド――それなりの理由から守銭奴スワンを憎んでいる、名もない大勢の人以外に、重視するのはきみとマーティンしかいなかった。そのうちひとりは無実と証明された――それはきみだ。きみが殺人に関与していないことはまちがいない。行動はいちいち確認が取れている。同様に、きみが他人をそそのかさなかったのも、理性的な人間には自明の理だ。そこで、万一マーティンも殺人に関与していないなら、われわれは関与した人間をまだ探していないことになる。

しかし、ひとつの事実で、マーティンが一枚嚙んだ可能性が急激に高まる――農園で死んだ女が見つかったからだ。あれはメリルボーンとライギット・ヒースとの関係を匂わせるつながりだよ。この事件の解決がおのずと難しくなるのは、あんなに重要で強力なつながりがある以上、即座に手がかりを得られるはずが、見つからないせいだ。手がかりは目につくと思うだろうが、だれも気づかないし、警察を責めても無駄だ。ジョーのような男に見つけられないなら、見つけられる者はいない。彼は手がかりを見つける天才だ――それが最大の長所と言っていい。ベラの事件については審問が延長されたが、彼女がどうやって農園に来たか、連れてこられたか、または自分の意志で来たのか、なんの証拠も得られなかった。これはまさに典型的な例でね、こうした驚くべき事実を握っている市民が、警察は能無しの集団だから、事実からなにひとつ推測できないと叫ぶのさ。それでも、世間にあざ笑われても、われわれは働く。ジョーと大勢の部下たちは、経験を積んだ職業警官にできることはなんでもしているんだ」

「それはわかりすぎるくらいわかってます。ビリーがロンドンを発つ前に教えてくれましたが、アンブラーが捜査に頭を悩ましていたそうです。ぼくが提供した五百ポンドの賞金で、新しい情報が出るかと思ったんですが」

「わたしもそう思ったが、だめだったよ。反応さえなかったのが、どうも奇妙でね。賞金を出すと言えば、市民は役に立ちそうな長話をたずさえて現れるものだが」

「五百ポンドでは足りなかったのかもしれませんね、ジョン。ラザラス・グラントフさんについて、アンブラーはなにかつかみましたか？」

「なにからなにまでつかんでいる。グラントフはこの事件とは無関係で、やましい点はまったくない。あの地区では手間をかけ、問題の小男を二週間尾行し、実を言うと、私信まで盗み見た。あれは山ほど仕事に手を出している怪しい弁護士だが、堅実だ。つねに法律の手の及ばない場所にいることを堅実だと言うならば。この件でグラントフは出費がかさんだ。貴重な依頼人を失っただけでなく、悪い噂が立って不利益をこうむり、その煽《あお》りでほかの仕事まで失ったからね」

「あの人がマーティン叔父とひそかに手紙のやりとりをしているとは考えませんか？」

「それは絶対にない。その事実があれば、すでに発覚していたはずだ。グラントフがマーティ・スワンから得るものはない。ジャーヴィスが新しい遺言状を作成しているので、大金と引き換えに、署名される前に話をつけようと、彼がマーティンに持ちかけたという仮説は筋が通らない。ここで詳しく話すまでもないが、少しでも疑わしいと思ったら、ロンドン警視庁で訊けばいい。納得できるだろう」

「ジャーヴィス叔父にもひとつだけ人間らしい点があったと見えますね。旧友のニコラス・ボルゾーヴァーを忘れず、息子のビリーに全財産を遺すことにしたとは」

「まったくだ。ところで、ビリーはどこだい？　さっき、ロンドンを発ったそうだね」

レジナルドが笑った。

「名探偵でなくてもビリーの居場所は当てられる――でしょう、ジョン？」

「エディンバラで、おおかた――名所を見物しているな。しかし、いまあの町で彼の目を楽しませる眺めはひとつしかなかろう」

「きのう、ジェラルディンから聞きました。二週間後に退職して、ここでずっとぼくと暮らすそうです」

「ずっと、とは長いことだな」

「ビリーがこっちへ戻る前にふたりは婚約しているんじゃないでしょうか。相手がほかの男だったら、ぼくは心穏やかではいられません。でも、ビリーとジェラルディンは、ぼくがどんなに力を振るっても引き離せない。引き離したいと思っても無駄です。ぼくはあなたを見習って――独身を通すつもりですよ、ジョン。知的な生活を送り、世界中のすばらしい美術と、手が届くようになった魅惑的なものを全部見てから、新生活に入りたいんです。でも、ジェラルディンはいずれ恋をすると、前々からわかっていました。相手はもっと地に足が着いた男だろうと思っていましたが、あのふたりが似た者同士で――意気投合していることは否めません。傑作でしたね――ふたりがひと目で惹かれあった様子は」

「ああ、きみが満足してもしなくても、ジェラルディンはビリーと結婚するさ、レジナルド。とにかく、絵に描いたようなカップルで、どこから見たってよくお似合いだ」

リングローズの小さな果樹園に霧が忍び寄り、灰色の夕暮れから光がいくつも放たれていった。ドアと窓の周囲で炎色の宝石のかけらがぱっと輝き、庭の入口にメイベルが現れた。

「入って、兄さん。さもないと、鼻風邪をこじらせるわ。お茶の用意ができているわよ」

男たちはマフィンを食べながら話した。やがてレジナルドが帰宅すると、リングローズは妹に話しかけた。

「これは秘密だ」彼は言った。「だれにも話すなよ、メイベル。十中八九、今夜ジョーが来る。もし来たら、わたしは二、三日出かけているが、戻ったらすぐに訪ねると言うんだ。戻るのは木曜の夕方、お茶の時間あたりだ。それから、おまえはわたしの行き先も、出かけた理由も知らない。わかったな?」

「ジョーに知らせたくないのね?」

「そうだ。もし訊かれたら、スワン事件の捜査をしているのかどうかを訊かれるだろうが、それも知らないと言えばいい。わたしは木曜の夕方にジョーに会う。夕食に来ると言われればな。そういうことだ」

メイベルが頷いた。あれこれ詮索しなかった。

「出かけるのは今夜？　それとも明日？」というのが、メイベルのたったひとつの質問だった。

「今夜だ。ここだけの話、二日ばかりジョーから逃げたいのさ。妙なことを思いついてな、メイベル、それを当面はジョーに話す気がないんだ。知ってのとおり、彼はお前に次ぐ大親友だが、この頭で生まれた仮説をまだ教えたくない。というより、だれにも教えたくない。思いついた時点でジョーに話すべきだったが、ふたつの理由からそうするつもりはない。第一に、その仮説が実に漠然としていて、きっと帰宅する前に消え失せるから。第二に、仮説はジョーを傷つけそうだし、わたしは彼を傷つけるくらいならなんでもするからだよ」

「そうでしょうね。だけど、兄さんが捜査のためにしたいことが、なぜジョーを傷つけるの？」

「もっともな質問だ。傷つける可能性はゼロに近い。それでいて、ひょんなめぐりあわせで、わたしがやろうとしている行為がジョーを深く傷つけるかもしれない。だから、この件が片づくまで、いや片づいても、知らせないんだ」

「ますますわからないわ」メイベルが言った。「例のスワン事件にちがいないけれど」

「わたしが答えなければわかるまい、メイベル。それで終わりにしよう。無用な嘘をつくな。ジョーに訊かれても、本当のことを話してすっきりできる。昔から正直がとりえだったじゃないか」

一時間後、リングローズは古めかしい大型トランクに荷造りして霧の中に姿を消した。その数時間後、彼が予告したとおりにアンブラーが訪ねてきて、友人は急用で外出し、二日後には戻れそうだという伝言しか残していないと聞かされた。だがメイベルは兄の友人を大いに買っていたので、ぜひ少し立ち寄って、酒とたばこで一服してほしいと勧めた。

メイベルはいつもアンブラーをなごませるが、今夜の彼は悩んでいるうえ、リングローズが説明もなく留守にしたせいで、緊張がほぐれなかった。

「今日、ライギットに行ってきたんです」アンブラーが言った。「検死審問が終わりました」

「〝ひとりまたはふたり以上の未知の人物による犯行〟かしら?」

「ええ、例によって例のごとく。ひと筋の光も差しません」

「ジョンの話では、あのラザラス・グラントフの容疑は晴れたとか」

「ええ、晴れました。目下のところ手詰まりですよ、メイベル。それより、ジョンは伝言を残しませんでしたか?」

「二日後に戻るから、次の日にお宅を訪ねたいということだけ。もしあなたが木曜日の夕食に来てくれるなら話は別よ」

友人と会ったら、自分だけに事情をたっぷり説明してもらえるとアンブラーは考え、その話題にはもう触れず、家庭の話に切り替えた。

「妻が、このところさっぱりお見限りだとこぼしてますよ。いま、ジョアナに発疹が出ていて、はしかじゃないかとふたりでびくびくしてるんです」

「おやまあ」メイベルは言った。「ロンドンで発生したとは聞いていないわよ。とにかく明日出かけて、お茶の時間にメアリを訪ねてみましょう」

アンブラーは一時間後にリングローズ家を出てレジナルド・スワンに会いに行った。しかし、検死審問の結果しか伝えることがなく、自分としてはもどかしいが、当面は事件の解決が望めそうにないと認めた。

「これはぼくの汚点になりそうだよ、スワン事件は」アンブラーは打ち明けた。「明らかな問題を見落としたような気がする。刑事部の人間は見落としを嫌うのに」

「いまは夜明け前のいちばん暗いときじゃないかな」レジナルドがそう言った、およそ二十四時間後にアンブラーは友人の予言を思い出した。ちょうどそのころに、彼の闇にまばゆい光がぱっと差し込んだからだ。その光は本物と目の錯覚のどちらだとわかるのか、時間だけが答えを出すことになる。


「これがパズルの最後のピースですよ、ジョン！」アンブラーが断言した。二日後にウィンザー・ロードを再訪すると、友人は帰宅していた。

「それはどうかな、ジョー。やけに楽観しているじゃないか」とリングローズは応じた。待ち受けていたはずの詰問が、なりゆきで先延ばしにされてもかまわなかった。

だが、いまのところアンブラーは重要な情報を手に入れて気力がみなぎり、リングローズの最近の遠出を取るに足りない問題にしそうだった。

「ぎりぎりで戻りましたね。あと二時間しか話していられません。これからパディントン駅に行って、スワン事件の捜査で、夜行列車で西へ向かうんです」

「よかったな、ジョー！」リングローズが声をあげた。

「でも、あなたは疲れているなら、あまりよくありませんね。来てくれないと困りますよ」

「まあ疲れてはいるが、列車のなかでもどこででも寝られるさ。どのくらい西に行く？」

「プリマスまで！　進展があったんです。それも、こっちに要求される前にね。最近、警視の目が光って、口もとに退屈そうな表情が浮かんできました。あくびまでするんですよ！　有能な上司ですが、ますますぼんやりして、向こうもそれをわかっています。スワン事件のせいです。ここにいるぼくは――当初から捜査していながら――なにひとつ結果を出していない。あの女の死体を掘り出したはいいが――ぼくの手柄にしてくれたが、あなたのおかげだ――ここで行き詰まりました、ジョン。お手上げの状態です」

「警察はマーティン・スワンを見つけたのか?」

「見つけた――というより、そう考えています。でも、どうしてわかるんです?」

「わからん。しかし、わたしも見つかったと思う。あとは時間の問題だった。ジョー、正しかったのはきみか、それともわたしか? マーティンは生きていたのか、死んでいたのか?」

「あなたが正しかった――死体がマーティン・スワンなら。でも、ライギット・ヒースで衝撃を受けたので、だれかにちがいないとは言いません。ひょっとすると、別人かもしれないし」

「疑わしいなら、なぜその死人をこの事件に結びつけたのかね?」

「二本目の短剣ですよ、ジョン! 〈ウォレス・コレクション〉から盗まれた短剣の片方で、例の勇ましい標語が刻まれていました。〝汝は汝の務めを果たせ、われはわが務めを果たす〟」

「教えてくれ」

「今日の午後、警視庁にいたときに伝わってきたばかりです。プリマス郊外に列車の車庫があります。ライラ水路に。そこにイングランド全域から貨車が入ります。けさ、労働者たちが五、六両の貨車から石灰岩を積み込んでいたとき、その一両で死体を発見しました。

　老人の背中に短剣が突き刺さっていて――ジャーヴィス・スワンが発見されたときと同様でした。労働者たちが警官を呼びに行ったところ、なかのひとりがスワン事件をよく知っていて、すぐ短剣に目を留め、ロンドンの短剣の片割れだろうとぴんときたわけです。そんな具合ですよ。死体は十中八九、マーティン・スワンでしょう」

リングローズは頷いて、やや得意げに興味を示した。

「まずまちがいなかろう。だが、身元を確認する人間を連れていかねばならん。発見されたことを伏せているのか?」

「伏せようとしています。プリマスの夕刊に記事が出なかったかどうか、わかりませんが。大勢の人間に話を訊かなくてはなりませんでした」

「異常はなかったか? 死後どれくらい経過しているかわからないか?」

「それが重要だと思いますか?」

「きわめて。また、だれを連れてくるかも重要だ」

「それは思いつきました。事件の関係者は望ましくありませんよね。ライギット署に電報を打ち、今夜パディントン駅で待ち合わせるとトマス・ラドフォードに伝えさせ、彼の口を封じたんです。あの〈子羊と旗〉亭の主人ですよ。死体がマーティン・スワンなら、ラドフォードはひと目でわかるでしょう」

「けっこうだ、ジョー。あとどのくらいで出発する? わたしは熱い風呂に入って、着替えて、たっぷり食事をとる。車内で寝るから、きみはラドフォードと話したかったら別のコンパートメントに移ってくれ」

「一か八かっていうときです。今回の捜査も実らずに問題が解決しなかったら、ぼくは弱ったことになります。殺人が三件、しかもどれも絡み合い、ハシバミの実の塊みたいにくっついてますからね！」

「長丁場になりそうだな」リングローズは考え込んだ様子で言った。「しかし、これがパズルの最後のピースだと聞いたとき、楽観的にもほどがあると思えたよ」

「なぜそう思うんですか、ジョン？　もう殺される人間はいませんよね？」

「それをいま指摘できるわけではなく、われわれが彼らにヒントを与えて助ける時間があればいいと願うわけでもない。しかし、わたしはこの件にマーティン・スワンの死がかかわっていると以前から考えていた。明日になれば、わたしが正しいとわかる。これが新たな出発点にすぎず、終着点ではないという懸念はあるが」

「今回のプリマス行きで、手がかりが見つかりますよね？」

「見つかるといいが、考えてみろ。これもやはりピースだったら――」

アンブラーはたちまち要点をつかんだ。

「たしかに。マーティンを貨車に入れた連中は、死体がどこかで現れるとよく知っていたんだ」

「そうとも。しかも、まちがいなく発見させるつもりだった。貨車がからになるのは時間の問題だった。しかし、犯人は死体の住所を残していないだろう」

「短剣を残していましたよ」

「いかにも。短剣を発見させ、改めて確認させる意図があったんだ。世間には、マーティン・スワンに刺さった短剣について、われわれよりずっと詳しい人間がいるかもしれん。それでも、ベラ・ブレントの場合、発見させる意図はなかった。そこは同意見だね。ということは、あの女の重要性は、ふたりの男の重要性とはまったく異なる。見たところ、殺人犯の狙いはあの女をいつまでも隠しておいて、殺された兄弟を発見させることだった」

「あるいは、マーティンの生死がベラの死で決まるのかもしれませんね」アンブラーが言った。「たとえば、彼がベラの女が死体で発見されたせいで、マーティンは大変なことになったんでしょう。たとえば、彼がベラ・ブレントを殺して隠し、それが急に他人の耳に入り、彼らがマーティンのしわざにちがいないと踏んで仕返しをしたとか?」

「冴えているな、ジョー。壮大な着想だよ、さすがはきみだ」

「なんの役にも立たないわ」会話に耳を傾けていたメイベルが口を挟んだ。「休廷になった検死審問のことは、あなたが一部始終を聞かせてくれたでしょう、ジョー。その気の毒な娘さんは、決まった友人もいない浮浪者で、気にかけてくれる人は父親しかいなかったそうじゃないの」

「そうです」アンブラーが頷いた。「ベラの知り合いの女を十人あまり見つけて質問しましたが、これといった男の名があがらず、ひとりだけ彼女に興味を持った男が見つかりました。その男も訪ねましたよ——パディントン駅のポーターです。でも、なにかをしでかす男じゃありませんでした。マーティン・スワンの名前も、ジャーヴィス・スワンの名前も、この事件が起こる前は聞いたこともなかったんです」

リングローズは席を立ち、入浴してから遠出の準備を始めた。二時間後に刑事たちがロンドンに戻ってアンブラーの自宅に立ち寄ると、そこで思いのほか手間取った。リングローズは、名づけ子ジョアナの差し迫った病状がおさまった、とメアリから聞いていたのだ。それからふたりはパディントン駅へ向かった。

「ライギット・ヒースで取った指紋を持っていきます」アンブラーが言った。「死体の指紋を採取しておくよう電報を打ちました。プリマスの警察署に専門家がいるんです。死体に検討する点が十分にあるとしたら、ひとつのことが確実にわかります。マーティン・スワンがあの墓穴を掘るのを手伝ったかどうか、あるいは手伝わなかったかどうか。もうひとりの人物については、彼に手を貸さなかった証拠しかありません。もう一個のウィスキー・グラスともう一本の鋤です」

「どうであれ、決定的だな。あの鋤は隠されていた。そのうち洗うためにちがいない」

「でも、何者のしわざかわかりません」

「これはわかるさ、ジョー。マーティン自身が鋤を隠さなかったとしたら、隠した人間は隠し場所を知っていた。細工は暗がりで行われた。ほかの時間帯では人に見られる恐れがあったからだ。もちろん、マーティンがふだんから鋤を隠していた場所を相手に教えたのかもしれん。だが、相手が場所を知っていて、小屋のなかまで知り尽くしていた可能性が高い」

「でも、カースレイク夫婦以外の人間が農園で働いたかどうか、ライギットで綿密に調べましたが、そういう人間はひとりもいませんでした」

パディントン駅で、ラドフォードが刑事たちと落ち合った。彼は重要人物になったと感じて、勢い込んでいた。今回出かけることは妻にしか教えていない、しっかり口止めもしておいた、とアンブラーに請け合った。

「ジミー・カースレイクにも、だれにも言うな、新聞に載るまでだめだ、ってね」パブの主人が言った。「もし、そいつがマーティン・スワンだったら、絶対に見分けがつきますよ。やつのことはなにからなにまで知ってます」

一行は出発し、リングローズではなく、トマス・ラドフォードが真っ先に眠りについた。大男は一等車の片隅ですぐにいびきをかいた。通廊式の列車内は空席が目立つので、刑事たちは彼を残してほかのコンパートメントに移った。リングローズは靴を脱いでかばんから帽子を取り出し、寝るしたくをした。だが、なかなか寝つけなかった。当面の問題を語り尽したアンブラーが、ささいな出来事を思い出し、リングローズが二日間留守にしていた理由を尋ねたからだった。

「事件のことですね？」

「ああ、たしかに事件のことで」リングローズは素直に認めた。「いくつかの点を検証しようと思っただけだ。元の道を引き返すしかない場合もある。カワウソがしくじったときに引き返すようにな、ジョー。これまで一度ならず経験したが、正しい道には、捜査の出発点より前に自分自身が足跡を残していた。まちがった道しるべから出発するのは、もっとも犯しやすい過ちだ」

だが、アンブラーは一般論ではごまかされなかった。

「では、どこで探っていたんです、ジョン？　ぼくは今回の出張は上々の出だしを切ったと思っていました。進んだ以上に戻る必要はないと」

「小旅行については、しばらくだれにも明かさないつもりだ」リングローズは答えた。「わたしが明かさなくても、公表するべき情報だと判明したら、真っ先にきみの耳に入る。しかし、その価値はないかもしれんぞ、ジョー」

「逆に、ある程度の価値があるかもしれない。さもなければ、あなたがわざわざ出向かなかったのでは？」

「ああ、価値があるかもしれん。どんな道筋も、まだあるうちは通らずにいられん」

アンブラーは目を見張り、動揺している事実を隠そうとしなかった。

「ということは」彼は尋ねた。「あなたはぼくが担当している事件で――ぼくの事件ですよ、ジョン――単独行動をしてるんですね。入手した情報を教えないつもりですか?」

「まさかと思うだろうが、ジョー、そう言われても文句はつけん。これは実に厄介な事件で、われわれと、事件とある意味でもっとも近い人々との関係は、珍しい特徴を備えるようになった。怖いのは、その珍しい特徴のせいで判断力が鈍ることだ。それはあってはならない」

「珍しい特徴なんか知りません。それに、どんな形であれ事件と結びついている人物も、いまのところだれも知りません。知っていたらなあ」アンブラーがぶっきらぼうに言った。「あなたが知っているなら――そう思うなら――情報を教えるかどうかはあなたしだいですよ、ジョン――早ければ早いほどいいでしょう」

「わたしもきみと同様に知らなくてね、ジョー、明日以降に情報が殺到するのを願うばかりだ」

「でも――それにしても――疲れた様子だし、伏せておくのは気が進まないように見えますけど」

「ああ、そうだ。きみの言い分はよくわかる。顔と声に出ているよ、ジョー。しかし、われわれの友情はどんなゆきちがいにも耐えるはずだ。長年、信頼し合ってきたからね。わたしがここ二日間の行動を教えれば、きみの立場をいささかでも有利にできるなら、教えるとも。しかし、名誉にかけて誓うが、そうならないと考えるだけの理由があるんだ」

「いったいどんな理由が?　われわれは同一の目的を追っていて、個人的な感情をまじえない、同じ姿勢で臨んでいるじゃありませんか」

「そこが厄介なんだよ、ジョー!　いったいどんな理由があって、なにを探っていたかを言えないかと訊かれれば、答えは『状況が複雑になった』というきみの言葉に尽きる。納得してもらえないが、本当なんだ。まさに奇妙なことに、この状況が――きみにとっても、わたしにとっても――必ずしも感情をともなわないわけでないので、当面は話せないんだ。きみのためなんだよ、ジョー」

「つまり、ぼくがあなたの行為に腹を立てると？　ねえジョン、そんなばかな！　万が一にもあなたが――師で、いまの知識をすべて授けてくれた人が――まさか策を弄したり、勝手に捜査を進めたり、ぼくをむっとさせるやり方で事件に対処したりするんでしょうか？　あなたにむっとしたのは、自分でやるべきだったことを先回りされたと、あとでわかったときだけです――不肖の弟子だと思い知らされたんですから」

「まったく謙虚だね、ジョー。しかし、励まし合って時間を無駄にしてはいられない。わたしがきみをどう思っているか、わかっているだろう。だからさっきの話を信じるんだ。もっぱらきみの心を落ち着けるために、わたしは口を閉ざす――当面はね」

アンブラーが頷いて顔をあからめた。

「わかりました――いやはや驚いた。ぼくのことを使えない、信用ならないやつだと思っているのか。悔しいが、うちの警部だってそうだ。あなたはぼくを出し抜いて、化けの皮をはがし、同僚にやりこめさせる気なんでしょう」

「けんかを吹っかけるな」リングローズは強い口調で言った。「こっちは買わないぞ、ジョー。きみは世界一大切な友人だ。きみがなにをしようと、なにを言おうと、それはけっして変わらない」

「でも、信頼が失われれば、友情はあっという間に壊れます」

「信頼は失われていない。信頼が失われているからではなく、友情にあふれているからわたしは口を閉ざすんだ。きみはいずれ理解したら後悔するぞ。もうなにも言うな。口は――」

「もう寝てください」アンブラーが言った。「横になって、ジョン、ぼくのコートをかけますから。どういうことか皆目わからないし、わかりたくもありません。あなたの手を煩わせた自業自得です。それでご満悦でしょうね」

「わたしは楽しくやっているよ、ジョー――ここまでは。しかし、この先どうなるかはまだわからん。いま通り過ぎたのはレディング駅か？　そうだな。では、寝るとしよう。きみもひと眠りするといい。明りにカーテンを引いてくれ、ジョー」

アンブラーが言われたとおりにすると、リングローズはまもなく寝息をたてた。だが、アンブラーは眠らなかった。はからずも動揺が激しく、少なからず苦しんでもいた。ばかにされ、信用されず、下っ端扱いされた気分だった。アンブラーはリングローズの拒絶を考えた。このぼくを落ち着かせるため、ジョンはぼくが担当している事件の情報を隠しているようだ！　しかし、リングローズはそうすることで、かえってアンブラーを心底から不安にさせた。「ぼくは完全にまちがっている」とアンブラーは思った。「ぼくがこのゆゆしい事態を混乱させるばかりで、急所を見失った、とジョンは気づいたんだ。たしか、言ってたな。出だしでまちがえ、正しい道がずっとうしろに分かれていたこともあったと。ああは言ったが、本当はぼくがそのミスを犯したという意味で、やさしく諭そうとしていた。それでも、こっちがまちがっていたら、放っておくのが親切じゃないだろう？」

実は、アンブラーは自分が正しいと思い込んでいた。マーティン・スワンがベラを殺害し、その犯罪が露見して未知の人物に復讐されたという仮説は、筋が通った出発点に思えたのだ。プリマスで死んでいた男はマーティンだと判明するであろうから、ジャーヴィスの死にまつわる具体的な事実を聞き出すもくろみは崩れたが、農園主の殺人は、それがあったとすれば、新たな可能性をひらくにちがいなかった。特にそれが最近の出来事であった場合は。リングローズが指摘したとおり、予想される死亡日によって大きく事情が変わってくる。

ようやくアンブラーも足を上げて眠りについた。そして列車が目的地に到着せず、夜も明けないうちに友人たちは目を覚ました。

窮屈な眠りから覚めたせいではないが、アンブラーの朝の挨拶はいくぶん冷やかだった。しかし、ぐっすり眠ったリングローズは友人の口調を気に留めなかった。巡査が列車の到着を待ち構えていて、三人連れはコーヒーを一杯飲みながら、その場で聞ける話をすべて頭に入れた。しかし、それ以上の事実は明らかになっておらず、新情報といえば、死人の指紋が両手から採取され、すぐにアンブラーに見せられることだけだった。検死の結果、死因は背中から心臓に至る刺傷であると断定され、死後かなりの時間が経過しているであろうと判明した。

遺体置き場でトマス・ラドフォードが死体の身元を確認し、マーティン・スワンだと証言することになった。検死審問に出席する必要がありそうなので、彼は自分で宿探しと、妻に手紙を書きに行った。いっぽうアンブラーは現地の指紋の専門家と協議して、持参した写真と死体から採取された指紋を比較した。その間リングローズは死体に近づき、干からびてしみだらけの顔に兄ジャーヴィスに似たところを認め、衣類をあらためて、ライギット・ヒースの黄土色の粘土をすぐに目に留めた。死んだ男のズボンにそれこそべっとり付着していて、両手はもちろん、爪にも入り込んでいる。衣類のなかから革紐のついた銀時計が見つかっていた。七時に止まり、針がその時刻を指している。ポケットの中身は赤いハンカチ、木製のパイプ、タバコの入った金属製の箱、マッチひと箱、二、三シリングが入った財布。首から糸でぶら下げた金庫の鍵が服の下に隠してある。マーティン・スワンは非業の死を遂げていた。先に死んだ兄と同じく、背中を貫く強烈な一撃で。この目的のため、盗まれた二本の短剣が使われたのだ。しかし、ジャーヴィスが自宅で殺されたのはまずまちがいないが、弟が死んだ場所はまだ特定できなかった。

「衣類が湿ってました」巡査が説明した。「でも、それは貨車に積んだ鉱石が雨に濡れてたせいかもしれません。死体は鉱石のほんの三十センチ下に寝かされてたんです」

リングローズは検死を担当した警察医に話しかけた。その医師の判断では、マーティン・スワンは死後およそ二週間が経過していた。

「十七日前には殺されていたと考えられないかね?」リングローズが尋ねた。「なぜその日かというと、被害者の兄が死亡したのが十七日前なので、そこから被害者が失踪した日付にさかのぼるんだ」

「妥当な期間ですね」医師が答えた。「被害者は肉体労働で鍛えられた、やせた頑健な老人で、余分な脂肪が付いていなかった。仮の墓場であった細かい石灰石が、死体の保存に役立ったこともあるかもしれない。もちろん、被害者がそこに何時間隠されていたかを突き止めるのはそちらの仕事ですが」

「貨車がどこから来たか、石が厳密に何時間そこに入っていたか、それはわかるだろう」リングローズは言った。「この死体が隠された可能性のある、いちばん早い日付くらい割り出せる」

「いま調べているようですね」警察医が答えると、そこへアンブラーが一件の情報を持ってきた。

「指紋が一致しました」まだ声に少し敵意がこもっている。「取るに足らない話でしょうね、ジョン。ぼくよりずっとこの件に詳しいんですから。でも、これでマーティン・スワンがあの女を埋めたと、または埋める手伝い程度はしたと仮定できそうです」

「できるとも、ジョー」リングローズが認めた。「粘土がここにも――マーティンのズボンにも――付着していて、証明になる」

「では、それは確実だとして」とアンブラーが続けた。「今度はマーティン・スワンがライギット・ヒースからライラ車庫へ至る足取りを追わねばなりません。でも、きわめて重要な事実がひとつあります――捜査の役に立つか、逆に妨げになるか。警察医の考えでは、マーティンの死体は死後二週間、あるいはそれ以上経過しているので、兄とほぼ同時期に殺された可能性さえ出てきました。いずれにせよ数時間の誤差は問題にならないので、自説には反しますが、マーティンは兄より先に殺されたのかもしれません」

リングローズは頷いた。

「実に説得力のある点だ。では喜んで解き明かそう――いくつかの理由からね」リングローズは言った。「問題の夜、ジャーヴィスがリンクレイター・ビルに帰宅した直後に死んだであろうことはわかっている。その後は入室できなかったから、殺人犯が室内で待ち伏せしていて即座に凶行に及んだにちがいない。マーティンは兄より少し早く死んだかもしれないが、あまり時間差はなかっただろう。マーティンが〈子羊と旗〉亭を出たのは、ラドフォードの言葉では『十時を回ったころか、もうちょいあと』だった。そして、その後はだれも姿を見ていない」

「でも、彼は死ぬ前にベラ・ブレントを埋めたんです。あれは昼間にできることじゃありません。ぼくは間抜けもいいところですよ。ただやはり、われわれがベラの死体を発見して、それが新聞に出てからマーティンが死んだような気がするんです」

「その点はな、ジョー、やはりきみが正しいかもしれん。だが、医師がまちがっていないとしたら、マーティンはかなり前から死んでいたんだ。また、ベラの検死審問が終わってから死んだとしたら、死後二週間も経過していない計算になる。まあ、時間がたてばわかるが。さて、朝食をとったらライラへ向かおう」

アンブラーのうっぷんがおさまらないと見て、リングローズはそれを晴らそうとした。車が走り出して一時間後、事件のある一面が関係者に影響を及ぼしたことにアンブラーが触れると、リングローズは心から同意した。

「これはレジナルド・スワンにとって大きな意味があります」アンブラーが力説した。「財産が確実に倍増するんです。彼にしてみれば、どちらの叔父が先に死のうとかまわなかった。どちらも遺言を残さなかったんですから」

「レジナルドと妹はマーティンの相続分を相続するんだな」

「それだけじゃありません。マーティンもちょっとした財産を遺したので、そっちも相続することになります。二千ポンド以上の現金と、言うまでもなく土地と家もあります。トム・ラドフォードの話では、家屋と農園の評価額は低く見積もっても千五百ポンドに達し——おそらく二千ポンドだろうと。そりゃあ、レジナルドは売却するでしょう」

リングローズは頷いた。

「レジナルド坊ちゃんは三万五千ポンドにのぼる値打ちの人物になるわけだな、ジョー。本来ならもっと高値がついていたはずだ。レジナルドは少額の債務をどんどん免除してきたからね。あの兄妹は全財産が手に入るとわかった以上、もう少し免除していきそうだ。レジーはカースレイク夫婦のことまで考えている。あの夫婦にも貢献分を認めて、彼らが得をするように計らうだろう。なかなかできることじゃない――心の広い、親切な男だね」

「だから彼はビリーを好きになったんです」アンブラーが言った。「正反対のふたりですが、共通の美点を備えています。ビリーは最初から、レジナルドから遺産を分けてもらえると知らなかったころから、ちっとも変りません。大きく当てが外れたら、たいていの人は腹を立てただろうに、ビリーは平然としていました。ジャーヴィス・スワンの死によって、大金どころか小銭もなくさなかったように、あいかわらず陽気に振る舞ったんです」

「まったくだ」リングローズは頷いた。「あのときはな、ジョー、そこが怪しいとにらんだよ」

「ジョン、人柄を見抜く達人ともあろう人が！　だいいち、ビリーの考えは顔に出ていますよ」

「ビリーはレジナルドに真っ正直だった。いまではそれがわかる。すばらしい若者だ。ビリーと別れるのはさびしいだろうね、ジョー。彼はゴリラや蝶のところへ戻るようだが、単身で行くのではない。きみには隠しごとをしないから――そんな目で見なくていいんだ、ジョー――これは嘘じゃない。いいかね、きみがビリーと仲良くなり、わたしがもうひとりの若者を気に入る前に、きみはわたしに同意していたんだぞ。ビリーに落胆した様子がないのは不自然だと。守銭奴スワンが死んでも、ビリーは自分が不利にならないと知っているそぶりがあった。ただ、われわれの思いどおり、レジナルドは叔父の死を企てたり、どんな悪事も黙認したりする人間ではないと証明できたからこそ、わたしは若者たちが共犯だったという仮説を捨てたんだ」

　アンブラーが頷いた。

「そうそう。その仮説をとことん検討しましたね。あなたはレジナルドに専念し、ぼくは友人のほうに専念した。ぼくは、ビリーが涙ながらに語った、レジナルドが大金を分けてくれるという話を聞くまでは、どちらの若者も正直だと確信できませんでした。でも、聞いてからは確信したんです」

「ふたりは正直だ――どちらも自分なりに」リングローズは言った。「彼らの人生観が異なるのは、なるべくしてそうなった。しかし、どちらも心から信頼でき、名誉を重んじる心を持っている――それは固く信じているよ。名誉を重んじる心は、良心のごとく、たいてい教育のたまものだよ、ジョー。ふたりとも立派な良心がある。それは断言していい」

「ビリーの場合」とアンブラーが言った。「ことわざどおり、徳はそれじたいが報いであるわけです。レジナルドの妹と結婚が決まったんですから。ジョン、あなたに逆らってしまい、心苦しく思います。ビリーほど好意を持てる相手に初めて会ったもので。でも、ふたりはもうすぐこの国を離れますよね。ジェラルディンは長旅に出る思いつきを気に入ったし、ビリーを愛しているのはひと目でわかります」

「実はわたしも、ジェラルディンがビリーに会ったことがなかったという話を、一時は大いに疑っていたんだよ、ジョー。あのふたりは、わたしがレジナルドを訪ねた晩に出会ったことになっているが、わたしの鍛えた目には、おたがいをもっとよく知っているように見えた。ジェラルディンの人となりはよくわからなかったが、ビリーとの出会いでは嘘がなかったと認めてもいい。ビリーはほぼ一年前から兄の友人だったのだから、ジェラルディンは彼の噂を聞いていたはずだが、絶対に一度も会っていなかった。ふたりがマッチとマッチ箱のように結ばれたのは、そうなる運命だったからだ。そして、おたがいのきらめく瞳のなかに、欲しくてたまらないものを見つけた。ひと目惚れさ、ジョー。賢い人間は反論するが、わたしは知っていて、きみも知っているとおり、ひと目惚れには確固たる土台があり、ゆるぎなく、いつまでも変質せず、どんな愛にも引けを取らない。ひたむきなふたりだ――昔のきみとメアリにそっくりじゃないか。あの娘はビリーに出会うまでどんな男にも興味を示さなかった。彼のほうも同じにきまっている」

アンブラーが話に興味を引かれた。

「忘れていました。そういえば、ビリーとジェラルディンが昔なじみではないかと考えましたね。万一知り合いだったら、ビリーはジャーヴィスの死でほとんどなにも失わず、それを知っていたのだろうと」

「妙な勘繰りはやめよう」リングローズは語気を強めた。「ビリーはなにもかも手に入ると思っていたのに、ジャーヴィスに死なれて希望が絶たれたんだ」

「あるいは、もっぱらレジナルドの気前の良さに頼ったか」

「そこだ。ビリーはレジナルドの性格を知っていた。それでも、彼は友人から寛大に扱ってもらえるときみに話したとき、大いに感激していたんだね」

車が止まると、刑事たちは周囲を眺めた。右手にライラ水路の河口がひらけている。潮が引いていて、霧の深い朝に一面の荒涼とした白い泥地にがらんとした船溜まりがあった。あちらこちらで小帆船が横倒しになり、川べりのそこかしこでサギが背を丸めていた。このプリム川は水が掘り進んだ土手の合間を縫って流れている。無数のカモメが頭上を舞ったり、下方で体を寄せ合ったり、湿地を走ったりしていた。その向こうに森が突き出し、サルトラム・パークの草地が広がっている。そして東に向かって、入り江に隣接する湿地牧野と林の先方に、家々の屋根と教会の塔がかすかに見えた。プリマスそのものより古い、プリンプトンの村落だ。

しかし、彼らの左手にあるのが捜査の舞台だった。そこには、崩れた崖の下に鉄道の車庫が伸びていた。枝分かれした銀色に光る線路と、それに囲まれた機械工場と倉庫があった。車庫には貨車と機関車がぎっしり並んでいる。リングローズたちがこの迷路を案内されて待避線へ進むと、そこに石灰石を載せた鉱石運搬車が三両止まっていた。同じ貨物を運んだほかの二両は、三両目でマーティン・スワンの死体が発見される前にからにされていて、いまでは四両目と五両目の積み荷を荷車に降ろしていた。死体が乗っていた車両は、思いもよらぬ荷物が現れてからは手つかずの状態だった。

問題の貨車がいよいよアンブラーの監視のもとで荷物を出されるあいだ、リングローズは死体を発見した労働者たちと話した。表面から三十センチほど下で死体を掘り出すと、背中にまだ短剣が突き刺さっていたという。主任が呼ばれ、彼の指示で死体を小屋に運んだあとは三両目での作業は中止されたのだ。その後の一部始終は警察が責任を負っている。貨車からはもうなにも現れず、アンブラーも現れると思っていなかった。貨車がからになるのを形式として見守り、それから鉄道の職員と話し出した。

「言うまでもないが、この貨物の情報をなにもかも聞かせてくれ。どこから来たのか、いつ貨車に載せられたのか、途中はどこで停車したか、ここと出発点を結ぶ線路の長さはどのくらいなのか」

すぐに聴取できるとアンブラーは気づいた。警備員、鉱石運搬車の運転士と機関士が呼び出されていたのだ。

「こっちは、この石が線路の先から来たことしか知りませんよ」車庫の主任が言った。「プリマス社に配送されて、タールと混ぜられて、たしか、道路工事に使われるはずです。貨車がここに着いたのはおとといの夜で、死体が見つかったのはきのうの午後、三両目の貨物を荷車に移してたときです」

第八章　リングローズの仮説

マーティン・スワンの検死審問で一定の事実が引き出されたが、死亡に至る状況は明らかにならず、未知の犯人による殺害としか判明しなかった。ライギット・ヒースから来た証人たちが現れては消え、彼らに提供できる瑣末な事柄を型どおりに述べた。しかし、第三の殺人が第一、第二の殺人と密接にかかわっていることはだれも疑わなかったが、どんなかかわりを持つかは見えてこず、ジョン・リングローズの疑念は正しいとわかった。つまり、謎と謎を結びつけている重要なつながりが見つかっていないという疑念である。

時間と場所に対する質問に答えるのは難しくないが、事件の現実的な仮説はあいかわらず発展せず、審問はささいな事実を除いて成果を上げずに結審した。明らかになった事実から捜査の材料は提供されず、手がかりも示されなかった。

石灰石を積んだ貨車の出発点はウィルバラ採石場だった。メイドンヘッドとタプロー間を結ぶグレートウェスタン鉄道沿いにある場所だ。そこに駅はないが、採石作業のために支線が引かれ、信号所で操作されている。貨車は五日間停止して石を積み、鉱石列車に結合されて目的地へ引かれていった。そこで、死体が隠されていたのは停車期間だと割り出すことができた。しかし、その期間にジャーヴィス・スワンが死んだ日も入っていた。ジャーヴィスが殺された夜、貨車は三日前から貨物を積み込んでいた。その二日後に発車したが、プリマスへ直行しなかった。ほかの貨車の都合で、ハンガーフォード付近で数日間足止めを食っていたのだ。やがて徐行でライラ車庫へ向かい、到着後二日以内に、貨物を降ろし始めた。

ウィルバラの採石場は本線から約百メートル以内に立っていて、そこに待避線が通じている。採石場で、石は破砕機でさまざまな大きさに砕かれる。敷地から約二十メートル以内に公道が走り、五十メートルあまり先の橋で本線と交差していた。ライギット・ヒースとウィルバラ間を計測したところ、最短距離で約六十五キロだった。ベラ・ブレントの検死審問で提供された詳細を積み上げ、関係者たちはこの事実の結果として一定の結論に達した。しかし、審理で浮かび上がったものは推論の域を出なかった。なにも証明されず、捜査を進めていく特別な出発点にはならなかった。どう考えても、マーティン・スワンの死体が貨車に隠されたのはウィルバラ採石場を出る前であり、その後に列車がまわった場所でも後日でもなさそうだった。ただし、この仮定にしても、証拠が欠けていた。しかし、老農園主が死んだのはそのときであり、ずっとあとではなかったはずだとリングローズは考え、この疑問については納得した。アンブラーも同意して、マーティン・スワンが死んだのはベラが殺されて発見され、報道されたあとだという自説をしぶしぶ取り下げるしかなかった。マーティンの死体から死亡推定時刻が確認できたのだ。

「ある意味で進展があった」検死審問が休廷されたあとでリングローズは言った。「ひとつわかったよ、ジョー――少なくともわたしはそう思う。これであの三人――兄弟とブレントの娘――がすぐ近くで殺されたとわかった。さらにわたしは、全員が二十四時間以内に死んだとにらんでいる。医学的な証拠からも明らかだ。マーティンがベラや兄より数時間は長生きしたことに疑問の余地はない。ひとりが殺された計画で全員が殺されたと考えれば、問題を絞り込める」

「そうかもしれませんが」アンブラーが言った。「たとえそうでも、ちっとも手がかりがつかめないのは腹が立ちます。進むべき道を選ぶヒントさえない」

「まだないが、われわれは進むべき道を進んでいるかもしれん。集中することが肝要だ。星は望遠鏡で見て、病原菌は顕微鏡で見るのさ、ジョー。そう、今回は顕微鏡が必要になる事件だろう。被害者が全員同じ夜に死んだと仮定すれば、捜査をほぼ一点に限定できる。わたしがいま自問しているのはこれだけだ。はたして単独犯が三人を始末した可能性はあるだろうか？」

「その答えは〝ない〟ですね」とアンブラーが答えた。「単独犯では一夜のうちに三人を殺せなかったはずです。いいですか。殺人犯がジャーヴィス・スワンを殺してから未知の方法で部屋を抜け出した事実――ぼくがまだ解けない謎です――に目をつぶっても、ベラが殺されて埋められたのはライギットで、リンクレイター・ビルから八十キロも離れているじゃないですか。おまけにマーティン・スワンは未知の土地で殺されましたが、ウィルバラで貨車に隠されていました。ライギットかその周辺から、これまた八十キロも離れた場所です。関係者には動機がまったくないので、あんな異様な連続殺人に筋の通った説明がつかない。だいいち、あの時間内に三件の犯行を重ねるのは物理的に不可能でしょう」

「マーティン・スワンは、遅くとも兄が死んだ二日後には貨車に入れられたにちがいない」とリングローズは言った。「それがぎりぎりのタイミングだ。きみの説が正しいことを、ぜひとも確かめたいよ、ジョー。もしマーティンが採石に埋められたのは貨車がウィルバラを出た前日であって、三日前ではなかったとしたら、わたしはその事実を大いに満足できるとみなす。だが、距離についてはなんの支障もきたさない。問題は、ほかにもきみの説を裏付ける事実があるかということだ。わたしはないと考える。ただ、マーティンがハンガーフォードで貨車に入れられたとわかったら、きみの意見に同意しないともかぎらない。もちろん、彼がウィルバラで隠されたというのはあくまでも推論だが、やはりもっとも妥当な推論なんだ」

「隠された場所がプリマスではないとも言えません。なぜ時間と距離はさして重要ではないんですか？」

刑事たちは帰路につき、ふたりだけになった。レジナルド・スワンはプリマスでひらかれた検死審問に出たあと、叔父の葬式に参列するため西部地方に一日か二日滞在している。

リングローズは話し出したが、アンブラーの質問にじかに答えない、一般論として述べた。

「ゆうべ考えていたが、悪人に向けられる目は時代の流れですっかり変わったものだ」リングローズは言った。「わたしが子供の時分はな、ジョー、どんな人間の心もふたつの部分に分けられた。父はつねに聖書の言葉を借りて〝羊と山羊〟と言っていた。警察の見解も同様だった。世の中には法律を守る市民階級と犯罪者階級があり、そのあいだに厳格な一線が引かれていた。いまでは犯罪者階級というものはなく、市民階級もない。今日は下院《ハウス・オブ・コモン》に登院する男が、明日はプリンスタウンかポートランドの刑務所《ハウス・オブ・コレクション》で服役しているかもしれん。羊が誘惑されて山羊になることもあり、山羊が試練と経験を経て、全幅の信頼が置ける羊に変身することもある。われわれの心はそれが真実だと告げていないかね？　この世に断固として確実なものはなく、みんなが賛成する基本的な道徳規範はない。ひとりの薬は他人の毒であり、ある者に正しい行いも、またある者にはまちがっている。人はみな、善人のジキルだけでなく悪人のハイドを胸に潜ませていて、広く認められている道徳と素行でさえ、赤道上と極地では中身がちがう。つまりだ、ジョー、今回の犯人はおそらく正常な人間で、自分の境遇と生い立ちに反発するのだろう。だれでもそうするようにな」

「大半の犯罪者は正常どころじゃありません」

「では、それでどうなる？　きみの言うとおり、彼らが正常ではなかったら、犯罪者と呼べるだろうか。当然ながら、正常ではないと証明された人物は、厳密には犯罪者の範疇に入らない。なぜなら、頭の弱い人間が首相になれないように、彼らは罪を犯せないことになるからだ。彼らの行為が正常を逸脱するのは、自分の行動に責任を持たず、子供、あるいは心神喪失者と変わりがないからだ。こうした人々は並外れた知能を備え、正常な人間が見れば、ぎょっとする悪事をやってのけることがある。彼らは天才かもしれないが、一般的な意味で犯罪者ではない。そもそも犯罪じたい異常なものではなく、誠実さと同じくらい、ありふれたものだよ」

ふたりはこの問題を論じ合った。アンブラーは友人が曖昧な説を出したと気づき、現実の問題から気をそらすおとりのように感じたが、それを口に出さなかった。彼は悲観的にもなったし、落ち込みもしていた。へたをすると、マーティン・スワンの死体を回収したばかりにますます面倒なことになったのではないか。すべてを結びつけ、輝かしい成果につながると考えた状況は、実際には真実に一歩も近づけてくれなかった。これは同僚には笑いごとになるが、本人には笑いごとではすまされない。とんでもない悪党が逃げ延びていて、その身元が怪しまれていないのだ。犯人を示す痕跡はまったく見当たらない。彼らは発見される手がかりを残さず、犯行の手口も動機も明かさなかった。

ふたりとも旅が終わる前から黙り込んでいて、列車がパディントン駅に着いてようやく、リングローズが招待を切り出した。

「月曜に夕食をどうだい、ジョー？　そのころまで時間をかけて、これまでまとめた意見を考え抜くんだ。プリマスで再開される検死審問で、きみが検死官に言えることがまだあるかどうか、確かめよう」

「喜んで、ジョン。そうなると、あなたはマーティン・スワンの死体が見つかる前に行ったお忍び旅行の件を話すはめになりますよ。あなたとの友情をゆがめたくない――絶対に。でも、生計を支える仕事は、自分と家族にとってものすごく大切です。もしあなたが、ぼくにこのいまいましい壁を――ぼくの事件ですよ、ジョン――乗り越えさせる情報を知っていたら、まさか出し渋らないでしょうね。今日のぼくは困り果てていて、これほど途方に暮れたのは初めてです」

「信じてくれ、ジョー。わたしは自分の先行きよりきみの将来をはるかに気にかけている」リングローズは友人の手を握り締めて話した。

しかし、ふたりが別々に行動した数日間で、三連続殺人のいかなる事情も明らかにされなかった。万策尽きたアンブラーがイーリングで約束を守り、友人たちと一緒にウィンザー・ロードの家で夕食をとると、今度はリングローズが放心していて、最優先の話題を話し合う気がないようだった。メイベルが兄は「調子が悪い」と言い、たしかに老探偵はいつになく物静かで、思案に暮れていることがうかがえた。夕食後、リングローズは殻を破ろうとつとめ、ほどなくアンブラーにレジナルド・スワンを訪ねようと声をかけた。

「ジェラルディンはずっとこちらで暮らすそうだ」とリングローズは言った。「午前中メイベルに会いにきて、さんざん頷いたり匂わせたりしていた。ま、その謎はあっさり解けたがね」

「その話ならなんでも知っています」アンブラーが言った。「ビリーに会っていたので。彼はきのうエディンバラから戻ってわが家に立ち寄り、夕食をとりました。メアリは彼が気に入りましたよ」

　ふたりはレジナルドと妹に大歓迎された。ジェラルディンは生まれて初めての楽しい経験をして、顔を輝かせていた。

「エディンバラ城を見物したとき、ビリーに結婚を申し込まれました」とジェラルディンが言った。

「見どころを案内していたら、いきなり求婚されたんです。すてきでしょ、アンブラーさん？」

「すると、きみは〝はい〟と返事をして、ビリーがきみを聖なるキリマンジャロへ連れ去るんだね？」

「ええ。それに、ふたりしてレジーを説得しました！　兄も来ると約束したんです――半年だけでも。それまでに、わたしはビリーが思うほど向こうの生活が好きになるかどうかわかるでしょう。でも、好きにならなくちゃ。ビリーは好きなんですもの。ビリーとわたしが、試してみたら合わないはずがありません。でもレジーのことは、向こうで半年過ごしてたくましくなり、体重が倍に増えたら解放します。このとおり貧弱な体つきでしょ、もっと肉をつけて血を増やさなくちゃだめなんです」

　レジナルドが笑った。

「ふたりですっかり手はずを整えたんですよ、ジョン。最近のぼくは言いなりで。それでもなんとか、来年の夏にはヨーロッパに戻れる確約を取り付けて、そのころ帰ることにしました。ジェラルディンは向こうに落ち着く予定です。まあ、本人が飽きるまでは。ビリーは愛好家の取り次ぎを始めます。できれば出発前に十分な注文を受けて、哀れな動物たちを調達する営業権を手に入れたいとか」

「ぼくも誘われたんだ」アンブラーが言った。「ビリーの手ほどきを受けて、猛獣狩りで活躍するべきだとさ。実際はうまくいかないよ。ただ、カバを捕まえるほうが、殺人犯を捕まえるより少しは上手だと証明できるかもしれないが。ビリーと別れるのは残念だ——残念でならないが、別に意外ではない。あなたが現れたとたんにぼくの運は尽きたとわかったからね、お嬢さん」

レジナルドにもいくつか話すことがあった。

「今日、ラザラス・グラントフに会ってきました。ふたりの叔父の遺産から各種の税金を払ったら厳密にいくら残るのか、グラントフにしかわかりませんから。ジャーヴィス叔父と遺産については、法律上いろいろ問題があるような気がしました。財産の大半が悪事と盗品の売却で築かれたと、ふと気づいたからです。でも、グラントフの意見はちがいます。いずれにせよ、ロンドン病院に感謝のしるしとして大口の寄付金をおさめようかと」

「きみならこの問題をきっちり処理するとも」リングローズは笑った。「で、遺産の総額はいくらになるのかね、レジナルド?」

「貧しい人たちの借金を何件か棒引きして、病院に千ポンド送ったので、現金は三万四千ポンド、それにマーティン叔父の家と農園ですね。ちなみに、ジェラルディンはぼくの計画に全面的に賛成しています。農園はカースレイク夫婦に譲るつもりです。あくせく苦労した日々の償いのようなもので。無作法で変わり者の夫婦ですが、根はやさしくて正直なんですよ」

「この計画を教えたら、レベッカは泣き出しちゃって」ジェラルディンが言った。「あの涙を見て、本人がいちばん驚いてました。雨が降ってきたと思ったように空を仰いで、母親が死んでから泣いたことがなかったと言ってました。ジミーのほうは、今後はお酒を控えて週に一度は体を洗う、と誓ってましたけど」

「そうそう、あなたたちが農園であの気の毒な女性を掘り出した穴を、大勢の人が見にきたそうです」とレジナルドが付け加えた。「ジェイムズ・カースレイクは穴を公開して大儲けしたと打ち明け、〈子羊と旗〉亭の主人は、おぞましい事件のおかげで客が押しかけたと言っていました。人間性とはけだものの本性に近いんですね、ジョン」

「そうかもしれん」リングローズは認めた。「そんな不健全な動物は人間くらいのものだよ、レジナルド。恐怖を恐怖として楽しみ、自然な欲求を恥じる良識がないので、好き勝手に振る舞う。その調子で、殺人事件の裁判がひらかれる王立裁判所に野次馬が集まる。今回の犯人が捕まったら、大勢の育ちが良くて悪趣味な人々が、もっと分別があってしかるべきなのに、傍聴席を奪い合うだろう。新聞の写真と記事を見れば、人間性がどうなるのか、記者はそれをどれほどよく知っているかがわかる」

「そうなると思えればいいですが」レジナルドが言った。「つまり、殺人犯たちが逮捕されると」

「そのうち逮捕されるわ」ジェラルディンが言った。「でも、逮捕されるとしても、わたしたちが出発したあとだといいわね。リングローズさん、ビリーとわたしは十二月の末に結婚するんです。それから一カ月間、南仏をまわります。レジーはパリで絵や彫像に囲まれて過ごしてから、マルセイユでわたしたちと合流し、みんなでアフリカへ行く予定です。最高の計画じゃありません?」

「いいねえ」リングローズは言った。「理想的じゃないか」

「あなたはお仕事をしていないし、レジーの大切なお友だちですから」ジェラルディンが話を続けた。「妹さんとふたりで二、三カ月アフリカに遊びに来ませんか? 妹さんはきっと楽しむでしょうし、あなたの鼻風邪もぐんとよくなります——きっと治りますよ」

リングローズは心ゆくまで笑った。

「お次はどうなるのかな？　ジョーとジョアナとも離れ離れか」

　そして彼はレジナルドのほうを向いた。

「ところで、遺産をどう分けるのかね、レジー？」

「ビリーが三千ポンド受け取ることになりました。家族になるので、もう一ペニーも受け取ってもらえません。けんかしてでも受け取らせるべきでしたが、ジェラルディンと結婚するので、揉めるわけにはいかなくて」

「ビリーのことは任せてちょうだい」ジェラルディンが請け合った。「レジーとわたしは平等に分けましたし、ビリーのものはわたしのもので、わたしのものはビリーのものです。それに、わたしは蝶と蛾を捕まえて、自力でたくさんお金を稼ぐんですもの。いまはカブトムシの本を読んでいます――暇を見つけて」

「どうかしているでしょう？」レジナルドが口を出した。「うら若い娘がアフリカの真ん中にうずもれて、昆虫探しとは」

「愛だ」とアンブラーが言った。「愛だよ、レジー。だが、いくら愛があっても、チャガ族と暮らすのは大変だろう。ビリーは二、三年以内にこっちに戻ってくるんじゃないかなあ」

「いいんです」ジェラルディンが言った。「わたしはチャガ族も大好きになりますから。呪医や、双子の峰のキボとマウェンジの謎、コーヒー、バナナ、ヤムイモ、サツマイモ、未来の夫の故郷である、すばらしい世界をまるごと。きっとレジーはバントゥー諸族のどれかのお姫様と恋をして、カンバ族かマサイ族かタイタ族と暮らして、王子様になるんです」

「なんでも知っているんだね」リングローズは言った。

「ええ。けさ、ビリーのお母さんに手紙を書きました。息子を呼び戻してわたしと結婚させたら、お母さんは言うことなしじゃありません?」

四人は一時間談笑し、刑事たちが何度も祝いの言葉をかけて兄妹と別れ、リングローズの家に戻った。まだ宵の口であり、リングローズには言いたいことがあった。

リングローズはウィスキーのボトルとボルネオ葉巻の箱を持ってきて、ほどなくメイベルが自室に引き取ると、こう切り出した。

「さあ事件の話にしよう、ジョー。ほかの話はしない。きみが列車に乗るまで、まだ一時間ある。一時間では話し切れないが、手始めにはなるし、きみをますます悩ませそうな一点を解消できそうだ。きみのことは知り抜いている。自分がきみにとってどんな存在かわかっているし、きみがわたしにとってどんな存在かは、もっとよくわかっている。だから、マーティン・スワンが発見される二日前にわたしが姿をくらました理由を教えよう。ある意味で聞くに堪えないかもしれんが、また別の意味では頭を冷やしてくれる話ではないかな。われわれの立場は、わたしがこれまで経験したなかでもいちばん特殊で、だれにも予測できなかった形になっていった。こう言えるだろう。ごくふつうの善良な人間が、馬が合う相手を見つけ、長所と性格を武器に友情を求める好機が、種類のちがう難題に重なってしまったと。きみがにわかにあの若者を高く評価して――多くの点で自分に似ていて、直感的にとても魅力的だと思い――仕事の妨げになったと見える。仕事といっても、職務ではない。なにものもきみの職務を妨げられないからね。しかし、きみの職務に対する考え方は改まりがちになり、すでに証明したか、証明する必要があると感じたこと以外は思い込みが激しくなった。きみの警戒心は解かれたんだ、ジョー。どうだね」

「ビリーのことですか？」

「まあ待て、話を続けさせてくれ。さて、マーティン・スワンが見つかる前、われわれは壁に突き当たっていて、ある線に沿った捜査がされていないに等しいとわたしは判断した。切れ切れに浮かんだ考えも、もっぱらあの男自身と彼が他人を味方につける非凡な力のせいで、われわれはボルゾーヴァーをあっさり評価しすぎたきらいがあると感じた。こう考えるのは不本意だった。きみより遅かったものの、わたしも着実に彼を好きになっていったからね。しかし、やはり考えを捨てず、証明されたことになった一定の事実を自力でとことん調査しようとした。黙っていたのは、きみはビリーに思い入れがあって、聞いたら腹を立てるどころではすまないとわかっていたからだ」

「あの男を信用しなかったんですね？　それとも彼のアリバイを？」

「アリバイのほうは非の打ちどころがないよ、ジョー。そちらは苦もなく証明できた。ビリーはジャーヴィスが殺された翌朝に朝食をとった場所を教え、凶行に及べなかったことを証明した。ビルを出るところをブレントに目撃されていたし、ブレントにはいささかの疑惑もないからね。また、ビリーはハイウィカムの肉屋に寄ったとも話していた。肉屋はジャーヴィスに雇われて、借金を取り立てていたそうだ。名前はフィリップ・アンドルーズ。ビリーがエッジウェア・ロードを外れたウォード・ストリートの住居の下にあるガレージを出たのは、ジャーヴィスが死んだ翌日の夜明けだった。アクスブリッジで朝食をとり、その後も集金を続け、夕方近くにロンドンに戻って騒ぎを聞きつけた。まあ、この話を露ほども疑っていないが、山ほどある細部の裏を取りたかった。野ウサギを追っていてヤマウズラを飛び立たせる場合も多いからね、ジョー、わたしの捜査が役に立つ可能性は十分にあると踏んだ。重ねて言うと、わたしはきみほどではなくともビリーが好きだが、端《はな》から容疑者リストから外すほど好きではなかった。きみとちがってね。きみのほうは、レジナルド・スワンが好きになっても、容疑者リストから外すほどではなかった。レジーの身辺を洗い上げ、過去の出来事をひとつ残らず探ったね。だから、きみが当然ながら、わたしのことを忘れて捜査に没頭しているあいだ、きみが不要とみなすレジーの友人に関する調査をしようと思い立ったんだ」

「そうと知っていたら腹を立てなかったのに――あなたには。あなたがビリーの裏表のない誠実さに気づけなかったことを意外に思っただけでしょうね」

「きわめて誠実だよ、ジョー。しかし、裏表のない誠実さが切り札になる以上、そう振る舞わない人間がいるだろうか。誠実になるほうが得策だと考えたら、悪党ほど誠実になれる者はいない。だが、とりあえず言っておくと、わたしが雇った調査員たちの報告にビリーに不利な話はなかった――彼が事実よりちょっとでも少なく、または多く話した証拠はなかった」

「それぐらい予想して、手間を省いてあげましたがね」

「たしかにそうだっただろう、ジョー。ビリーはアクスブリッジの〈七つ星〉で朝食をとり、主人の娘にキスをして強烈な印象を残している。その店を、本人の話では八時ごろに出て、九時前にハイウィカムに着いた。そこでは供述どおりに行動していた。ジャーヴィス・スワンの回収代行者はフィリップ・アンドルーズという肉屋で、副業をいくつか持っている。とはいえ、まっとうな男で、われわれが聞いたことをすべて裏付けた。ビリーは十時から正午のあいだの一時間半をアンドルーズと過ごしていた。借金を回収して、それは翌日警察に提出した。それから昼食をとったと話している場所――ウォーデンホテル――へ行き、ハイウィカムを観光した。ここはあまり見どころがない。午後に帰宅して、フォードをガレージに入れ、ウォード・ストリートからリンクレイター・ビルまで歩いて惨事の知らせを聞いた。なにもかも本人が説明したとおりだったよ、ジョー。だから、わたしがこのささやかな捜査を終えた直後にきみに会っても、なにも言わなかった理由をわかってくれるだろう」

アンブラーが頷いた。

「いいんです。よくわかります。でも、ぼくの反感を買うのを恐れる必要はなかったんです。とにかく、謎が解けてよかった。どっちもどっちでしたよ。なにしろぼくのほうは、レジナルドを色眼鏡で見ていましたから。この頭が切れて、高等教育を受けた、かなりの抑制を保っているらしき男は、奥の手を用意していそうだと。ですから、その方面を必死に当たり、それを隠しませんでした。ともあれ、おたがいに納得したら、終わりにしましょう。さて、ジョン、どこまで話しました？ 袋小路に突き当たった感触ですが。これまで類似の事件はありましたか？ 考えてみると、われわれにはちょっとした評判もある――あなたは有名な人で、ぼくは人に好かれ、多少の実績を作っています。でも、今後はもう実績を積めません。積まなければ、積んだ分もじきに失ってしまいます。考えてください。二本の短剣が美術館から盗まれ、その短剣はふたりの兄弟の心臓で発見された――どちらも同じように背後から突き刺されて。これは、同一人物が手を下したことをはっきりと示しています。そして、一本目はロンドンで発見され、二本目はプリマスで発見されました。次に三番目の――あの女の――殺人があり、彼女が死んだ場所はわかりませんが、彼女の運命がスワン兄弟の運命と絡み合っているのはわかっています。その理由は、死体を発見した場所と、マーティン・スワンが殺される前に樽を埋める手助けをしたという、粘土と指紋で証明された確実性です。これだけわかっていながら、さらに未知の人物がひとり、あるいはふたり、あるいは十人あまりでこの手の込んだ悪事にかかわり、ロンドンで、ライギット・ヒースで、またはマーティン・スワンの死体にも、手がかりひとつ残さなかった。また、だれかを示す動機や理由も発見させなかったんです」

「これだけは言える――あの女は重要だ。あの女がつながりだぞ、ジョー。ベラがいなかったら、一連の事件が起こらなかったと言っても過言ではない。果たしたであろう役割はわかりかねる。彼女は多くを――おそらくすべてを――知っていたが、もう口がきけない。ほかにもすべてを知る者がひとりだけいるかもしれん――ベラを雇った男だ。〝男〟と言ったのは、これは複数ではなく単独の犯行だと確信しているからだ。大した男だと仮定しよう。そうだと思いたい。いったい犯人がどうやってジャーヴィスを殺したのかわからないが、わたしの感触では、あの女が例の奇術めいた脱出に手を貸している。そこで、こう考えてみよう。ベラはジャーヴィスを殺した犯人に勘づいてライギット・ヒースに向かったか、連れていかれ、勘づいたばかりに命を失った。彼女は愛情だの痴情だののもつれで殺される女ではなかった――くたびれた女だったんだ。殺された理由は、ひとつしか考えられん。守銭奴を殺した犯人を知っていたんだ。おそらく手口も。それで危険すぎるほど危険な立場になった。そこで、ジャーヴィスの始末が終われば、この道具、つまり共犯者はお払い箱にされる。さて、次はライギット・ヒースの問題だ。そこではマーティンが夜間に未知の人物に手を貸して、ベラの死体を隠したと思われる。これはどういう意味なのか。あるいは、どういう意味がありそうなのか。マーティンは秘密を知っていて、それまでの出来事に精通していたともとれる。その晩はカースレイク夫婦を外出させたので、彼はだれかを待っていたのだ。さてと、どこまで進んだかな? そう、犯人はベラの死体を埋め、一本の鋤を洗い、もう一本の鋤を隠した。そのうちに洗うためだったにちがいない。マーティンともうひとりの人物は、ベラが殺されることを百も承知している。おそらく、ジャーヴィスも消されることをふたりともよく知っていただろう。まだほかにも、ことの顛末を知っている人物がふたりいる。マーティンと、ジャーヴィス殺しの実行犯だ。しかし実行犯は、第一の共犯者ベラを殺したのに、なぜ第二の共犯者マーティンまで殺すのか？　殺せば、犯罪の痕跡を完全にくらまし、真相を語れるのは自分だけになるからだ」

アンブラーは一心に耳を傾けた。しばらくすると、列車に乗るため立ち上がった。

「駅まで来てください」彼が言った。「大きく出ましたね、ジョン。でも、ぼくはどうしても反感を覚えます。すべてが単独犯のしわざだとしても、ロンドンで第一の犯行を隠せなかったのも事実です。しかし、第二の殺人――ベラ・ブレント殺し――はさんざん苦労して隠したのに、第三の殺人は隠そうともしなかった。なぜ犯人はマーティン・スワンも埋めるか、または川なりなんなりに捨てる段になって、せいぜい二、三日後に発見される場所にわざわざ置いたんでしょう？」

「きわめて重要な点だね、ジョー――想像以上に肝心な点であっても不思議じゃない。その質問の答えこそ、きみに探してもらいたい。その答えが事件全体の根底にあり、いまは乏しい光明が差すかもしれん。ひとりの人間が短剣を二本盗み、三件の殺人を犯したという推理を持ち帰るんだ。そして、すべての事実を検討し、こうした遠大な犯罪にはどんな動機がありそうか考えてくれ。万一、この一連の行動を取る動機があると目される人物が見つかりそうになったら、この推理を進める価値がある」

「〝言うは易し〟です」アンブラーが言った。「でも、どうやってそんな人物をでっちあげるんです？　容疑者を適当に用意できませんよ、ジョン」

ふたりは連れ立って駅まで歩いたが、しばらくどちらも黙っていた。そのうちアンブラーがさらに注目に値する言葉を口にした。

「要するに、こういうことですね——仮説を立てたんでしょう?」

「そう言って差し支えないよ、ジョー」

「だったらありがたい! それしか言えません」

「いや、期待しないでくれ。いまは中身のない幽霊だが、もうじき骨格にいくらか肉を付けられるだろう。一週間かそこらの——もっと短い——期間で。確証はないが。いいかね、確証はつかんでいないぞ。それでも調べを進めて、たとえこの仮説を納得できるまで練り上げても、裏付ける証拠はつかめまい。せいぜい、純然たる状況証拠の域を出ないはずだ。もっとも——。まあ、もうひとつの案はありえないとして、一蹴されそうだな」

「ぼくも指摘された線に沿って考え、必要があれば動いてみます」アンブラーが約束した。

「そうしてもらえれば申し分ない。次の火曜日に、ビリーに頼んでライギット・ヒースまでフォードに乗せてもらうつもりだ。レジーは南仏へ発つ前にあの車を売りたいそうだ。車の走りを確かめられれば、一石二鳥になるからね。メイベルは車を買う気になっているし、わたしがフォードを気に入ったら、レジーに先買権を与えてもらうよ」

「ぼくも行きましょうか?」

「ちょうど、きみの目で見てもらいたかった。またカースレイク夫婦を観察して、夕食は〈子羊と旗〉亭でラドフォードに鴨を料理してもらおう」

アンブラーが乗る列車が駅に入ってきて、彼はリングローズの手を強く握った。「大いに励ましてくれましたね」彼が言った。「いつもそうだし、この先もずっとそうであるように。われわれのあいだには秘密がないと知って、ほっとしましたよ、ジョン——スワン事件であってもなくても」

「同感だよ、ジョー。しかし、例の仮説は、やはりあまり当てにしないでくれ。思ったより早く、事実に根底から覆されそうだ」

「いずれにせよ、足がかりになります。以前は頼るものがなにもなかったんですから」

第九章　確立された仮説

ジョー・アンブラーに言わせると、ライギットを訪問したところで、新しい経験も貴重な情報もまったく得られなかった。それどころか、得られたのは楽しみだけだった。ビリーが得々としてしゃべり続け、道中で刑事たちを笑わせてばかりいたからだ。恋愛が実り、若者に自尊心が芽生えたのか、傍目から見ればこれまでにないユーモアも漂わせていた。

「ジェラルディン・スワンが夫にする男は、折り紙付きの変人ですね」ウィリアムはぬけぬけと言った。アンブラーに自慢話をたしなめられると、ウィリアムはその出来事――恋が実ったこと――じたいが新たな、一段上の自己評価を作ったことを説明しようとした。

「事実を避けて通れませんよ、ジョー」ビリーが言った。「あのとおりジェラルディンは――どこをとってもすばらしい女性です。それをこのぼくが、だれよりもよく知っているのが嬉しくて。彼女はほかの女性に勝る長所がありながら、あの冴えた頭でぼくと結婚してもいいと――ぼくと恋をして、一生を共にしたいから――決めたんです。それはつまり、確証だと言えそうですが、ぼくは自分で思ったより、いや、ほかのだれよりもはるかにいいところがあるんですよ。すごく妙な感じですね。ふと気づいたら、自分が想像していたよりぐんと優秀な男になってたなんて」

「そうだろうとも」アンブラーが認めた。「ビリー、ぼくの経験じゃ、人は自分の分別と道徳ばかりを大切にしてしまう。そして、勘ちがいを世間にぴしゃりと訂正され、すぐにありのままの姿を思い知らされる。でも、きみが経験したように、ある朝、目が覚めて有名になっていたのはかなり珍しいケースだろう」

「それでも、笑いごとじゃない面もあるんです」ウィリアムが言い返した。「そりゃ、あなたは凡人だから、凡人らしく振る舞えばいいですよ。立派な意見を披露するとか、威厳のある態度をとるとか、変人だと自覚する必要があるとか気にしなくていいんですから。背伸びして、ジェラルディンという幸運に見合った生き方をするのはちょっと無理がある。それはもうわかってます。ただ、ジャーヴィス・スワンから金を奪ってキリマンジャロに逃げ帰ると言ってたぼくと、いまのぼくとを比べてみれば、気を引き締めなくちゃならないわけで」

一同がどっと笑い、リングローズはウィリアムが自分の問題にかまけて道を誤っていたことを指摘した。

日が短いので、一行は早めに出発して、正午にライギット・ヒースに到着した。そこではこれといった収穫もなかった。〈子羊と旗〉亭で鴨のローストが出るとわかり、ラドフォードからもろ手を上げて歓迎され、彼の生まれたばかりの息子のために祝杯をあげた。それから農園へ向かい、幸せそうなカースレイク夫婦としばらく雑談した。土地と住宅が手に入ったとわかった夫婦は有頂天で、ジェイムズはウィリアムにも負けないほど喜色満面だった。

リングローズが夫婦と話し、汚れたカップに注いだ茶を辞退しているあいだ、アンブラーはウィリアムに農園を案内して、ベラの死体が隠されていた場所を見せた。ウィリアムが農園を訪れるのはこれが初めてであり、並々ならぬ好奇心を表して、死んだ女が演じたはずの謎めいた役割について、再びあれこれ考えをめぐらせた。

「たまに思ったんですけど」ウィリアムが言った。三人はカースレイク夫婦に別れの挨拶をして、パブに戻っていた。「おふたりはベラの経歴を勘定に入れなかったんじゃないですか。ずっと前に、彼女は三年間刑務所に入ってました。あの父親は、娘がどんな商売をしていてぶち込まれたかを話したでしょうか」

リングローズは頷いた。

「鋭い見方だね、ビリー。おどけていないときのきみは、つねに鋭い。わたしはそこをよく調べて、ブレント軍曹から一部始終を聞き出した。彼の不幸な娘はえり抜きの犯罪者集団に入っていて、十二年前、十代――正確には十八歳――のころ、ある男とかかわりあいになった。その相手は、彼女との結婚話を進めながら心変わりして、別の女性と結婚したんだ。ひどい話だよ。ベラはこの一件で母親を悲しませ、ブレント夫人は娘が出所するずっと前に亡くなった。ベラと同類の犯罪者には、ジョーンズ夫人の顔に一生消えない傷を残したアイヴィ・カズデン、トマス・クロンビーを盲目にしたダヴィアナ・ブラウンがいる。敵に硫酸を浴びせた女、それがベラの肩書きだ。ずいぶん前に起こった犯罪でなければ、彼女の死と結びつけていたところだ。しかし、無関係なんだよ、ビリー。大昔の事件だし、ベラが傷つけようとした男は彼女の出所前に国を出て、オーストラリアに渡ったからね」

ウィリアムが頷いた。

「じゃあ、事件の核心に一歩も近づけないんですか?」

「ジョンが仮説を立てた」とアンブラーが言った。「ジョンが仮説を立てたかぎり、希望がある。きみが新婚旅行に出かける前に真相がわかるかもしれないぞ、ビリー」

「そうなるといいですね」年下の男が言った。「ぼくはあんまり気にしてません。ほかの、どうしても解きたい難問とはちがいますから。それでも、この奇妙な犯罪から、善にほかならないものが生まれたと言えるでしょう。もちろん、とりわけぼくにとって――それは当然です。だから、その点に頭を悩ませるわけにいきません。どのみち、世の中にとっても大した被害がなかったんです。根本的な事実を並べて、要するにどういうことかを考えましょう。役立たずな、ろくでなしの男がふたりと、くだらない女がひとり殺された。これが事件の表面で、その裏面ではぼくの未来の妻とその兄のように立派なふたりが自立して、借金に苦しんで路頭に迷った大勢の人も、不幸から解放されたんです」

「でも、悪党どもが悪から善が生まれるのを知っていたとは、まさか思わなかったよな、ビリー?」アンブラーが言った。「たしかに、運命の導きで悪から善が生まれたが、それはただの偶然で、トランプが何枚か落ちただけだ。殺人を犯す連中に気高い動機なんかない。いずれにせよ、この三連続殺人の犯人たちが卑劣な犯行を称賛されることはない――結果がどうであれ。たまたま少数の人間が幸福に恵まれても、わが国の法律では殺人はやはり殺人だ。暴君を追い払うのはけっこうだし、それを成し遂げた歴史上の人物は英雄とされているが、殺人を称える詩は書かれない。われわれが犯人を逮捕したら、彼らは絞首刑になる。それは、正義が正義であるのと同じくらい確実だ。連中がきみたち若者にささやかな幸運をもたらしたからといって、わが国の陪審はけっして情状酌量をしないだろう。動機の解明は犯罪者の逮捕に一役買うが、立派な動機を持つ犯罪者は罪の報いを逃れるわけではない――とにかく英国では、現在の内務大臣の考えはそうだよ、ありがたいことに」

鴨のローストが運ばれると、この深刻なやりとりは終わり、車でロンドンに戻るまで事件の話はほとんど出なかった。そして、ウィリアムはアンブラーの自宅で刑事たちを降ろすと、イーリングへ向かった。しかしリングローズは、先ほどアンブラーから受けた質問にはっきり答えられなかった。ジョアナを膝に乗せて目の前に紅茶のカップを置き、どうしてもその話題に戻りたくないと態度で示した。

しかし、帰路に着く前にひとつだけ残した言葉が、友人を励ますことになった。

「ジョー、われわれの昼間の作業は無駄ではなかったと考えていい。いまにわかる。わたしは自分の仮説がきみの詰問に立ち向かい、きみに使われるまで待っているだけだ。だが、わたしの感触では、この仮説は試練に耐え抜きそうもない。いや、無理だな。まだやらねばならんことが残っている」

「ぼくがその仮説に反対するという口ぶりですね」アンブラーが言った。「ここだけの話ですが、ジョン、ぼくはその仮説に、それがどんなものであれ、しがみつきますよ。藁にもすがる思いで。その仮説に少しでも見込みがあるか、新たな出発点への足がかりを与えてくれるなら、絶対に反対しません。まるきり逆ですよ」

「そうだな、ジョー。いまはそれで十分だ。この仮説はきみに、いや自分に提示する価値もないほど未熟だが、もうすぐ形になる。それにしても、ライギット行きは仮説を崩しもしなかったが、裏付けもしなかった。出向いた結果、ふたつのうちひとつが起こると見込んでいて、実際にそうなった。起こればいいと思っていたほうが起こり、予想していたほうは起こらなかったよ。結果は、なるほどかんばしくなかったが、けっして悪影響をもたらさなかったわけだ。いやむしろ、陰険な気分でいたら、おかげで仮説が裏付けられたと言ってもよかったよ、ジョー」

「すっかり謎めいていますね、ジョン」アンブラーが言うと、リングローズは真顔になって頷いた。

「しばらくこの調子かもしれん」彼は正直に答えた。「だが、長くは待たせない」

けれども、時間は刻々と過ぎるばかりで、アンブラーは落ち着かない気分をこらえて、目の前の問題に懸命に取り組んだ。リングローズから得たヒントを頼りに捜査を進めても、幽霊の犯人が血肉を備えた人間にならなかった。ひとりの悪者がすべての殺人を犯したとしたら、その犯人を突き止める痕跡が見当たらない。ほかの仕事も入り込み、小さな事件では満足のいく成果をすばやくあげられたので、自尊心を修復できた。ここ二週間のあいだにリングローズと再会したが、ほんの一時間だけだった。しかし、そのときリングローズは、仮説が進展したといえる段階でアンブラーに提示すると断言したのだ。アンブラーはそれを聞いて胸を撫で下ろしたが、当面はささいな問題に気を取られていた。

「あのふたりに贈る結婚祝いをもう考えましたか?」彼は訊いた。「合同でなにか贈ることになりましたけど、旅行用テントしか思いつかなくて――探検に出かけるときに温かく過ごせますから。値段は五十ポンドですよ、ジョン、二十五ポンド払ってくれるなら、ぼくもそれだけ払います」

ジェラルディン・スワンは、エディンバラに住むふたりの女友だちが結婚式に参列する費用を負担した。花嫁の付き添いを付け、ウェディングドレスを着ることにこだわったからだ。さらに花婿の衣装を整え、兄には晴れの場にふさわしい服を身に着けさせた。十二月のどんよりした朝にささやかな式が執り行われた。悪名高いスワン事件のせいで、教会には招待客のほかに大勢の暇人が集まった。列席したのはメイベル・リングローズとその兄、アンブラー夫婦とカースレイク夫婦だった。カースレイク夫婦は前もってジェラルディンに結婚祝いを送っていた。見るに堪えない食器だったが、花嫁をいたく感激させた。式はあっという間に終わり、日の差さない教会という味気ない場所で異国の美しい花のように輝いたジェラルディンは、ウィリアムの妻として夫の腕にすがって出ていった。

レジナルドの家に食事が用意されていて、一同はそこで二時間過ごした。それから三人の旅行者は夜行の船便接続列車に乗るために、二台の自動車でロンドンへ向かった。レジナルドはパリまで新婚夫婦につきあい、現地で別れる予定だが、夫婦は南仏まで旅を続けるのだ。

一台目に兄と妹、その夫が乗り、二台目には荷物が山と積まれていた。三人が出発すると、参列者は解散して、メアリとジョーのアンブラー夫婦はリングローズ兄妹と一緒にウィンザー・ロードの家に戻ってお茶を飲んだ。

食後にリングローズはアンブラーとふたりで小さな書斎に入り、自分の仮説をつぶさに語り出した。細かな観察眼を持った人間なら、この温厚な男が義務と義理との板挟みになっていることに気づいたかもしれなかった――みずからに課した仕事に対する義務と、友人たちに寄せる愛情への義理だ。伝えるべき話を説明するには、理屈だけでなく明快さも要求される。聞き手のせいで、話すのは一筋縄ではいかないとリングローズにはわかっていた。彼はボルネオ葉巻を出してきたが、アンブラーは結婚式の朝食の席で別のひと箱を渡されていた。

「今回だけはそちらを遠慮しましょう」アンブラーが言った。「こちらのほうが引力の強い金属だ（シェイクスピア『ハムレット』より、ハムレットがオフィーリアに近づくときの言葉）。ハヴァナ産の高級葉巻のコロナですよ、ジョン！」

結婚式の話も出たが、すぐに終わった。肝心な話が控えているのがアンブラーにはわかっていた。

「終わりよければすべてよし。あのふたりの場合はそうですね」アンブラーが言った。「ちょっと前に話したとおり、悪から善が生まれるんです。遺産が善人の手に渡ったおかげで、そうなったはずですから。ビリーには能力と度胸があります。信用と友情を勝ち取る才能で、なにをしたって成功します。たった三カ月の知り合いなのに、彼がいなくなって、とてもさびしくなりそうですよ、ジョン。それからレジナルド・スワンは——ぼくには理解しがたい男だが、いくつも美点があり、驚くほどの良心と良識を備えていますね」

「いかにも、悪から善が生まれるな、ジョー。われわれが悪に目をつぶり、善が正しいと証明するのを先送りにしたらどうなる?」

「ぼくは悪に目をつぶったりしません——死ぬまでずっと。悪に嫌悪感を抱いていますし、打ちのめされました。ひどい目に遭いましたから。あの殺人犯を挙げるためなら、寿命を十年削ってもかまわないんです、ジョン」

「三連続殺人の犯人のことだな。しかし、あれは証明できない——いまはとうてい証明できない——舌を巻くほどの手際のよさだった」

アンブラーが目を見張った。

「たしかに証明できませんが、かといって、それが不満ではなさそうな口ぶりですね」

「そこでわたしの仮説の出番だよ、ジョー。今夜は期待していいぞ。きみはこれまで我慢に我慢を重ね、上層部からのさんざんな冷やかしに耐え、おたがいにこの事件の捜査では醜態を演じてきた。わたしにも責任の一端——いや全責任——があるのに、もはや組織に所属しない一個人であるおかげで、ロンドン警視庁の嘲笑を浴びずにすむ。きみは一身に浴びてしまったがね。いま以上にきみに一目置くとしたら、きみが今回の件に立ち向かい、笑ってやりすごしたことだな。それはさておき、仮説の話をしよう。重ねて言うが、いまは証明できないし、今後もできないままだろう。それでも犯人はわかっている」

「よくものんきにそんな話を！」アンブラーが立ち上がろうとした。鋭い目がぎらぎらしている。

「座れ、ジョー！　まあ落ち着け。これはただの仮説で、仮説にすぎない以上、同意しなくてもいい。しかし、結論を最後まで聞かずに怖気づかないでくれ。なかなか大がかりな話で、手短に説明できない。それに、きみの感情や怒りで話がややこしくなっては困るよ、ジョー」

「感情ですか！　やれやれ！　そりゃ感情がわきますよ。あなたはそこに座って葉巻をふかして、お宅の桃の木にカタツムリを見つけただけって風情ですねえ。いつからわかってたんです？」

「六週間前から納得していたが、ぐずぐずしていた。きみを納得させる、一分の隙もない話にしたくてね。うまくいったかもしれんし、しくじったかもしれん。時間がたてばわかる。気を取り直して、なによりもまず、これを忘れないでくれ。この話できみを説得できなくても後悔しない。話してよかったと——心からよかったと思うよ、ジョー。ここまで来るのは楽ではなかった——その点は誓ってもいい。わたしはこの仮説が生涯で最高の仕事になると、われわれが協力した最高の仕事になると考えた。しかし、ほかの多くの出来事と同じように、なにより楽しいのは心待ちにすることだったし、実感するほうはぜひとも逃れたかった。ジレンマだよ、ジョー、そういうことだ。すべては性格の研究であり、こちらは犯罪よりはるかに興味があるね。しかし、とにかく聞いて、なるべく話の腰を折らないでくれ。こんな厄介な説明をしなくちゃならんからな」

アンブラーは再び腰を下ろしたが、葉巻を置いて、両手をズボンのポケットに突っ込み、両脚を投げ出すと、友人の顔を見据えた。

「聞きましょう、ジョン。口は挟みません。でも、これは言っておきます。性格の研究はけっこうだし、犯罪より興味があってもけっこう。ただ、ぼくの仕事はこの犯人たちを逮捕して絞首刑にすることです。ほかの人たちは、連中が墓に入ってから性格をうんぬんできますけどね」

「こんな具合だ、ジョー。推論はこつこつと進められ、せかされなければ、じきにふたつにひとつのことをする。だんだん消えていくか、あるいは発展して、そのうち単なる推論ではなくなる。そこでわたしは、レジナルド・スワンが叔父たちの死に関与していると仮定して取りかかった。例の推論だよ。しかし、これはたちまち消えて、いかなる仮説も立てられる土台が残らなかった。レジナルドの身の潔白ほど確かなものはない。また、カースレイク夫婦とラザラス・グラントフにも同じことが言える。次はビリーの番だった。そして――わたしの仕事ぶりを見せるため――推論に取りかかった手順を教えよう、ジョー――あくまで公明正大に。

わたしはこの犯罪の裏の裏を調べ、ビリーをひとりの人間として見つめた。彼はこちらの敵意を骨抜きにしてしまう男だ。人柄がなんとも魅力的で、長所にあふれているからな。わたしにとってビリーは、ある意味で、友人のレジナルドよりも魅力がある。ビリーはどこまでも自然体だが、レジナルドはいささか神経質だからだ。よく考え、芸術と人間性を愛する人たちはそうなりやすい。美徳には、称えるべきではなく、医者に診せるべきものがある。レジナルドは良心的すぎ、ときには病的なまでに正直になる。ビリーと正反対のところで世慣れていない。ことによっては聖人だ。つまり、わたしには聖人を理解しがたいのさ、ジョー。あのとおり、ビリーも実に正直だが、彼の流儀はレジナルドとは大ちがいだ。ビリーの経歴を考えると、ちがうのも頷ける。正反対の世界の知識を携えて、ロンドンという新世界に入るんだ。あのとびきりの長所と明晰な頭脳で、新しい環境になじんでいる。ジャーヴィス・スワンの検死審問で、ビリーはこう言った。どこのジャングルも似たようなものだと――意味深長な発言だ。だから、彼は新しいジャングルで成功して、万事が好都合に運ぶ。新鮮な印象を胸に刻み、自信を持ち、徐々に新しい雇用主を品定めしていく。やがてあることが持ちあがる——ビリーが生まれて初めての経験をする。ほかの男に深い愛情と敬意を抱くようになったんだ。それまでのあらゆる経験から外れた、会ったことのないタイプの男だ。ビリーにはその男のよさを見抜ける知恵と思いやりがある。レジナルド・スワンとの友情が実ると、ビリーはあれほどすばらしい男と知り合って、親しくつきあう特権に胸を躍らせる。ビリーが備える、熱中するという特性がこの友情に働きかけ、たちまち献身的になった。レジナルドがビリーの最大の関心事になる。次にはレジナルドの問題にいちいち口を挟み、そのうち事情をすべて把握する。レジナルドがジャーヴィスの遺産をまったく相続できないと知るや、新しい友人に強い思い入れと愛情を寄せるようになったので、ビリーは自分の将来より友人と彼の将来を大事にして——誠実な恋人がそうするように——遺産相続は不当だと思い込む。その不当な行為にいらだつようになり、そこから常軌を逸した連続殺人に手を染める」

「それがあなたの底意地の悪い仮説ですか——聞く価値がありますかね？」

「これからその価値を説明していく。根気よく、まじめに耳を傾けてもらえたらね。長いつきあいなんだ、せめてそれぐらい頼んでもよかろう。さて、この見方によると、ビリーがなにをしたかを検討する前に、当人をとくと調べてみなくてはならん。それがすんで初めて、わたしの仮説に筋道が立っていき、きみに嫌悪感を持たれても、反論できるほど強力になる。犯罪も十人十色だ。だれでも自分の性格と個性から独自のひらめきを得るし、だれでも自分の良心の形と精神構造に従って後遺症に耐えるか、または立ち直る。

では、どんな性格が、このような犯罪に匹敵すると仮定できるのか？　われわれから見れば、凶暴性において、同じ人間より獣に近い一面を見せることが多い者だ。彼は並外れた狡猾さと鋭い感覚で——ずっと以前に、もっと洗練された分身から生まれたものだ——教養のある人間にはこれまた縁のない単純素朴さをあわせもつ。彼はわれわれよりすぐれていると同時に劣っている。すぐれているのは技術と狡猾さだ。野生動物にも通じる特徴で、いまいる場所で生き延びて成功できる。劣っているのは、さまざまな考えを取りまとめ、総合して、先の先まで見通す力だ。彼はある方面では驚くほど疑い深く、教養人なら不要だとわかる予防線をことごとく張る。また別の方面では、どこまでも天真爛漫で信じやすい。手なずければ思いのままになる。

ところで、野蛮人に囲まれて成人し、彼らに教わったすべてを獲得しながらも、生まれつき血と人種に恵まれたおかげで彼らより一段上である人間を考えてみよう。彼は野蛮人からありったけの知恵と、身を守るすべを学び、その不可思議な才能に知識と経験をたっぷり加えて、現代の文明や発明、設備、装置に触れる。したがって、彼は引け目を感じていた点では身構えるが、すでに備えている、あの独特の、土着の根源的な力を少しも損なわないんだ。

いまわれわれは、ずば抜けて頭のいい男と対峙しているんだよ、ジョー。生まれつきの感覚——いうなれば技術と、未開人が進化の過程で発展させたあらゆる才能——に加え、教育を受け、文明生活を理解したのだからな。この組み合わせは必ずしも凶と出ない——ただ、出る可能性がある。これが秩序を守る、立派な市民を生むかもしれん。あるいは恐ろしく有能な犯罪者——われわれが使い慣れた言葉として使う〝犯罪者〟を。きみなどは、ビリーは優秀な刑事になると言っていたが、まったく同感だね。事実、ビリーは刑事だ——ただし、彼の獲物はたいてい二本足ではなく四本足で歩く。だが、われわれはそれ以外も計算に入れなくてはならないぞ、ジョー。個人的な要因がある——その性質は彼自身に潜む人間のことで、それこそビリー・ボルゾーヴァーという人物を形成している。生育環境や親から得る一般的な特徴よりすぐれていると同時に劣っている男をね。未開人は誠実か不実か、信用できないか、はたまた信義に厚いかもしれん。あるいは、ひとりを除いたすべての人間に不実だという可能性もある。犬によっては、飼い主にしかなつかないのと同じだ。奴隷はある人々にあからさまな肩入れをして、ほかの人に愛想が悪く、役立たずで、乱暴な顔を見せる場合がある。そして人間は、未開人であれ文明人であれ、ある点で死にどこまでも忠実であるのに対して、ほかのすべての面で道義的かつ精神的な責任に無関心なこともある。

これでビリーの人物像が見えてきたよ、ジョー。見えれば見えるほど理解が深まり、さらに――好きになった。しかし、なにもかも彼のしわざだという仮説も強くなるばかりだった」

「ここでぼくが話しましょうか？　それとも、長ったらしい説明が終わってから？」アンブラーがむきになって尋ねた。「ぼくは賛成なんかしませんよ、ジョン。反対です。事実という決定的な理由から――事実ですよ！　あの男が好きだからではなく、先入観のない情報であなたを論破できるからです。でも、話が終わっていないなら、口をつぐみます」

「続けさせてくれ。もちろん、話は終わっていない。まだ始めたばかりだぞ、ジョー。きみにもわたしと同じ目線でビリーを見てほしかった。とりわけ理解してほしいのは、道徳や規範や善悪の基準は別として、ビリーを研究の対象にしても彼を貶《おとし》めるものではないことだ。われわれの知るかぎり、彼は数々の立派な行いをして、輝かしい性質を現した。そうした性質になにがともなうのか、それぞれがどうやってバランスを保っているのか、凶暴だと言える性質がなかったら、穏やかな性質がなかったであろうことを、わたしはひたすら見極めようとしている。

次の疑問はこうだ。あくまでわれわれの推論によるとビリーが、その性格から一連の犯罪行為を実行したと仮定して、もろもろのいきさつがそれを許すかどうか。わたしは許すと考えている」

「では、ぼくは許さないと証明してみせますよ、ジョン」

「だろうね、ジョー。きみにはまさにそれを期待している。そのうち納得させてくれ。ひとまず順を追って話すと、たしかに、この恐ろしい難題にぶつかった——見つからないパズルのピースは、見つかりそうだし見つけるつもりだ。それは認める。ジャーヴィスの死と死に方の謎解きは、最後に回そう。あれは一種の手品で——からの帽子からウサギを取り出すようなものだな、ジョー。わたしが真っ先にそれを認めている。あの手品が現実に起こった。それしかわかっていないんだ」

「どうして最後にするんですか？　あの男は絶対にやらなかったし、たとえ手口を知っていても、やったはずがないのに。現場にいなかったんですよ。そこを無視する気じゃないですよね？」

「いや、現場に体はなくても、心があったのさ、ジョー」

「ひどい——ひどすぎる、ジョン！　話してるのはあなたじゃない。なにかが乗り移ってる！　悪魔のようだ。面と向かっていなかったら、絶対にあなただと信じないところだ。ばかげた考えに基づく誹謗中傷！　言うに事欠いて、〝心は現場にあった〟ですって？　すると、こう言い張る気ですか？　人間はある場所で幽霊になり、また別の場所では生身の人間になって車を運転できると。じゃ、幽霊は生きている人間に短剣を突き刺せますか？」

「落ち着け、ジョー。きみはわたしの無二の親友だということを忘れるな。この話のせいで、われわれの友情が危うくなっているなら、きみこそわたしが知っている人間ではない。ついさっき、犯人を逮捕すると言ったじゃないか。善悪の問題を論じたり、不正な行為という犠牲を払った正しい動機を褒めそやしたりしないと。それならどっしりと構えることだ。わたしのほうがビリーの強力な味方だと気づくかもしれん。ビリーがあの三人を殺したとわたしは考える。ほかの人間には、犯行をやり遂げて痕跡を消し去ることが不可能だったからだ。体ではなく心だと言ったのは、ビリーがジャーヴィス殺しに手を下せたはずはなかったが、あれは彼の着想だという意味だよ」

「じゃあ、これを教えてください。どうしてビリーがあの女を殺さなきゃいけなかったんです？　レジナルドのためにスワン兄弟を殺す計画を立てたとしても、どうしてあの哀れな女を？」

「そのパズルのピースはちゃんとはまったよ、ジョー。いま話そうとしたところだ。あの女の位置で仮説が決まる。根幹なんだ。彼女がいなかったら、仮説を組み立てられなかった。ベラ・ブレントはだれが守銭奴を殺したかを知っていた。それだけで彼女が死んだ説明がつく。男が首を預けられる女ではなかったからな。秘密を知っていた唯一の人間で、その代償に命を失った。それにしても、なぜ知ったのか？　これできみに目に物見せることになるぞ、ジョー。なぜ殺人犯はベラに秘密を打ち明けたのか？　このきわめて重大な問いを自分に尋ねてみるといい」

アンブラーは言われたとおりにした。しばらく黙っていると、刑事の勘が激怒の感情に打ち勝った。

「手を貸してもらうため」アンブラーはつっけんどんに答えた。

「そのとおりだ、ジョー！　やっぱりきみはとびきり有能な男で、そうとしか答えようがなかったな。だれかが秘密を知っていたにちがいない。共犯がいなければ成立しない計画だったからだ。ああした作業にはふたりの手が取られただろう。ベラがこの一見不可能な犯罪になぜ、どうやって手を貸したか。その答えがわれわれのジグソーパズルの最後のピースだ。それは見つかるかもしれんし、見つからないかもしれん。だが、未知の人物が必要とした手助けと、ベラが提供しようとした手助け、その手助けを求めた男はウィリアム・ボルゾーヴァーだった。手品師のたとえを続けると、あのトリックには助手が必要だったんだ。しかも、手品師の生死は助手が完全に死ぬかどうかに左右されたので、役割を果たしたとたんに消される共犯者が選ばれた」

「それじゃなんの説明にもならない」アンブラーはまたしても怒りを発散させた。「ひとりの女どころか五十人の男でも、犯人が犯行後にあの部屋から出る手助けをして、さらにドアのボルトを差せなかったでしょう。漠然とした手品の例では、ありえないことを説明できませんよ」

「わかっているよ、ジョー。しかし、ありえない話はしていない。実際にあったことではないか。説明しているわけではなく、こう話しているだけだ。わたしの仮説が正しければ、ベラ・ブレントは事情を知っていて、おそらく役割を担い、それをなんとか果たしたのだろう。それでも謎は残る。だが、やむをえないので、そのままにして、仮説のなかでも進めやすい部分を確認しよう。この仮説が完全無欠だと言うつもりはない。ただ、現実的で、難題のすべてではなくても大部分——動機を含めて——の説明になっている。最後まで聞いたら、わたしよりきみのほうが理解を深めるかもしれんし、木っ端みじんに打ち砕く欠点を見つけるかもしれん。ここでよく考えねばならんのは犯行時間の問題でね、ジョー。ビリーがその時間をどう費やしていたかだ。夜間であり、本人はずっと眠っていたという。しかし、ずっと寝ていたことを証明できない。では、ずっと寝ていなかったと証明できるのか？　とにかく、わたしが考えるこの時間帯の筋書きに耳を傾けてほしい。もちろん、万事理屈にかない、無理もなければ小細工もなかった。ジャーヴィス・スワンが死んだ夜の午後九時半から十時のあいだ、ビリーは部屋に雇い主を残し、フォードを運転してリンクレイター・ビルをあとにした。翌朝の午前七時から七時半のあいだ、彼がアクスブリッジの〈七つ星〉で朝食をとったのはわかっている。したがって、あとはこの時間を考えればいい――そう、事件当夜の午後十時から翌朝の午前七時のあいだ――九時間の問題だ。

さて、検死審問で確認された事実と医学的証拠から、ベラ・ブレントとマーティン・スワンはどちらもこの九時間以内に死んだことが証明される。感情は抜きにして、ビリーが三人を殺したと仮定しよう。次に、彼にそれが実行できたかどうか自問しなければならん。言うまでもなくできたのさ、ジョー。

これまた細部が欠けているが、たとえ欠けていても、見つからないことにはならん。あの夜ベラが正確にはいつ、どこで死んだのかわからないが、ロンドンでのことだろう。やはり、午前零時より前――たぶん一時間前――に、ビリーは用意しておいた樽に詰めた女をフォードに乗せ、ライギットへ出かけたのだろう。そうそう、キリマンジャロとバンツー諸族、ボルゾーヴァーの故郷に関係する資料を読みあさって研究したんだ。すると、興味深い点があったよ、ジョー。チャガ族の埋葬方法は、われわれがあの女を発見したときとそっくり同じで――膝を顎まで引き寄せて、ぎゅうぎゅう詰めにするんだ」

「いくらなんでも、ジョン――」

「辛抱してくれ。ここでちょっと地理を案内しなくてはならん。ほら、わたしが二日間姿を消し、きみが腹を立てたことがあったたね？　あのときはハイウィカムと肉屋を訪ねてから、ハイヤーでアクスブリッジへ行き、そしてウィルバラ――メイドンヘッドとタプローのあいだの採石場――を通り過ぎて、さらにライギットへ向かった。あれは仕事の一部だった。もちろん、のちにウィルバラで事件が起こるとは知らず、通り抜けるあいだに考えもしなかった。あの小旅行以来、縮尺の大きい地図を何枚か買って、ロンドンからライギットへの道筋と、ライギットからウィルバラ採石場を経由してロンドンに至る道筋を考えた。どれも実にわかりやすかった。かなり長時間の運転だが、われわれの要求する時間に収まらないほどではなく、細かい作業をする余地はたっぷりある。そこで、こんなことがわかるんだよ、ジョー。

夜の十一時にロンドンを発てば、二時間でやすやすとライギット・ヒースに到着する。彼が午前一時にマーティン・スワンと落ち合うとしよう。例の女が、生死にかかわらず、同行したかどうかはわからないが、現場に行ったと考えてよかろう。次は砂利の採取場と樽だ。細部は欠けているよ、ジョー。しかし、可能性は残る。樽に詰められ、砂で死体を固定された哀れな女は、マーティン・スワンとビリー・ボルゾーヴァーの手で埋められたのではないか。二時間もあれば、あの夜ライギット・ヒースで起こったすべてのことができる――作業と慰労の一杯が。そうすると午前三時になる。次はマーティンの番だ。彼とビリーは一緒にライギット・ヒースを出てウィルバラへ向かった。だが、出発時にマーティンが生きていたのか死んでいたのか、それはわからない。そこで、仮説はこうなる。ビリーはまずベラを砂利採取場で、あるいはロンドンで殺して樽に詰め、その重い樽をライギット・ヒースに持参した。約束の時間にマーティンを訪ねる。マーティンが待ち受けている。カースレイク夫婦を外出させたからね。しかし、マーティンが樽の中身を知っているとはかぎらない。ビリーはおそらく、これは盗品――あえて言うなら銀器――だから、追って指示があるまで隠しておいてほしい、と説明するだろう。ジョー、きみだって、あの樽に銀器が隠れているとにらみ、十ポンド対十ペンスで自分が正しいほうに賭けると言ったじゃないか。きみがその話を真に受けたなら、マーティンのような〝故買屋〟が鵜呑みにするのは当然だ。それが日常茶飯事だったのさ。作業が終わると、マーティンは死を迎えたにちがいない。彼が生きてライギット・ヒースを出てウィルバラで死んだかどうか、なんとも言えん。その可能性はなさそうだ。それはどうでもいい。とにかく、マーティンは死に、必ず発見される場所に隠される。もっともな理由から発見されるはずであり、わたしの仮説がそれを求めている。思うに、ビリーはレジナルドのために動いていた――ひたすら友人のためで、自分のことなど眼中になかった。もちろん、レジーには知られずに。ビリーは友人が遺産を相続するべきだと思い込む。事情を知り、ジャーヴィスが遺言を残さず死亡した場合、その全財産がマーティンのものになると考える。それがビリーの固定観念だった。だが、ジャーヴィスに続いてマーティンもあの世に行ったら、レジナルドが現金を手に入れる障害はなくなる。だからビリーは息巻いた。そういうわけで、マーティンの死を立証されないままにしておけなかったのだ。したがって、ビリーはマーティンも殺すが、死体は発見されやすい場所に埋める。

それでどうなる、ジョー？　ビリーはウィルバラでの作業を午前四時から五時までに終わらせただろう――これは時間に余裕を持たせた計算なので、実際はずっと早く終わったはずだ。次に地図を見ればわかるが、彼はすっかりくつろいで、車と自分に磨きをかけ、残っていたかもしれない、証拠となりえる痕跡を消して、ほどなくアクスブリッジ・ロードに進んでいける。バース・ロードを通ってスラウへ向かうとして、その後はアイヴァーとカウリーあたりを経由して、ヒリンドンで街道を出る――ハイウィカムへ向かう途中、アクスブリッジで朝食をとるためだ。そんな具合さ、きみ。状況証拠ばかり――物的証拠はひとつもない――だが、この確たる証拠を覆すものがあるだろうか。ビリーのような男に手を下された恐れがあり、彼には有力な動機があるんだ」

「動機？　その行為じたいが動機と矛盾するのがわからないんですか、ジョン？」

アンブラーは口数少なく内にこもっている。だが、苦しんでいた。

「つまり、自分よりレジナルドを優先するほど思いやりがある、誠実な男——こうした旺盛な利他主義を実行できる男——は、目的を果たすために三人を殺すまでに成り下がらないと？」

「そういうことです。あなたの仮説に心の底から反対します、ジョン。理由は、第一に、ほかならぬこの男に関してひどすぎるし、第二に、これはあらゆる一般的な人間の基準と人間性の働きに反しています。要するに、あなたの言うとおりなら、ひとつの体に悪魔と聖人が同居していることになる——半身が獰猛な虎で、半身が忠実な犬の人間ですか。それはいかなる道理にも反しています」

「いいや、ジョー。そうした人間は昔から少なからずいた。それに、わたしが説明しようとしたのはこうだ。ビリーが、あの生い立ちと、舌を巻くほどの——未開人仕込みの——狡猾さと頭のよさが入り混じったものと、そのほかのたぐいまれな長所である誠実さとひたむきな愛情をもって、犯行に及んだのかもしれないと。十中八九、彼のしわざだよ。なぜなら、ビリーには目的があっただろうが、ほかには露ほども目的のある人間がいないからだ」

「ビリーはジャーヴィス・スワンを殺したあとで、あのボルトが差さった部屋を出られたでしょうか？　そもそもジャーヴィスを殺せましたか？　車で一キロあまり離れた道を走っていたのに」

「できっこない——無理だ。それはこのパズルの最後のピースだよ、ジョー。わたしにとっては、不可解な謎のままだ。おかげで、きみを安心させる要点に手が届く。わたしはやはり、ビリーがリンクレイター・ビルで殺人を犯し、ベラが手を貸したと考える。しかし、その手口がわたしに、というよりだれにも理解できないので——ビリーがあの部屋にどうやって入り、鍵とボルトを差して出ていったのか、生きている人間にはだれにもわからないので——この問題については永久に黙っていよう。

それがビリーに対して公平というものだ。事件は存在せず、わたしの仮説を笑わずに聞いてくれるのはきみだけだろう。だれよりも大声で笑うのはビリー自身だ。それでも、彼があの盗まれた短剣でスワン兄弟を殺したと言いたい。理由は単純で、彼の犯行でないかぎり、犯人は超自然現象か、あの世から来た存在――時間と空間に支配されない存在――になるからだが、それはばかげている」

「こんな話は信じませんよ、ジョン」

「そう聞いて嬉しいよ、ジョー。反論されそうな点がいくつかあってね。きみはいまの人間の本質に基づいた意見のほかに、あれこれ気づくだろう。もっと手厳しい反論を準備するにちがいない。ちょっと思い当たるふしがある。それがビリーの無実を物語るか、あるいは彼がチャガ族の狡猾さと技術を身につけているという、わたしの主張を裏付けるかのどちらかだ。三人でライギット・ヒースへ行ったとき、車の調子を見るとわたしは言ったが、あれはもちろん口実だった。ビリーに運転させたのは、道を知っているかどうかをぜひとも知りたかったからだ。建前では知らないことになっていた。ビリーが嘘をついていなかったら、彼は車でライギットに行ったことはなかった。たとえ列車でも、ベラ・ブレントの検死審問の前には行かなかったんだ。しかし、わたしの仮説では、彼は道に精通していなくてはおかしいので、確認したかった。ビリーと話して気をそらし、様子をうかがった。しかし、相手は無傷で罠を抜け出したよ、ジョー。三、四キロおきに車を止めて道を訊き、覚えているだろうが、しゃべっていて何度か道をまちがえた。道筋に慣れていない者がそうするように、景色に感想を言い、通り過ぎた場所について質問した。そして農園では、いかにも初めて来たという態度を取った。ここでも無邪気そのものか、あるいは万事に抜け目のない悪知恵か。しかし、きみはなにごとによらず彼を弁護し、わたしのやりきれない不安を論破してくれるだろうな、ジョー」

「それはもう、いくらでも言えますよ。まずはあなたを称賛します。おみごとな仮説でした、ジョン――すばらしくてあなたの名にふさわしい――さすがは名刑事だ。これ以上の言葉をかけられない。でも、ぼくには答えがひとつしかない。細かい点をくどくど言いません。細部はどうでもいいです。ぼくはあの男を知っています。彼はすぐれた人柄も単純な精神も備えていて、容疑者の条件から大きく外れることは、ここに自分が座っている事実と同じくらいたしかです」

「よく言った、ジョー！　もうひとつ、きみの参考になる点を伝えておく。ジェラルディン・スワンがイーリングに兄を訪ねるまで、ビリーは彼女に会ったことがなかったのを覚えておくといい。もし以前に会っていて、わたしが当初にらんだように、気心が知れていたなら、その事実は彼に不利になっただろう。なぜなら、それは長い目で見れば、彼の策略が本人に利益をもたらすことになりかねないからだ。ビリーがジェラルディンへの愛のために犯行に走ったとしたら、印象は異なり、わたしの目には明らかに怪しく映っただろう。しかし、そんなことはありえなかった」

「ねえ、なにからなにまで、悪夢のなかでしか起こりませんよ。でも、肝心なのはあなたがぼくにこの仮説を利用しろと求めてもいなければ、考え直せと言ってもいないことです」

「当然だよ、ジョー。話を切り出す前に、きみがこのやりとりをどう受け取るか見当をつけたんだ。わたしの仮説が役に立たず、失望させて申し訳ないが、それは最初から言ってあったな」

「揺さぶってくれましたね」アンブラーが正直に言った。「ビリーや、あなた自身に対する信頼と友情をじゃない。こうした憂鬱な出来事で、ぼくがかなり落胆したと思われたのが心外ですよ、ジョン」

「しかし、細部を調べて、わたしが正しいはずがないと証明しないんだね？」

「しません。プライドが許さないからです、ジョン。でも、提案しましょう。この仮説をレジナルドのところに持ち込んでください。ぼくの場合と同じように気を遣って話し、彼がどう答えるか確かめるんです。それこそ公平な申し出だ。レジナルドはわれわれよりビリーを知っていますし、道義心の強い、賢明な男ですから」

「そんな真似をするくらいなら、この舌を引っこ抜くよ、ジョー」

「そうでしょうね」

ふたりとも押し黙り、ややあってアンブラー夫婦が帰宅するころ、男たちはメイベルとメアリの前では陽気に振る舞った。

しかし、夫婦が出ていき、暗闇で葉の落ちた果樹のあいだをそぞろ歩いているとき、リングローズは心穏やかではなかった。妹の有無を言わさぬ口調に従って室内に戻ると、彼女は兄が意気消沈していることを見抜いていた。

「どうかしたの？」とメイベルが尋ねた。「すばらしい一日だったし、なにもかも結婚式の鐘みたいに楽しく運んだのに。でも、わかるわ。レジーに会いたい気持ちが、思ったよりもずっと強いんでしょう。彼は兄さんに似たタイプで、わたしがこれまで会ったことのない好青年ですもの。それにメアリ・アンブラーは、ジョーもビリーにそういう気持ちを抱いていると言ってたわ。ジョーはびっくりするほどあの若者が気に入ったのよ。どうしてか教えましょうか。わたしたちのような中年は、若い人たちとつきあうほうがずっといいのよ。若い人たちが許してくれるなら。五十の坂を越えた人間をちょっとでも相手にする若い人は、あまりいませんからねえ。だって、無理もないけど、あの戦争以来、若い人は若い人にくっついて、中年を信用しないんだから。でも、兄さんみたいな人は――ふだんから気が若くて、青年たちに驚くほど理解があるから、親近感を持たれるのよね。お説教されないとわかっているから、向こうも安心して希望だの不安だの話せるし、兄さんの良識を求めるのよ。それに、レジーは兄さんのためになってくれたし、ビリーはジョー・アンブラーをある意味で生まれ変わらせた。だから、ふたりとも、あの若者たちがいなくてさびしいでしょうよ。だけど、人生は人生、いちばん大事なものが遠ざけられることはよくあるわ」

「いちいちごもっともだね、賢女どの」リングローズは言った。「人生がわたしからおまえとジョーとジョアナを遠ざけないかぎり、くよくよすることはなさそうだ」

第十章　ジョアナが謎を解く

新婚夫婦がモンテカルロへ、レジナルド・スワンがパリへ発った二週間後、ジョン・リングローズはアンブラー一家とお茶を飲みにきて、メアリに迎えられた。

「ジョーは留守なんです」とメアリが言った。「でも、あなたが来るのを楽しみにしていて、六時には戻れるそうです。ビリーがモンテカルロから送ってきた絵葉書をお見せするよう言付かってます――お手紙も一通。ビリーと奥さんはとびきり楽しく過ごしていて、ここに書いてあるとおり、ビリーは賭け事をしてません。さすがに賢明な人ですもの。ジェラルディンはビリーに一賭けしてほしいそうですけど、彼にかぎってそんな！　本人は賭け事をまったく知らないし、無駄使いはしないと言ってますし。ふたりはもうすぐマルセイユからアフリカ行きの船に乗るので、レジナルドが合流するためにパリからそちらへ向かうんです」

リングローズは数枚の絵葉書をしげしげと見つめた――風景とモナコの富に貢献する観光客をだしにするおなじみの冗談。やがてリングローズは、メアリや子供たちとお茶のテーブルを囲んだ。愛らしく利発なジョアナは名付け親にさんざんキスをして、彼の隣に座って話しかけた。ジョアナよりひとつ年上で、アンブラーにそっくりなジョゼフのほうは、リングローズの左手の椅子に腰かけた。

ありふれた話に花が咲き、ほどなく軽食が終わると、メアリが頼みごとをした。

「しばらく子供たちの面倒を見ていただけますか、ジョン？　二十分ばかり出かけて、友人のサラ・バーデンを見舞いたいんです。ちょうどサラの病気に効くものが手に入ったので。ご用があったらメイドがキッチンにいますし、ジョーもあと三十分ほどで戻りますから」

「子供たちの世話なら願ってもない」リングローズが答えると、メアリは質問をした。

「あなたはこの世のだれより、わたしなんかよりジョーをよく知ってます。主人には気がかりなことがあるんでしょうか？　ふだんは陽気な人なのに、最近はときどき顔を曇らせ、わたしにはわからない理由で不機嫌になったり落ち込んだりするんです」

リングローズはとくと考えた。

「事件のせいではなくて？」

メアリが首を振った。

「仕事の愚痴をこぼしてもしかたないと、あなたは主人に教えてくれました。天職について、第一線で難事件に取り組む刑事は、万事がおのずと解決するのを望めません。スワン事件で主人は落胆していて――それは認めます――わたしも今回ほど殺人犯を呪ったことはありません。逮捕されないんですもの。こんなにジョーをいらいらさせた犯人は初めて。でも、主人は乗り越えつつあります。あれから二件の事件をみごとに解決しました。それでもときどき考え込んで、パイプの火が消えても気づきません。でも、力を借りるよう頼んでも、心配しなくていいと言うだけで」

「こういうことだよ、メアリ」と訪問客が言った。「問題はビリー・ボルゾーヴァーだな。ジョーとあの男のあいだには驚くほど深い友情が芽生え、あいかわらずジョーは思い出したように彼をなつかしんでいる。それもいまのうちさ。いらいらすることはない。時間が経てば、ジョーの頭からビリーの姿が薄れていく。わたしもレジナルドに会いたくてたまらん。メイベルだってそうだ」
「今度の事件が、あなたと主人の仲に影を落としたんじゃありませんか。もしそんなことになってい
たら、この世の終わりが近い気がします、ジョン」
「そう考えるのも当然だ。終わってても不思議じゃないからね、メアリ。わたしがわれわれの友情に影
を落としても、ひびまでは入らない」
「ジョーが影を落としても入りません。あなたに嫌われたり、信用されなくなったりしたら、主人は
傷つくでしょうね」
「そんなことはありえないよ」リングローズはメアリを安心させ、小さな友人たちを預かった。
人生最大の瞬間が迫っているとは気づかず、老探偵はおなじみの遊びを始め、いつものように楽し
んで子供たちの相手をした。馬乗りにされ、追われ、狩られて殺された。ジョアナは女の子の遊びよ
り男の子の遊びのほうが好きなので、ジョゼフの勇ましいごっこ遊びに加わった。ジョアナは兄が乱
暴に扱いそうな人形でないと受け取らず、男の子ではなく女の子に生まれたのを恨めしく思っていた。
リングローズは遊び疲れてへとへとになり、壁にもたれて床に座ると、額の汗をぬぐい、パイプで
一服すると宣言した。ジョアナはパイプのしたくを手伝えるようになっていて、小さな手でタバコを
詰める姿はいつ見ても名付け親を喜ばせた。ジョアナが仕事に取りかかり、パイプに火がつくと、子
供用の本棚から派手な表紙の薄い本を一冊抜いてきた。
「ゾウしゃん見せてあげる」とジョアナが言った。だが、積み木でひとり遊びをしていたジョゼフが、
妹の動きに気づいて釘を刺した。
「ぼくの本だぞ」

「それはそうだが、おじさんに本を見せる役をジョアナに譲ってくれるね、ジョゼフ」リングローズは言い聞かせた。「きみの新しい本をぜひ見たいんだ」

少年は見せてもいいだろうと考えた。

「ジョアナがぼくの本を破いちゃいやだよ。ちゃんと持っててね、ジョンおじさん。ビリーはぼくにくれたんだから」

「あたしにはお人形のおうちくれたの」幼い女の子が横から言った。

こうして話が決まり、ジョアナがリングローズの膝にさっと乗ると、彼は名づけ子の膝で絵本を広げた。

その絵本はほとんど熱帯の風景と野生動物の彩色画で埋められ、ジョアナでは楽しめないように見えた。

「好きなのがあるの」ジョアナがリングローズに絵本のページをめくらせるうち、野生の象が現れ、子供が歓声をあげた。

「かわいいゾウしゃん！」ジョアナがはしゃいだ。リングローズも一緒に喜び、挿絵をじっくり眺めた。巨象が美しい草地をのっしのっしと歩き、緑のヤシの木々と巨大な花々を縫って進んでいく。

しかし、そのとき驚くべきことが起こった。リングローズの脳裏で、挿絵が楽しみを越えたものを気づかせたように思われたのだ。ふと、ほほえみが消え、表情豊かな顔立ちにほかの感情がぱっと現れた。象はすばらしい動物かもしれないが、たとえ目の前にいても、大人を仰天させることはなく、ましてや挿絵にそんな力はない。それでもリングローズの顔に、最初にこのうえない驚愕の色が浮かび、次いで崇高としか言いようのない充足感がよぎった。

「やったぞ、ジョアナ！」リングローズは叫んだ。彼の声に激しい歓喜がみなぎり、ジョアナは嬉しくて笑った。

「かわいいゾウしゃん！」ジョアナが言った。だが、ほどなく喜びが悲しみに変わった。

リングローズが、美しい夢から覚めたように体を起こし、急に活気を失って沈み込んだのだ。顔から興奮が消え、眉間に皺が寄っていき、きわめて険しい表情になった。リングローズが立ち上がり、ジョアナの楽しみが唐突に終わった。そこへメアリがうきうきと戻ってくると、考え込んだ友人があわてて出ていこうとしていた。

「仕事だ」とリングローズは言った。「仕事だ、メアリ。突然起こった、きわめて重要で途方もないことだ。わたしの経験では、これほど驚くべき事態になったためしがなかった！」

リングローズは象の絵本を手に取り、表紙をちらりと見てから本棚に戻した。ジョアナがわっと泣き出したが、その声が耳に入らないようだった。彼がジョアナの悲しみにまったく関心を持たず、心を動かさないのはとうてい信じられなかった。

「行ってしまうんですか？　でもジョーは？　もうすぐ帰ってくるのに」

「待っていられん、すまない。仕事だ――妙なことが――大変なことが起こったんだ、メアリ。ジョーに伝えてくれ――ジョアナがパズルの最後のピースを見つけたと！」

リングローズは四苦八苦して薄手のコートに袖を通しながらしゃべり、二分もしないうちに、にらんで引き留める名付け子に目もくれず、アンブラー家を飛び出してパディントン駅へ急いでいた。その十分後に帰宅したアンブラーは、メアリから律儀に伝言を伝えられ、わけがわからないと言いたげに目を見開いた。

「きみは頭がおかしくなったのか、メアリ？　それともジョンがおかしくなったか？」

「自分がおかしくないのはわかってます」とメアリは答えた。「ジョンは、うろたえていたように見えたけど、いかれた人間には見えなかったわ。とにかく、さっきのとおりに言付かったの。わたしなんかには解けない謎だけど、あなたならわかるかと思って」

「さっぱりだね。ジョアナが謎を解いた？　冗談じゃなくて？　ジョンの目がきらきらしてなかったか？」

「ちっとも光ってなかったわ。まじめいっぽうのジョンなんて、初めて見たわね。ジョアナが泣いてるのに見向きもしなかったのよ。いつもなら、あの子が口をへの字に結んだだけで、ジョンがどうなるか知ってるでしょ。でも、さっきはジョアナをわんわん泣かせて、声が聞こえていないとしか思えなかったの。それで、つむじ風みたいに出ていっちゃった。階段を駆け下りながら、『仕事だ』と言ってるのが最後に聞こえたわ」

「病気じゃないのか？」

「元気そうだったけど――うろたえて、呆然とした目つきは別として――ずっと遠くにあるものを見つめてるようだった。あなたはジョンが幽霊を見たと思うでしょうね。幽霊の存在なんて信じない人だけど」

「どこへ行くと言ってた？」

「言わなかったわ。さっき伝えた言葉以外はなにも。聞いたのは、急に仕事ができたから、いますぐ出なくてはならない、ということだけ。『大変なことになった』――たしかそう言ってたわね。出がけには、あの子がパズルの最後のピースを見つけた、と言い残したわ。このおかしな言葉には、あなたならわかる隠れた意味があるはずだと思ったの」

「たしかに隠れた意味がありそうだが、さっぱりわからない」とアンブラーが言った。「辛抱するしかないな。最近、ジョンは陰険になって、ついていくのに一苦労だよ。老けてきたわけじゃないが、それでも――」

「今回が教訓になって、壁にぶつかっても二度とジョンに電話しなくなるといいわね」誠実な妻が言った。「わたしほどジョンをよく思っている人間はいないし、彼はとてもすばらしい人だとわかってる。だって、あなたがそう言うんだもの。でも、言っておきますからね。あなたが自力でスワン事件に取り組んで、ジョンの助けを借りず、ことあるごとに混乱させられたり反対されなかったりしたら、とっくに真相を突き止めて殺人犯の首に縄をかけていたはずだわ。ジョンは年を取ってきた、そうじゃないふりをしたって無駄よ。彼のやり方は古臭くて――あなたの手法みたいに最新式じゃないわ」

けれども、アンブラーは妻の意見を認めようとしなかった。

「いや、そうじゃない。応援演説はありがたいけどね、メアリ、そんなふうに考えてもしかたないよ。ジョンは老けていない――老いぼれるような人じゃない。最悪の状態でも、ぼくより何倍も大きい存在で、この先もずっとそのままだ。それを否定したいとは思わない。ジョンがそう言ったなら、ちゃんと意味があるんだ。彼はスワン事件の捜査で何度もジグソーパズルのたとえを使ってきた。そして起こったのがこれだ。ジョアナと遊んでいて、たまたま潜在意識に――彼の潜在意識だよ、メアリ――なにかがぱっと浮かび、目の前にすべてがくっきりと広がっているのが見えたか、見えたと思ったにちがいない。ジョンの新しい考えが以前のものと同じだと証明されたら、本人がそれを真っ先に認めるさ。あんなにまちがいを恐れない人はいないからね。彼ほどの人物だけがまちがいを受け入れられるんだ」

しかし時間が経っても、ジョー・アンブラーには友人からなんの音沙汰もなかった。待ちかねていた連絡が来ないので、三日後に暇を見つけてイーリングで一時間過ごすと、さらなる謎と失望に出くわした。今回もメイベルと同席してパイプを吸ったが、やはり彼女は兄の行動をまったく知らなかった。

「どこへ行ったかわからないのよ、ジョー」メイベルが打ち明けた。「でも、これは知っているわ。この近くで用事にかかりきりなの。一週間かそこら留守にして、いつ帰れるかは、あとからはがきで教えてくれるんですって」

「私用ですか？　それとも、スワン事件ですか？」アンブラーは訊いた。「ぼくは事件だと思うんです、メイベル。もし事件だったら、なぜ教えてくれないんでしょう？」

「わたしも事件だと思うわ、ジョー。わたしの長年の経験でも、スワン殺人事件ほど強く兄をとらえた事件はなかった。これはどう考えても事件ね。兄に私用はなきに等しいから。いつか言っていたけど、他人の私生活をのぞくことが仕事だったから、心底うんざりして、自分では私生活を持たなかった、って。事実、そうなのよ。手紙の開封だってわたしに任せたいほうで――本当によく頼まれる。早い話が、ジョアナみたいにあけっぴろげ」

「それはけっこうですね」アンブラーはぶつぶつ言った。「ジョンはあなたを困らせないかもしれませんが、ぼくを困らせているんです――親友なのに。どうしてジョンはここまでぼくを軽くあしらえるのか、おたがいに抱いている気持ちを考えると、まあ、わかりません。しかも、ぼくの事件で――そもそも、ぼくの事件ですよ」

「兄が折を見て事情を話すでしょう、ジョー。あなたとのおつきあいが、なにより生きる張り合いですもの。兄はすばらしい人よ――神さまや近しいお方と親しくしていると言えるでしょうね」

「ジョンが信心深い人間だというんですか、メイベル？」

「そうじゃなかったら一緒に暮らしませんよ、ジョー」メイベルがきっぱり言った。

しばらくして玄関ドアがノックされ、その日の最後の郵便物が届けられた。メイベルが郵便受けに向かうと、はがきが一枚入っていた。

「いてくれてよかった」と彼女は言った。「ジョンからよ。兄が望むだろうから、わたしがひとりで読んでも勘弁してちょうだいね、ジョー」

「もちろんです」アンブラーは抑えた声で答えた。「メイベル、ぼくはジョンと折り合いが悪くなって、こう考えるようになりそうです。彼はぼくに捜査情報を話すくらいならジョアナに話すほうがましだと思わないかと。事実、そうしたように見えるんです」

メイベルが笑い、眼鏡をかけて黙って文面に目を通した。それからはがきをアンブラーに渡した。

「万事順調よ、ジョー。兄はこちらに向かっているわ。それから、あなたにもロンドンの家にはがきが届いているはずよ」

「どこからの？」

「住所はないけれど、消印でわかるわ。パリよ」

リングローズの手紙は短かった。

帰途についた。次の日曜はジョーに夕食を一緒にとり、泊まってもらいたい。マルメロの実をひと粒添えたアップルタルトを忘れずに出してくれ。

やさしい兄、Jより

「例によって、われわれは彼の手の内ですね、メイベル。うかがいますとも――うちの娘じゃなくて、ぼくに来いというお達しならば」

そして日曜日になると、アンブラーは時間どおりにやってきた。午後八時半に現れると、玄関口の階段でメイベルとその兄と鉢合わせした。

「よく来たな、ジョー！　あいかわらず時間ぴったりだ！」リングローズが声をあげた。「きみにとっては不穏な一夜になるぞ、ジョー。明日まで戻らないとメアリに言ってきたか？」

「言ってあります。ところで、どちらにいらしたのか、教えてくれませんか、ジョン」アンブラーは握手しながら尋ねた。

しかし、リングローズは質問を取り違えたふりをした。

「メイベルと教会へ行ってたんだよ、ジョー」と、とぼけた顔で答えた。

「なるほど。よけいなことを訊きました」アンブラーが言った。「でも、これだけは言っておきますよ、ジョン。今夜は天気に悪態をつくだけにして、お許しがあるまで口をひらきません」

アンブラーは約束を守った。食卓を明るくしようともせず、ひとりで極上の料理をあらかたたいらげた。しかし、その試練もほどなく終わった。

九時半には、男たちだけでリングローズの書斎に入った。いつものボルネオ葉巻が取り出され、ふたりのあいだにウィスキーの瓶とグラス、ソーダサイフォンが置かれると、リングローズは暖炉に薪をくべ、靴を脱ぎ、炎に足を向けて話し出した。

「すべて終わったよ、ジョー。わたしが終わったと言うときは、きみが考えるよりはるかに意味があるんだ。つまり、第一にスワン事件の謎が最後のもつれまで解けることであり、また、きみとわたしとほかのふたりの人間以外に、だれもこの答えを知りえないことでもある」

「犯人は生きていますか？」

「疑いもなく生きているよ、ジョー。おまけに、この先何十年も生きるにちがいない。しかし、それはきみが払うはめになる代償の一部ではなかろうか。わたしもあんな男に会ったのは初めてだ」

アンブラーが葉巻を置いて目を見開いた。

「まさか――あなた――ジョン・リングローズともあろう人が、教会に行ってきたばかりで――ぼくに頼んでるんですか？　ぼくが給料をもらって暴かねばならない犯罪の事後従犯になれと――絞首台に送らねばならない三重殺人の犯人をかばえと？」

「その言い方はあんまりだが、認めるにやぶさかではないね、ジョー。わたしはかつて一度殺人犯を釈放したが、不眠に悩むことはなかった。またあとで、その件の善悪を検討しよう。しかし、事実はこれから話すとおりだ。だから先を続ける前に、言質を取られるときみが考えても不思議はない。しかし、わたしはそんなものを求めない。みずからをきみの手にゆだねている。ウィリアム・ボルゾーヴァーもそうだ」

「ビリーが！」

「いかにもビリーだ。彼はきみにすべてを知ってほしいと――そう言ってきかないんだよ。きみをとことん、子供のように信じ切っていて、そこはわたしと同じだな。ビリーはきみに非難されるとは思ってもいなかったのさ」

「おたがいに頭がどうかしてるか、それとも酔ってるだけでしょうか?」

「正気も正気だよ、ジョー。おまけにしらふもいいところだ。葉巻に火をつけ直して聞いてくれ。話は山ほどある。言っておくが、きみが話を聞き終えた時点で身動きが取れなくなる条件はない」

「会ってきたんですね?」

「きみの家からあたふたと立ち去った翌日にモンテカルロへ行き、ボルゾーヴァー夫婦を驚かせた。山地でまたとない一日をともにして、その夜ジェラルディンが休んでからビリーと徹底的に話し合った。ビリーはわたしの姿を見てひどく気になったようで、こちらから声をかけたとき、別件で来ていると説明しても信じてもらえなかった。〝ひどく気になった〟、というのが肝心だ。しかし、怯えていたか? それはない。終始、あの男の並外れた頭脳には、わたしに命運を握られているという考えが浮かばなかった」

「あなたが証明しても?」

「わたしが証明してもだ。ビリーは犯罪の解明と自身の破滅を一瞬たりとも結びつけなかった。三十分まるまる、ひたすらわたしを褒めたたえたよ! 彼は驚くべき幸運に恵まれたと認め、四歳児が思わぬ方法で難題を解いたいきさつを知って、声をあげて笑った——笑ったんだよ、ジョー。ほかならぬ自分が、よく見もせずにきみの息子のジョゼフに与えた絵本のおかげで、わたしが真相をつかんだと気づき、彼は爆笑したんだ。だが、恐怖や不信、自身が難儀な立場に陥った感覚さえ——みじんもなかった。それはなぜか? なぜならビリーは、わたしときみは一心同体だと——あたかも双子のようだと——知っていて、きみは彼の最高の友人だと知っているからだ。まさかきみがいまさら歯向かうとは、あの途方もない知性は思ってもみなかった。つまり、安心していた。終始、ほんの一瞬でも、不安から計算が狂うことはなく、われわれに半生を打ち明けたあどけない調子が薄れることもなかった」

「で、ビリーを説得する気になれなかったんですね？」

リングローズはよく考えた。

「いいや、説得した。すると、ビリーはまた笑ったよ。そしてこう言った。『ぼくはちっともかまいません。でも、妻とレジーのことを考えなくちゃ』」

しばし沈黙が流れた。やがてリングローズが話を再開した。

「初めから話そう。あのとき、わたしはきみの家で客間の床に座っていて、そばでジョゼフが遊び、膝にジョアナが乗り、メアリは近所の友人を見舞っていた。実に愉快に遊んだあと、わたしがへばってしまい、ジョアナが哀れに思って、ジョゼフの新しい絵本を出してきた。ジョゼフがわたしに絵本を見せる役を任せたので、ジョアナは張り切って〝ゾウしゃん〟を見せようとした。あの子の〝象さん〟はかわいらしい言い方だね。楽しい時代だよ、ジョー。象が頭を満足感で満たしてくれる！　象の挿絵が出ているページをめくると、ジョアナは象そのものにしか関心がなかったが、わたしは絵のなかにいろいろなものをすばやく見て取った。要するに、スワン事件のジグソーパズルを完成する最後のピースをね！」

リングローズは立ち上がり、同じ絵本を友人に渡した。

「題名と出版社名をメモして、翌朝、チャリングクロス駅に行く途中の本屋で手に入れた。二十九ページをひらいてごらん」

リングローズは腰を下ろして友人の様子をうかがい、アンブラーは派手な挿絵をざっと眺めた。ところが、年下の男はいっこうに集中できないようだった。激しい苦悩で顔がさらに曇った。アンブラーは象とその周囲に目を凝らしたが、感情のせいで頭がぼやけ、目に映るものを理解していなかった。目の奥にある頭脳がほかのことにとらわれていたのだ。

「ビリーは大犯罪者か！」とアンブラーはつぶやいた。

「それはどうだか」リングローズは言った。「たしかに大物だが、犯罪者かね？　罪を犯した自覚のない者を犯罪者と呼べるだろうか。ああ、呼べるとも、ジョー。世間はみずからの犯罪に同意して、市民がその定義に従わねばならなかったり、責任を取らなければならなかったりするからな。しかし、そのときまで放っておけばいい。この絵に神経を集中して、これがきみに訴えている内容を理解するんだ」

しかし、相反する感情に苦しんでいる男に意志をコントロールする力はない場合もある。アンブラーは、象の謎を読み解く気分ではないと気づいたようだった。彼は悪態をついて絵本を投げ出した。リングローズが絵本を拾い上げ、アンブラーを思いやった。

「きみは悲しい事実で頭がいっぱいなのに、こんなつまらんもので悩ませるとは、わたしもとんだ間抜けだよ。とはいえ、きわめて簡単なことなんだ。この絵を見て、ジャーヴィス・スワンがだれに、どうやって殺されたかわかり、なぜベラ・ブレントが死んだかもわかった――言葉を聞いたようにはっきりと」

リングローズは絵本をひらき直して友人の隣に座った。「よく聞いてくれ、ジョー。続けてモンテカルロでのやりとりを教えるが、きみにはそっちのほうが興味深いだろう。さて、一頭の象が〝象の道〟を歩いてくる。この道は象が茂みを往来するうちにできたもので、土地の人間は道筋を知っている。ここには大木があって、太い枝が道に張り出している。その枝から銛がロープで吊り下がっているのがわかるね。石の重りが——五百キロはありそうだ——ついていて、ロープの端は地面に届き、道に横に張られている。通りかかった象が膝を引っかけるように。罠だよ、ジョー。象がロープに触れると、頭上の銛が落ちてきて背中に突き刺さり——即死するか、致命傷を負う。

もうわかったね、ジョー。〈ウォレス・コレクション〉から盗んだ東洋の重い短剣をこの銛に置きかえて、ジャーヴィス・スワンを象の代役にすれば、あとは少し手を加えるだけでいい。ジャーヴィスはリウマチのせいで背中が曲がっていた。かなり前かがみになって歩いた。それはわかっている。彼は暗がりで自室に入り、いつものようにドアにボルトを差し、罠にかかった。ビリーはその罠が野生の象に仕掛けられたのを何度も見たことがあり、事件当夜は人間に仕掛けたんだ。ジャーヴィスは部屋を横切り——玄関口からはこの動き方しかない——ロープに当たり、天井から吊り下げられていた短剣を落とした。天井には小さな鉤が漆喰で塗りつぶしてあった。電灯が取りつけられる前にガス管が通っていたところで、それがおあつらえ向きだった。たしか、天井をひととおり調べていたときに鉤があったが、使われた形跡はなく、そこにある理由を明確に示していた。そこから短剣が吊るされ、ちょっとロープが触れただけで落下した——寸分たがわずビリーの望んだ場所に。それが十中八九、ジャーヴィスの致命傷になったたんだ。的を外れるわけがなかったからね。しかし、偶然に短剣が落ちたタイミングは、まるで手で放ったようにみごとだったのさ」

「でも、ロープは——紐は?」

「そうだな、ジョー。致命的な証拠物件が残されたね。そこで登場するのがベラ・ブレントだ。ビリーは極細の針金を使った。それ以外の物では、ドアの下を通せなかっただろう。しかし、その針金の先は五センチだけ外へ出してあり、建物内に潜んでいたベラが、犯行が終わるのを待って、それを引き抜くだけでよかった。一回引けば簡単に外れるように細工されていたので、ベラは正面玄関の反対側からリンクレイター・ビルを出ていった。ビリーが出た五分後のことだ。示し合わせたとおり、ベラはビリーの自宅に針金を届け、彼は二十ポンドの手間賃を支払った。それから彼女を殺した。それがわたしの説だ。あの挿絵を見たとき、ジグソーパズルが完成したとわかった。推論だよ、ジョー、わたしの手柄ではない。象がいなかったら、絶対にわからなかったからな。しかも、あの絵本はビリー本人からジョゼフへのプレゼントだった。それに気づいた彼は笑い転げていたよ、ジョー」

再び沈黙が流れるなか、アンブラーは顔を拭っていた。

「ビリーに会って説明したんですね?」と、ようやく訊いた。

「会って説明した。ホテルのラウンジの隅の席を独占してね。絵本を突き付けたら、ビリーにはすぐに察しがついたよ、ジョー。一瞬目を見開くと、顔を上げてわたしの手を握り、おめでとうと言ったんだ!

『いやはや』とビリーは言った。『チャガ族のまじない師も顔負けですねえ、ジョン!』それから質問をした――あの状況では奇妙な質問だった。『レジーみたいなやつのためなら、あなたも同じことをしませんでしたか?』と訊いたんだ。『したに決まってます』とね」

リングローズは友人にウィスキーソーダを作ってやり、先を続けた。

「危機に際して、人はどんな動機から行動するのかね、ジョー。わたしが答えなかったビリーの質問を除いて、別の質問が頭に浮かんだ。よくわからない、ある心理的な理由から、わたしの意識は目の前の興奮した男を離れ、彼の妻のもとへ飛んだ。ビリーはわれわれの――きみとわたしの――聡明さに夢中になり、しばらくはわたしに度肝を抜かれたことしか頭になかった。しかし、わたしはいつしか階上で眠る幸せな女性のことを考えていた。やがて、どういうわけか訊きたくなった点を確かめた。『ビリー、教えてくれ。ジェラルディンは知っているのか?』と訊いたんだ。ビリーは驚いたように見えた。それで思い出したのが、ずいぶん前に彼と交わした話だった。彼がジェラルディンに結婚を申し込む前だ。『殺人は殺人です』と彼は認めた。『それでいて、ぼくにとって、殺人はただの言葉で、ほかの言葉とちっとも変わりません。すごく重大なことを意味してるかもしれないし、なんの意味もないかもしれない。この場合、言葉じたいになんの意味もありませんけど、ある人たちにとってすごく意味があるのはよくわかってます。特に英国ではそうなんですよね。それに、たぶん、ジェラルディンにもすごく意味があるんでしょう』。ビリーはこうした心構えでわたしの質問に向き合ったのさ、ジョー。そして、答えていった。なにがあろうと、自分の行為をジェラルディンに隠す気にならなかったそうだ。『打ち明けたせいで妻に去られたとしたら、捨てられる前に、こっちから捨てればよかったんです』とね。『妻のことはよく知っていて、一緒ならなにがあろうと大丈夫だと思えます。打ち明けたら嫌われていたかもしれませんが、彼女みたいな女性にはけっして裏切られなかったでしょう。妻の怖いもの知らずの性分と、正義感、レジーへの愛情を考えて、こうも推測したんですよ。たとえ彼女があの三人のろくでなしの殺人を黙認できず、手が血まみれの男とは結婚できないとしても、一生口をつぐんでくれるだろうと。でも、ぼくは黙っていられなかった――妻の心の安らぎのために。そこで、洗いざらい打ち明けたら、ジョン、彼女はぼくと同じ見方をしてくれました』。これがビリーの話したことだよ」

「では、レジナルドは――彼はビリーと同じ見方をしているんですか？」

「それも訊いてみた。『まさか！　ちがいますよ！』とビリーは答えたよ。『そんな話をしたらレジーを悲しませます。幸運に恵まれたいきさつを知らせたくありません。知ったら耐えられないでしょう、ジョン。レジーは妹とは似ても似つかないし、彼の一生が台無しになってしまう。どうしても真相を知らせたいのは世界でもうひとりだけ、それは親友のジョー・アンブラーです』。面白い考え方だ――そうじゃないかね？　ビリーは自分を追いつめた男に話しかけ、それがどういうことかを考えもしなかった――彼を絞首台に送るのがわれわれの務めだとは想像だにできなかったんだ」

「どれもこれも状況証拠です。第三者に話を聞かれていなかったら、ビリーはしらを切れますよ」

「しらを切ったりしないさ――われわれには。ビリーは一部始終をことこまかに語った。彼に褒められると、こちらも思わず彼を褒めたくなることがあった。そりゃあ、きみに言うのは気まずいが、本当の話でね。あれは――道徳は別として――わたしが長い職歴で出会ったなかでも、抜群のアイデアだった。あんなことができるのは――忘れないでくれ――ビリーのような男しかいない。あの風変わりな資質――未開人に囲まれて育ち、狡知を伝授され、虎の度胸と人間の美徳を身につけた――には、誠実さと義理堅さと生涯続く友情とが備わっている。ビリーを犯罪者だと責めても意味がない。人は犯罪者にならずに罪を犯せるものだよ、ジョー。あの男には犯罪に走りやすい素質はない。どちらかといえば、価値観は高いほうだ。妻を愛しているし、子供ができたらかわいがるだろう。まれに見るよき父、かけがえのない友になるはずだ」

「嘘つきで――泥棒で――人殺しだ――言葉に意味があるのなら！」

「嘘つき――そのとおりだ。生まれながらの嘘の達人で、いちばんたちが悪いタイプだな。こういう人間はある場所で嘘をつき、またある場所では真っ正直になれる。経験上、嘘の達人はいつか必ずしくじる。だが、生まれつきの嘘つきはしくじらない。そう、彼は人殺しでもある——機敏で自信に満ち、冷酷だった。しかし、泥棒かというと——そうではない。自分の所有物ではない物を取らなかった。あの短剣は借用しただけだ、やがて発見されて持ち主に返されるとわかっていた、と言い張っていた。財産の問題には人並みに殊勝だった——おそらく並み以上だろう。彼の行為と、あの悪行が自分ではなく友人のために計画されたことを考えれば。彼はレジナルドからアフリカへ帰る旅費をもらえるかもしれないと、ぼんやり考えていた。しかし、遺産はレジナルドのものだと判断し、しかるべきところで策が練られることになった。レジナルドが大好きだからだ。そこにある女性への愛情が生まれ、いくつかの点で計算が狂ってしまった。当初はそんな展開になるとは思いもよらなかったんだよ。

　計画を練っているときに美術館で短剣を見て、象の罠にうってつけだと思ったそうだ。ケースの底からつまみとるなど造作もないことだった。短剣が二本あったので、あの不吉な兄弟に同じ死に方をさせようともくろんだ」

　アンブラーはだんだん落ち着きを取り戻した。

「詳しく話してください、ジョン」彼はグラスの中身を一気に飲み干した。

「じきに話す」リングローズは強いウィスキーのお代りを聞き手に注いでやった。「それをぐっとやって、新しい葉巻に火をつけたまえ。自慢じゃないが、わたしは最初から驚くほど真実に近づいていた。言うまでもなく、あの絵本が仮説を完成し、ほとんどまちがっていなかったことを証明した。神がまれに——ごくまれにだ——授けてくださるひとかけらの幸運だった。ビリーは、いいかね、われわれを過度にだましたり、嘘を重ねたりしなかったが、肝心な点をまんまと抜かして話したんだ。あの一種の非凡な才能で、自分の本能を知り抜いていたからこそ、彼は成功を確信した。真実らしく聞こえるインチキの助けを借りてな。たとえば、ビリーはライギット・ヒースに行ったこともなければ、マーティン・スワンに会ったこともないと明言していた。だが実は、カースレイク夫婦がブライトンに行かされたとき、ジャーヴィスの命令で何度も農園に出向いていた。マーティンとも親しく、小包を何個も農園へ運び、またロンドンへも運んでいた。以前にマーティンを手伝って隠した包みはひとつやふたつではない。ビリーはマーティンに訪問の準備をさせる手紙を書き、マーティンが何度も〝故買屋〟をして兄から稼いだ金を運んだ。農園のことも隅から隅まで知っていたんだよ。

そこでだ、ジョー。親友がスワン家の遺産を相続するべきだと考え、ビリーは一計を案じた。ネズミ捕りを仕掛けた程度にしか良心の呵責を感じずに。けれども、この国ではキリマンジャロの台地とちがって人間をあっさり殺せないと知っていたので、仰天するほど注意を払い、驚くべき技術を駆使して、あらゆる段階で証拠を湮滅《いんめつ》した。ジャーヴィス・スワンは死なねばならない。弟もそうだ。ジャーヴィスが遺言状を遺さずに死んだ場合、マーティンが遺産を相続するとビリーは考えたからだ。しかし、マーティンは死後に再登場する必要があった。死んだことを当局に納得させるためだよ。これが難問だったが、ビリーがどう解決したかはもうわかっている。彼はいくつかの出来事が結びつくのを待つしかなかったが、決め手となったのはジャーヴィスがグラントフを訪問したことだった。その日付が決まると、ビリーはするべきことを理解した。その日ジャーヴィスが部屋を出ていくと、留守のあいだに準備万端整えた。マーティンには、大事な盗品を持っていくと言っておいた。ベラにこの秘密を知らせても心配なかった。彼女がジャーヴィスをどう思っていたか知っていたし、ちょっとした用事を任せてから、永久に口を封じてしまえばよかったからだ。

ビリーは雇い主が死んだ夜には厳密にどうしていたのか、午後九時半以降のすべての行動をわれわれは正確に把握しようとしたね。しかし、九時半前の動きは尋ねようと思ってもみなかった。われわれは殺人から出発した。だがビリーは、当然ながら、その数時間前から出発していた。これはわたしがずっと前に伝えようとしたことだ。人は正しい道が枝分かれしたら、道なりに進むこともあると言ったときにね。その夜、ジャーヴィスは習慣どおり午後六時に夕食をとりに行き、ビリーを残してその日の仕事を終わらせた。毎度のことだった。ビリーの計算は正確だが、時間がかかるからだ。事務作業はたいてい正午過ぎまで始まらなかった。ビリーがきちんと戸締りをするので、ジャーヴィスは彼を残して出かけ、その夜七時半に予定されたグラントフとの面談が終わるまで戻らなかった。ジャーヴィスが外出した三十分後、ビリーも部屋を出た。まず罠を仕掛け、ドアの下から針金を五センチ出しておき、ジャーヴィスが部屋に入って間もなくあの女が引けるようにした。

ビリーはベラ・ブレントのことを気にしていて、あの件を弁解しようと四苦八苦した。『そりゃあ彼女がよくできた女で、少しでも見どころがあったなら、利用しませんでしたよ、ジョン』と言うんだ。『だけど、あの女はジャーヴィス・スワンを消す道具になるよりいいことをしそうになかったから、ひとつ有益な行為をして死んでいくんです。立派な女だったら、殺したりしなかった』――そこで彼は説明に窮した。『ベラについては気が進まなかったくらいで、父親のために見逃そうかと迷いました』。しかし彼は、ベラに死んでもらうしかないと判断し、いないほうが父親も周囲の人間もずっと幸せになると考えた。ベラはあらゆる要求に応じた。自分の役目をこなすだけにとどまらなかったはずだ。三十分後にガレージでビリーと落ち合って、手間賃の二十ポンドを受け取り、札を数えているところを即死した」

「ビリーにできたんですか?」

「きみが鶏を絞めるようにあっさりとね、ジョー。ビリーの説明では、それはチャガ族で必要な場合に女か、あるいは敵と目される人物を始末する方法だそうだ。わたしの首で実演してくれたよ。というわけで、これがブレントの哀れな娘の最期だ。ビリーは暇を見てチャガ族流に樽を作り、用意しておいた。そしてライギット・ヒースでは、マーティン・スワンがビリーを待っていた。午前零時過ぎに、盗難された銀を大量に預かる手はずだった。ビリーは死んだ女をチャガ族の埋葬法で縛り上げ、樽の内部が固定するよう、自動車で採石場へ運んで砂利を入れた――単に銀板に見せかけた荷を固定するためであり、われわれに新たな問題を与えたつもりはなかった。ベラは絶対に見つからないと思い込んでいたからね。

ビリーは午前一時までに農園に着き、じっくり腰を据えた。マーティンとふたりで一時間ばかり酒を飲み、月明かりを頼りに樽を埋め、知ってのとおり、苦心して隠した。このとき一本目の鋤は洗ったが、二本目はあとで洗うことになったのをビリーは知らず、マーティンが洗ったとばかり思ったんだ。ビリーはしきりに粘土のことを聞きたがり、自分をさんざんののしった。マーティンもののしった――二本目の鋤を洗わなかったからね。もちろん、ビリーは手袋をはめていた。

ふたりが作業を終えて身づくろいをすると、ビリーは二本目の短剣を振るい、一撃でマーティンを殺した。現場は門のそばだよ、ジョー。だからマーティンは水路に倒れ込んだ――ちょうど農園の入り口付近で流れ出るところだったから、水が痕跡を消し去ったんだ。ビリーは死体をテムズ川の岸辺の、発見されやすい場所に置くつもりでいたが、ウィルバラで月光を浴びた採石列車がひっそり並んでいるのを見て、深夜は隠しておけると踏んで、計画を変更して重荷を片づけた。夜明けはまだかなり先だったので、アクスブリッジ・ロードに出る予定だった場所へ行き、人けのない小道を走って道を外れた。すでに周辺をよく調べてあり、土地鑑があった。道のない土地で育った者は、確かな地理の感覚を備えるものだ。そんなわけで、ビリーが夜間に作業した痕跡はきれいに隠され、かかわった証拠になる指紋のひとつさえ残らなかった。あとは知ってのとおりだ、ジョー」

しかし、アンブラーはいぶかしい顔つきをした。

「あとってなんですか？　なんの話でしたっけ？　結局、ビリーは頭がおかしいのか、おかしくないのかの問題ですよ、ジョン」

「そうは思わん。彼はきみ同様正常だとも。精神の健全さに問題はない。ある意味では、すこぶる正常だよ、ジョー。度胸は満点で、論理は単純素朴かつ瑕《きず》がないため、善と悪の衝突から生じる疑わしい問題でぐらついたりしなかった。勇気がくじけたことはあるのか訊いてみたら、一度だけ心臓が止まるほど驚いたという。それは、ベラ・ブレントの死体がライギット・ヒースで発見された記事が夕刊に出ていたときだと。この肝を冷やすニュースを突然読んだビリーは動揺したが、それもつかの間だった。ベラが発見されたいきさつを知ったとたん、ほっとした。どれほど深刻な事態か、そのときは気づかなかったんだ。もちろん、この件ではだれも彼とかかわらなかったし、なおかつ、ベラがいなければ、犯罪じたいが迷宮入りになっていた可能性があった」

「それでも、これを狂気の現れと呼んで、ビリーを許さないでしょうね？」

「きみさえよければそう呼べばいい――狂気なり、いわば先住民の異才なり。しかし、これは覚えておくんだ。ビリーは二度と狂わない。偶然によって、突如この凶行に通じる道がひらけ、あの男に潜む能力があらわになった。だが、彼の人生からこの一ページを破いたら、そこになにが見える？　とびきり温かい心を持ち、友には誠実で、愛されてもおごらず、克己心があり、寛大で公明正大な男じゃないか」

「良心の呵責も――後悔の念も――死ぬまで感じないんでしょうか？」

「ちっとも感じないさ、ジョー。それは理屈というもの――良心の呵責が入る隙のない科学だ。文明を踏みにじり、自分勝手に制裁を加えることが、ビリーには完璧に理にかなっていた。達した目的を考えるとそうなるよ。そうしなければ、問題を解決できなかった。難題はどうすれば遺産がレジナルドの懐に入るかであって、それを解決しなければならない以上、文明国の法律や慣習や、ごくふつうの、教育を受けた人間の行動基準を捨てるしかないとビリーは考えた。だから、捨ててしまった。しかし、彼の計算にはのちに人間らしさすら加わり、万人にひとりもしなかったであろう行為に出た。法律を守っていれば、いずれ受け取れたはずの遺産にあえて背を向けた結果、犯罪よりはるかにすばらしいことをして、遺産より百万倍欲しいもの――ジェラルディン――から距離を置いた。自分の行動を洗いざらい打ち明けて彼女を失う危険を冒し、そのせいで嫌われると考えただろう。だが、ビリーはこの試練さえ乗り切った。ジェラルディンは誠実で信頼できるばかりでなく――こういう女性だとわかっていたんだね――彼の犯罪は彼女の愛情を殺さなかったからだ。なぜか？　あのふたりは好一対だからさ、ジョー」

「ええ、ジェラルディンもビリーに負けず劣らず悪人だし、われわれだってそうです」アンブラーが言い切った。「理屈はうんざりですよ、ジョン！　邪悪なものは邪悪なものだ。重ねて言いますが、ここで話が終わりなら、われわれは事後従犯ですね」

「おかげで、この凶悪事件が最終局面に向かうんだ、ジョー。善悪の問題は、つねに面白くて難しく、われわれ人間の乏しい直感ではとうてい解決できん。あの三人は明朝マルセイユからモンバサに向けて出航するから、この質問はゆっくりと考えていられる。彼らにどうしても伝えたいことがあったら、船に無電を打つといい。では、当面はこう考えよう。きみはビリーに二面性があると思うかもしれん。だが、どちらが潜在意識でどちらが本物の意識か、それはわからない。ああいう輩を絞首台に送るたび、無実でありながら有罪の人間を吊るしているような気がする。きみたち現代の犯罪研究家が正しくて、犯罪と呼ばれるすべての根底に病気があるなら、だれひとり絞首刑にしてはならない——あるいは、だれでも絞首刑にするべきだ。しかし、またいっぽうで、犯罪を〝病気〟と見なす前に、犯罪とはなにかを頭のなかで明確にしなければならん。犯罪と罪悪がちがうのは言うまでもないが、さりとて確信を持てるだろうか？

できれば、やはり純粋に道徳の面を見てみよう。友人のために自分の命を投げ出すのは尊いことだね、ジョー。友人のために他人の命を犠牲にする行為にも、突飛な話に聞こえるが、尊い例外がなくはないのかもしれん。それはさておいても、公平に見れば、われわれはいろいろな条件を挙げる必要がある——きみをあの男に心酔させた、もろもろの魅力を」

アンブラーはじりじりしてきた。

「あなたも詭弁を弄して、ずるがしこく、腹黒く、ビリーと似たり寄ったりじゃないですか。こんな話はこじつけに過ぎない。なにがあったか言いましょうか——これまでぼくの身に起こらなかったことですよ。それもこれもあなたのせいだ。ぼくはこの事件に清廉潔白な、人格に一点の曇りもない状態で足を踏み入れて、汚れた人間になって出てきたんです。ビリー本人より悪くないはずがない！」

「くだらん」リングローズは切って捨てた。「ぴりぴりしてはだめだ。ここだけの話、われわれは驚嘆すべき事件を解決した。ただし、脳みそのおかげではなく——運がよかっただけだがね、ジョー。きみの娘はわれわれと同等か、少し控え目に褒められていい」

「次のモンバサ行きの汽船に乗ってビリーをキリマンジャロまで追わないようにするには、どうすればいいでしょう?」

「なにもするな、ジョー。きみの良心がそう命じるならば。だが、きみが戻ってこないようにする策はいろいろありそうだという気がしてならない。ビリーは、自分を連れ帰って殺人の裁判にかけるためにきみが来たと知ったら、無実である証明を嬉々として始めるだろう。どんな事件なら凄腕の弁護士がつくか、よくわかっているね。そのいっぽうで、ビリーはゴリラや蝶やカバの相手でこれまでになく忙しく、わずらわされたくないかもしれん。そういう事情なら、彼は母親と妻、自身の手ごわい知恵は言うに及ばず、チャガ族とまじない師とに守られていて、きみのすぐれた知性をもってしても連れ帰るのは難しく、手に余る仕事になるのではないか。だいいち、ビリーの気持ちをひどく傷つけるだろう、ジョー。大好きな親友であり、心から尊敬する男にいきなり裏切られたら——いくらビリーのようなやつでも幻滅する」

「ひねくれた人ですね、ジョン。とてもそうは思えなかったが、これじゃ野蛮人と変わらない。笑うかもしれませんが、職務は職務ですよ」

「そうだな、ジョー。きみほど職務に真面目な者はどこを探してもいない。しかし、古い友人の話は聞くものだ。今回は職務が、慈愛のように身近なところで始まるという例だよ。きみには妻とかわいい息子と娘がいて、心を許せる友もいる。みんな、きみを失いたくないと思っている。神の御手にゆだねるんだ、ジョー。この事件の最大の謎は、神ならぬ知性には解けない永遠の問題の範疇に入る。それだけのことだ」

「そうは言ってもあなたは満足していないし、自分でもそれをよく承知してますね、ジョン」

「満足でもないが、不満でもないよ、ジョー。人生は光と闇が混じったものに満ちている。新聞をひらくたび、あるいは通りを歩くたびに考える心を刺激される。われわれは自分のなかにある小さな光に従って本分を尽くすしかない。だれにでも独自の価値観がある。だが、えてしてわれわれの務めは他人の信念を優先して、自分だけの信念を棚上げにすることだ。神がつねに最後の決断を下すよ、ジョー」

「神のことは言いっこなしです」

「われわれの神はな――ビリーの神は話がちがう。いや、それにしても、われわれ愚か者は大半の問題から神を除外する必要があるのではなかろうか。神を呼び寄せる隠れたつながりは見えないからね」

ジョー・アンブラーが首を振った。

「もっとちょくちょく教会に通えば、善悪の区別がはっきりしますよ」

「日曜はメイベルと一緒に二度行くんだよ、ジョー――家にいるときは。さっきも、教会から戻ったところだったのさ」

「あの男もろくな死に方をしないでしょうね」

「それがわかるのはひとりだけだ――彼の運命を定めた神だよ」

訳者あとがき

鋼鉄の金庫のような密室で、守銭奴と呼ばれる高利貸しが刺殺されていた。現場に犯人が侵入した痕跡はなく、関係者たちには事件当夜のアリバイがある。ロンドン警視庁が捜査に当たるも、解決の手がかりがつかめないうちに、第二、第三の死体が発見される。いったい何者の犯行なのか――。

Jig-Saw（*1926, THE MACMILLAN COMPANY*）

本書は、一九二六年に刊行されたイーデン・フィルポッツの長篇*Jig-Saw*（英題*Marielbone Miser*）の全訳です。物語は不可能犯罪とも言える密室殺人事件で幕があきます。大胆不敵な犯罪に目を引かれますが、犯人探しや奇抜なトリックの解明は物語の主筋ではありません。主人公のジョン・リングローズは人生経験を積んだ、懐の深い名探偵であり、人間の性格に注目し、心の謎を解き明かします。初登場作品『闇からの声』では、死に追いやられた少年を悼み、義憤から真相究明に乗り出した姿が印象的でした。今回は前作とちがい、犯人との火花を散らす心理戦はありません。愛弟子の刑事アンブラーの助言者、悩める若者たちのよき理解者として、周囲の話に耳を傾け、穏やかに振る舞っています。しかし、一見さりげなく見えるやりとりの陰で、実は静かな駆け引きが行われているようです。リングローズは、だれに対しても素直に好意を持ちながらも疑惑を捨てず、かたよった見方をしません。ふだんは快活でユーモラスなリングローズがときおり発する鋭い言葉には、はっとさせられます。

『守銭奴の遺産』というタイトルが示すように、守銭奴の莫大な遺産が物語の鍵になっています。遺産相続をきっかけにめぐりあい、思いがけない形で結びついた人々が織りなすドラマこそ、本書の読みどころではないでしょうか。リングローズは事件をジグソー・パズルにたとえ、アンブラーとともに地道な捜査を続けてピースを集めます。完成した絵は、思いがけない人物の肖像でした。「極悪人」ではありませんが、あるユニークな悪人の肖像、と言えるでしょう。本書では、殺害現場の密室トリックより、人間の思い込みによる心理の密室のほうが印象に残ります。みずからが作りあげた密室に鍵をかけるのはプライドかもしれず、そこを出るのは容易ではありません。

正義とは「自分のなかにある小さな光に従って本分を尽くす」こと。登場人物たちは――犯人も含めて――それぞれの光を見つめ、道を選んでいきました。

結末で描かれる、人間リングローズの決断を読者のみなさまはどうお考えになったでしょうか……。

なお、原書の文中にいくつかあった辻褄の合わない点について、訳出時に可能なかぎり訂正しましたが、あえて手を入れずに残した箇所もあります。読者のご寛恕を乞う次第です。

また一人、〈悪人〉の創造

真田啓介（探偵小説研究家）

1　一九二六年のトレンド

昨年七月に出た『だれがダイアナ殺したの？』（ハリントン・ヘクスト名義）、本年二月の『極悪人の肖像』に続き、この叢書から刊行されるイーデン・フィルポッツの作品も三冊目。半世紀以上も前に物故した英国作家（作者の経歴等については、『だれがダイアナ殺したの？』の解説を参照されたい）の訳書が一年足らずのうちに三冊も出るというようなことは、近年あまり例がないと思われる。極東の島国で何が起きているのかと、泉下の作者もいぶかしがっているかもしれない。

今回の作品は、一九二六年刊の長篇探偵小説 *The Marylebone Miser*（米版タイトルは *Jig-Saw*）。かつて『密室の守銭奴』の題で抄訳が出ていたが、その完訳版である。

まずは——例によって——江戸川乱歩のコメントを振り返っておこう（乱歩はわが国におけるフィルポッツ作品の最大の理解者であったから、この手続は欠かすことができない）。

「これは純然たるパヅル小説で、米版の題の「ジッグ・ソウ」（はめ絵）の方がふさわしい。カロライン・ウェルズなどは、これをフィルポッツの最上作としているほどだが、なるほど本格味はこの方が強いけれども、フ氏の本領はやはり「赤毛」や「闇からの声」にあると思う。しかし謎小説としては充分面白く、冒頭に提出される「密室」の魅力、ジッグ・ソウ・パヅルの一片一片を探し求めるのだというリングローズの探偵法、最後に子供の絵本から密室の秘密を悟るすばらしい思いつきなど、捨てがたいものがある。犯人の異常性格も甚だ独創的で面白い。」

『別冊宝石』29号

右は、旧訳『密室の守銭奴』が掲載された「別冊宝石」における乱歩の解説文「フィルポッツについて」からの引用だが、これは『鬼の言葉』所収「「赤毛のレドメイン一家」」の後に付されていた「The Marylebone Miser」の読後感を自身で要約したものである。

簡にして要を得たコメントと言えようが、旧訳と併せ読んで必ずしも首肯できないものを感じておられた方もあるかもしれない。筆者としても、「謎小説」としての面白さを強調しているあたりはやや疑問で、むしろ犯人の特異な性格の描出こそが本書の眼目であろうと考えている。また一人、フィルポッツ流〈悪人〉が創造されているのだ。

これに照応して、探偵の捜査方法にもユニークさが見られる。

本書が刊行された一九二六年といえば、第一次世界大戦の終結から八年。戦後の新文学としての本格的な長篇探偵小説が隆盛を迎えつつあった時代である。新しい才能も陸続と現れ、前年に登場していたアントニイ・バークリーは、処女作の好評を受けて第二作『ウィッチフォード毒殺事件』を発表。同じ年、大西洋の向こう側では、S・S・ヴァン・ダインが『ベンスン殺人事件』でデビューし、アメリカ探偵小説の水準を一気に引き上げた。これら二作と本書の間には重要な共通点があり、一九二六年の探偵小説界のトレンドを形成している――と、筆者の目には映るのだが、それがつまり探偵の捜査方法の問題なのだ。この点については、読者各位の本文読了を待って論じることとしたい。

2 『守銭奴の遺産』を読む

※本書の結末や細部にふれていますので、未読の方はご注意ください。

〈名探偵リングローズ〉

本書の表の主人公ジョン・リングローズは、『赤毛のレドメイン家』（一九二二）に登場するピーター・ガンズとともに、フィルポッツ・ミステリを代表する名探偵として有名である。『赤毛』と並ぶ傑作として定評のある『闇からの声』（一九二五）における活躍ぶりが、読者に鮮烈な印象を残していたからだ。

フィルポッツのミステリ作品は五十冊ほどにものぼるが、シリーズ探偵と呼べるほどのキャラクターは見当たらない。『闇からの声』と本書（さらに中篇一つ）に顔を出すジョン・リングローズは例外的存在で、他には未訳の三作に登場するエイヴィス・ブライデンなる人物がいるだけのようだ。『闇からの声』の冒頭、イギリス海峡にのぞむ旧領主邸ホテルの玄関前でさっそうと車から降り立ったリングローズの姿は、次のように描かれている。

「彼は、身軽で活動的な身ごなし、身体つきの、五十五歳になるきびきびした男だった。きれいに剃刀をあてた顔には、暖かみのある優しそうな表情が魅力を添えていた。賢しそうな眼にもユーモアの閃きがあった。」

身長は五フィート六インチというから約百六十八センチメートル、英国人男性としてはやや低めだろう。髪は白くなりかかっているが、たくましい精力的な身体つきをしており、愛想のよい態度の快活な人物である。

彼はロンドン警視庁で数々の功績を上げた腕利きの刑事だったが、後進に道を開いて早目に引退した。それでも何か仕事をしないではおれない人間なものだから、警視総監のすすめもあって警視庁生活の回想記を書くことを思い立ち、原稿執筆のため長期滞在を予定して旧領主邸ホテルを訪れたというわけだった。

ところが、到着早々の深夜、闇の中から響いてきた恐怖におびえる子供の叫び声を聞くという異様な体験をし、それがきっかけとなって、極悪な犯罪を犯しながら世に知られずにいる奸智にたけた大悪人との対決に身を投じていくことになる。彼は独身だったが大の子供好きで、そのことが彼を事件に駆り立てる力となったのだし、本書の場合には解決のヒントを子供から与えられる結果ともなったのである。

回想記をまとめる計画を立てながら、彼はそのしめくくりに持ってこれるような、すばらしい冒険的な事件がもう一つあってくれたらと残念な気がしていたのだが、「闇からの声」事件はそれにぴったりの材料を提供してくれたのだった。本書では、その回想記は既に出版され、売れ行き好調で二冊目の話も出ているという設定である。

本書ではさらに、園芸好きな彼の私生活の一面を描いてみたり（リンゴ園にあるアメリカの品種が「リングローズを尊敬するシカゴの名探偵ピーター・ガンズ」から送られたなどという読者サービスがあるのもうれしい。二人はどこで出会っていたのだろう?）、新しいキャラクターとして妹のメイベルを登場させて脇を固めたり、また、前作で「ジョウ・アンブラー」という若手のやりて」として一度だけ名前の出ていたジョゼフ・アンブラー警部補に事件を担当させたり、という具合にリングローズ物のシリーズ化を意識した布石が打たれているようにも思えるが、残念ながら本書に続く作品は書かれずにしまった。

この時期、作者は毎年コンスタントにミステリ作品を発表し続けていたが、本書の翌年の *The Jury*（一九二七）から次作『溺死人』（一九三二）までの間にややブランクがある（この間、普通小説等は書き続けている）。理由は分からないが（一九二七年から二八年にかけて全二十巻のダートムア・ノヴェルズ集成を刊行して仕事に一区切りつけたことが関係しているかもしれない）、この一時的な中断がシリーズ化の芽を摘んだ可能性はある。

〈性格の研究〉

すべては性格の研究だ、とリングローズは言う。犯罪を構成する諸事実よりも、それに関わる人間の性格を重視するというのが彼の基本的な探偵法なのだ。

アントニイ・バークリーは、『ウィッチフォード毒殺事件』のE・M・デラフィールドにあてた献辞において、「通常の犯罪謎解き小説に見られる物的証拠偏重主義を排し、心理に重きを置いた作品」をめざし、「心理的探偵小説とでも定義できそうな小説」を意図したことを述べている。ヴァン・ダインの『ベンスン殺人事件』でもファイロ・ヴァンス探偵は心理的探偵法を標榜し、「個人の性格の科学的研究と人間の性質を見抜く心理学」こそが犯罪捜査の最も確実な方法だとしている。これらに本書を加えた三作が、人間の性格心理の重視という点で軌を一にしていることから、この方向性を「一九二六年のトレンド」と称してみた次第である。このトレンドはその後、バークリーの『第二の銃声』（一九三〇）の宣言的な序文などを経て、黄金時代後期にはより一般的な傾向として定着していくことになる。

さて、人間の性格を研究しようとする者に有用な道具となるのが心理学や精神分析学の知識だが、リングローズは必ずしもそれらを勉強したわけではない。おびただしい経験の積み重ねのうちから体得したものであろうが、心理的な手法を無意識に実践していたのだ。やはり心理学に傾倒するようになった後輩のアンブラーに言うには、「われわれの時代は、そんな専門用語を使わなかった。それでも中身はわかっていたよ」。実際、ファイロ・ヴァンスのように難しい言葉は使わなくとも、リングローズには「わかって」いるのだ。

人間の熟達した研究家として、リングローズは人間性について次のような認識を持っていた。

「人間性はな、ジョー、よくわかりもせずに命をかけられるものじゃない。それは変幻自在を極め、男女を問わず、どんな友人であれ、縁が切れるまでには驚かされる。どんなに相手をよく知っていてもだ。げんに、わたしはきみを驚かせていないかね？　事実、人間について常に驚かされる唯一の点は、驚きを与えてくれる枯渇しない能力だよ」

あるいはまた、

「この世に断固として確実なものはなく、みんなが賛成する基本的な道徳規範はない。ひとりの薬は他人の毒であり、ある者に正しい行いも、またある者にはまちがっている。人はみな、善人のジキルだけでなく悪人のハイドを胸に潜ませていて、広く認められている道徳と素行でさえ、赤道上と極地では中身がちがう。」

人間性には無限の可能性があり、また、善と悪の間には明確な境界などないことをわきまえている人間にしてはじめて、さまざまな形をとって表面化した事件の背後にひそむ複雑怪奇な人間ドラマを探りあて、その複雑さのままに理解することができるのだろう。

本書には、そうした認識の徹底したリングローズと、まだまだ不十分なアンブラーとの間に対立が生じる様子も描かれている。

マーティン・スワンの農園から掘り出された樽からベラ・ブレントと思われる女の死体が発見され、父親のブレント軍曹の確認が必要になったとき、軍曹を気の毒に思ったアンブラーは、代わりの人間——ベラを知っているレジナルド・スワンかウィリアム・ボルゾーヴァーによる身元確認を提案する。アンブラーは二人の好青年を早々に事件の容疑者から除外していたからだが、リングローズの方は同様に二人に好意を持ちながらも、彼らが完全に部外者だと証明されないうちは、捜査の秘密を厳守する方針を崩そうとしない。ボルゾーヴァーをどこまで信用するかという点で対立することが分かったので、リングローズとしてはアンブラーとの友情を損わないためにも、その後は単独での調査を行わねばならぬはめになったのである。

結果的に、アンブラーの認識の甘さが彼を事件の解決から遠ざけたわけだが、容疑者に対する個人的感情が探偵の目をくもらせるというケースは彼以前にもあった。『赤毛のレドメイン家』でピーター・ガンズの前座をつとめたマーク・ブレンドンの場合がそれだ。


〈天真爛漫な殺人者〉


性格探偵法がミステリ史の文脈において注目すべきものであったとしても、それはあくまで手法の問題だから、それ自体が人間理解を深めてくれるものではない。研究の対象となる性格が平凡なものだと方法論だけが浮き上がってしまうおそれもあるが、本書で提示される犯人像は間違っても平凡とは言えず、その特異な性格の解剖には十分な興味をそそるものがある。

ウィリアム・ボルゾーヴァーという人物の大きな特徴は、その二面性にあるといえよう。相手の敵意を骨抜きにしてしまうほど魅力的で誠実な人柄で、明晰な頭脳と鋭い感覚の持主だが、どこまでも天真爛漫で信じやすい単純素朴な人間。一方では驚くほど疑い深く、生まれながらの嘘の達人で、並外れた狡猾さと獣のような凶暴性も併せ持つ。一つの体に悪魔と聖人が同居し、半身が虎で半身が忠実な犬という不思議な人格。

それは二つの世界――自然と文明の間に育まれた。キリマンジャロをのぞむアフリカの地で未開人に混じって成長し、ロンドンという新たなジャングルで文明生活をも経験したという特殊な生い立ちが、彼を恐ろしく有能な犯罪者ともなりうる人間に仕立て上げたのだ。
彼は、自分とは異なるタイプの青年レジナルド・スワンに献身的な友情を抱き、彼の利益を考えてその叔父たちの連続殺人に手をそめる。持ち前の狡知と度胸を最大限に発揮しながら。自分に遺贈されるはずの三万ポンドの財産をフイにして友のためを図るなどというのは、常識的には考えにくいことだが、この特異な人物ならありうる話かと思わされてしまうのは、作者がこのキャラクターの造形に成功した証しだろう。他に類例のないきわめてユニークな犯人像であり、作者の創造したあまたの悪人たちの中でもひときわ異彩を放っている。
もっとも、二面性のある人物像というのは、その点だけをとらえてみれば特に珍しいものではない。『闇からの声』においても、リングローズは次のように述べていた。

「この事件の鍵も性格にあります。しかし、性格というやつには人間の覗い知りえない面があるし、自分の属性のある部分だけを表面に出して、他の部分をごまかす役に使っている人間も多いのですよ。同情的であると同時に冷酷にもなれる場合もある。ひとの心の奥を見抜く洞察力と、見抜いたあとで相手の心をうち砕く意志とが、同じ人間のうちに同居している場合もある。性格や潜在意識というやつはそういうふうに不可解なものですよ。今日は悲報を聞いて泣いているかと思うと、明日はその本人が、絶対的な無関心さで、ひとに言いようもない悲しみを与えたりもする。」

そして当の事件の犯人もそうした人物なのだと説き及んでいくのだが、本書のボルゾーヴァーはその発展型と見られないこともない。ただし、彼の場合は、その暗い一面が未開人ないし野獣の感覚や技術——いわば自然に近い、それゆえ善悪の評価になじまないもの——に由来するという点に新奇さがある。『闇からの声』の犯人は自分の悪が利己主義から出ていることを自認していたが、ボルゾーヴァーにはそもそも悪という観念がないのだ。ライオンが獲物を食い殺しても、未開人がゾウを銛で仕とめても、それを悪とは感じないように。

リングローズは結果的にボルゾーヴァーの犯行を見逃すことになったわけだが、これに対してはさまざまな見方があるだろう。

ボルゾーヴァーに言わせれば、「役立たずな、ろくでなしの男がふたりと、くだらない女がひとり殺された。これが事件の表面で、その裏面ではぼくの未来の妻とその兄のようにすぐれたふたりが自立して、借金に苦しんで路頭に迷った大勢の人も、不幸から解放されたんです」というだけのことだ。その独善的な論理に思わず納得させられそうにもなるが、やっぱりそれは違うのではないか。ろくでなしの男であろうと、くだらない女であろうと、勝手にその生命を奪う資格のある人間などいるはずがない。リングローズは「神の御手にゆだねる」と言っているが、それ以前にボルゾーヴァーに神の代行者の役割を認めてしまっているのではないか。アンブラーの言うように「事後従犯」ということにもなりかねない。

筆者としては、ボルゾーヴァーはジャングルでゾウに——例の仕掛けで背に銛を受けて猛り狂ったゾウに——踏みつぶされて死んだものと考えたい。

〈パズル小説として〉

パズル小説としてこの作を見た場合、まず目につくのは〈密室殺人〉の趣向である。実際、冒頭に提示される密室の謎はかなり強烈だ。

守銭奴スワンの死体が発見されたのは、壁に金属板が張られた鋼鉄製の金庫のような部屋の中。ドアは六本のどっしりしたボルトで固定され、重い鉄格子のはまった窓は地上十八メートルの高さ。他に出口はない。さあ、犯人はどこから逃走した――?

こんな難しい謎を掲げて自分の首をしめるような真似をしちゃって大丈夫なのかと心配になるほどだが、……結果はやはり心配したとおりだ。天井の鉤から吊るしておいた短剣が、被害者がぶつかったロープの動きで落下して背中を刺した――だって? どういう仕掛けなのか今一つよく呑み込めないが、そんなうまい具合にいくはずがないだろう。短剣がうまく身体に当たったとしても、それが心臓にまで達して致命傷となる保証はあるまい。証拠物件のロープを共犯者のベラがドアの下から回収したということだが、極細の針金は通せたとしても、ロープが通るような隙間があったのか? 何より問題なのは、たとえすべてがうまくいったのだとしても、そんな子供だましのトリックじゃ面白くもなんともないということだ。

密室ミステリ研究家のロバート・エイディーは、不可能犯罪の研究書 *Locked Room Murders and Other Impossible Crimes* で、このトリックについて「ひどい! これじゃ密室ミステリもフィルポッツも二度と読みたくなくなる」と酷評している。ミステリ読書ガイド *A Catalogue of Crime* のJ・バーザン&W・H・テイラーのコメントも、「読んでも納得がいかないし実行は不可能」というものだ。まず大方の読者も同様の感想をお持ちだろう。

「冒頭に提出される「密室」の魅力」を称揚した江戸川乱歩にしても、「類別トリック集成」(『続・幻影城』所収)における密室トリックの分類中「室内の機械的な装置によるもの」の作例十二のうちに本書を掲げているが、「いずれも機械的に過ぎ、一二三の例外を除いて幼稚なトリックたるを免れない」としているから、このトリックに感心していたはずはないと思われる。

金庫のような密室というのは、守銭奴たる被害者の性格にマッチしているし、金庫に閉じ込められた死という象徴的な意味合いも感じさせるが、パズルのプレゼンテーションとしては派手に過ぎ、それが読者の失望を大きくしている面はあるだろう。

この謎を解く鍵が子供の絵本から与えられるという趣向は面白いが、トリックの内容がゾウ狩りの仕掛けそのままなので、手がかりを得る経路が面白いというにとどまる。絵本から得た何かのヒントをもとに探偵が推理を働かせてトリックを見破る、という具合だともっと良かったろう。その絵本がボルゾーヴァーからのプレゼントだったというのは、別の場面における「人は往々にして、知らぬ間に自分の墓穴を掘る手伝いをするものだ」というリングローズの言葉とも照応して、皮肉がきいている（それに気づいて笑い転げているボルゾーヴァーを何と評したらよいものか……）。

この小説には十数カ所にわたり、ジグソーパズルへの言及がある（ほとんどはリングローズとアンブラーの会話の中だが、最初に言い出したのはメイベルだ）。犯罪事件の捜査・解決のプロセスをジグソーパズルの完成になぞらえる見方は、黄金時代以降の本格探偵小説でよく行われている。それに先鞭をつけた作品が何であったかは詳らかでないが、おそらく本書はその早い時期における一作であろう。

ジグソーパズルの考案は一七六〇年頃にさかのぼるが、当初は木製で、糸鋸（Jig-Saw）で切ってピースを作ったためこの名がある。二十世紀に入って安価な紙製のものが普及し始め、印刷・製造技術も進んで、一九二〇〜三〇年代には大流行して中毒患者も現れるほどだったという。作中でリングローズがアンブラーに「きみはジグソーパズルを知っているかね？」と尋ねているから、本書が書かれた一九二〇年代半ばにはまだ流行のとば口にあったのだろう。

米版タイトルをそのものズバリ *Jig-Saw* としていることも、探偵小説の比喩にこれを使うことがまだ新鮮な時代だったことを思わせる。だが、パズルとの類似というのは探偵小説一般の性格であり、ことさら本作の特徴とするには当たらないだろう。より洗練された精緻なパズル小説がいくつも書かれてしまった後では、このナイーヴなタイトルが一抹の滑稽さを感じさせるのも事実だ。

3　旧訳『密室の守銭奴』のことなど

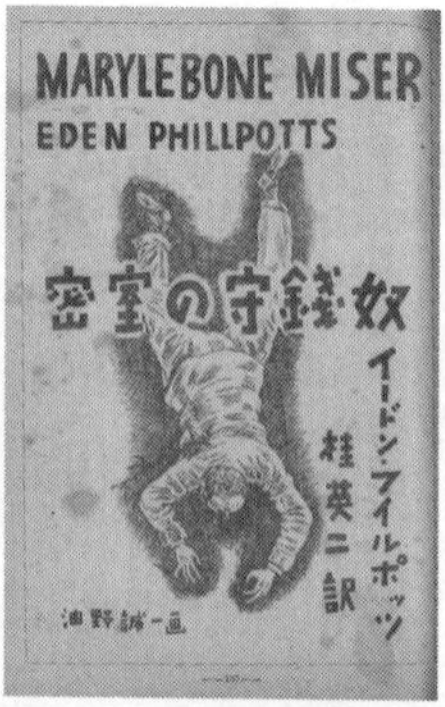

桂英二・訳「密室の守銭奴」扉ページ（『別冊宝石』29号より）

戦後創刊された探偵雑誌「宝石」の別冊として刊行された「別冊宝石」は、翻訳出版の解禁を待って昭和二十年代半ばから翻訳作品を掲載し始め、〈世界探偵小説名作選〉としてディクスン・カーやレイモンド・チャンドラーの特集号など五冊を出した後、〈世界探偵小説全集〉と銘打つシリーズをスタートさせて海外作品の紹介に本腰を入れた（昭和二十七年十月以降、十一年間で全五十三冊を刊行）。第一巻アガサ・クリスティ篇、第二巻F・W・クロフツ篇に続く第三巻がE・フィルポッツ篇で、『赤毛のレドメイン』（井上良夫訳）、『医者よ自分を癒せ』（宇野利泰訳）とともに『密室の守銭奴』（桂英二訳）が掲載されたのである。

ただ、この訳は二段組で七十頁（挿絵六頁を含む）しかなく、『赤毛――』の百三十頁、『医者よ――』の百二十頁と比べてもだいぶ少なかったので、かなりの抄訳と思われたが、今回調べてみてその通りであることが分かった。今回の完訳が四百字詰で概算四百七十枚であるのに対し、旧訳は二百五十枚ほどしかない。五割強の抄訳というわけである。

さらに詳しく比較してみると、前半三分の一ほどは約八割、それ以降は約四割の抄訳となっている。序盤を読む限りではあまり削られている感じもしないのだが、途中からスカスカになり、特に終盤の犯人の性格解剖のくだりに十分な紙数があてられていないので、読後感は何か物足りないものとなる。この紙数配分は本書を基本的にパズル小説と見た上での措置であろうが、読みどころを捉えそこなっていると思わざるを得ない。

訳文自体はまずふつうに読める日本語で、印象は悪くないのだが、終盤、筆を急がせたせいか創作まがいの文章が散見するのは気になった。たとえば、リングローズの次のセリフ――

「文明の汚濁を踏みにじり、法律を支配することはボルゾウバーにとつて完全に合理的なことだつたのだ。もし金が守銭奴を離れてリーヂナルドの様な男の懐中に落ちつく世の中だつたら、彼は文明を認め、慣習に従い、常識と教養と、人間らしい行いが天下に通用することを喜び、挑戦の必要はなかつたろう。そうしてこの場合、害悪のみの存在である三人を犠牲にすればよかつたのだ。彼は愛するジェラールディンを失うかも知れぬ危険を冒して、彼女に告白するほど、自分の行為に恥じない自信を持つていた。」

これではまるでボルゾーヴァーを弁護——という以上に、賛美しているようなものではないか。無理な要約のために訳者の主観が混入して、原作とニュアンスを変えてしまっているのだ。抄訳につきまとう大きな問題であろう。

なお、訳題の『密室の守銭奴』であるが、これ自体はなかなか魅力的な題名であるものの、この作の弱点ともいえる密室を前面に出すのは適当とは思われない。この作において密室はパズルのピースの一つ、それもあまり重要ではない一片にすぎないのであって、これが中心テーマであるかのようなアピールには問題があるし、そのトリックが感心できないものであればなおさらである。

ちなみに、旧訳題には、当時の密室ばやりに便乗した面もあったのではないかと思われる。ロナルド・ノックスの *The Three Taps* が『密室の百万長者』と訳され、カーター・ディクスンの *The Bowstring Murders* が『黒い密室』と、H・H・ホームズの *Nine Times Nine* が『密室の魔術師』となる——そんなトレンドもあったのである。

最後に、ジョン・リングローズ物の珍しい中篇を紹介しておこう。昭和四年の「新青年」夏季増刊（探偵小説傑作集）に掲載された「チャリイの匕首」がそれで、四百字詰で百二十枚ほどの分量がある。リングローズの現役時代（近頃警部になったばかり）の活躍を描いた作品で、彼が将来の果樹園作りを夢見ながら果樹雑誌に読み耽っている描写があったりするから、本書の後に書かれたものだろう（こんな作品が残っていることからも、作者のシリーズ化の意図が推測されるわけだ）。

「チャリイ」とは、十八世紀半ばスコットランドからジャコバイトの乱を起こしたチャールズ・エドワード（若僭王）のことと思われるが、その「チャリイ殿下の御愛用ありし品」である匕首が凶器に用いられる。犯罪の内容はチャーリー殿下とは何の関係もなく、そうした由緒ある品を所蔵している名家が舞台というだけのこと。当主の強欲で意地悪な老嬢が遺言書を書き替えたことから起きた騒動の物語で、ミステリとしては特に目を引く所もないが、フィルポッツ一流のおっとりした古風な味わいの探偵譚である。容疑者を手玉に取るリングローズの融通無碍な捜査ぶりが面白い。

※本稿における引用のテキストとしては、以下のものを用いた。——イーデン・フィルポッツ『闇からの声』（橋本福夫訳、創元推理文庫）／同『密室の守銭奴』（桂英二訳、「別冊宝石」第二十九号）／同「チャリイの匕首」（訳者不詳、「新青年」第十巻第十号）／アントニイ・バークリー『ウィッチフォード毒殺事件』（藤村裕美訳、晶文社ミステリ）／S・S・ヴァン・ダイン『ベンスン殺人事件』（日暮雅通訳、創元推理文庫）／江戸川乱歩「フィルポッツについて」（前掲「別冊宝石」掲載）／同「類別トリック集成」（『続・幻影城』（早川書房）所収）

〔訳者〕
木村浩美（きむら・ひろみ）

神奈川県生まれ。英米文学翻訳家。主な訳書にドナルド・E・ウェストレイク『忙しい死体』（論創社）、ローレン・ビュークス『シャイニング・ガール』（早川書房）、ローズマリ・エレン・グィリー『悪魔と悪魔学の事典』（原書房、共訳）など。

守銭奴《しゅせんど》の遺産《いさん》
——論創海外ミステリ 174

2016年6月25日　初版第1刷印刷
2016年6月30日　初版第1刷発行

著　者　イーデン・フィルポッツ
訳　者　木村浩美
装　画　佐久間真人
装　丁　宗利淳一
発行所　論 創 社
〒101-0051 東京都千代田区神田神保町2-23 北井ビル
電話 03-3264-5254　振替口座 00160-1-155266

印刷・製本　中央精版印刷
組版　フレックスアート

ISBN978-4-8460-1538-1